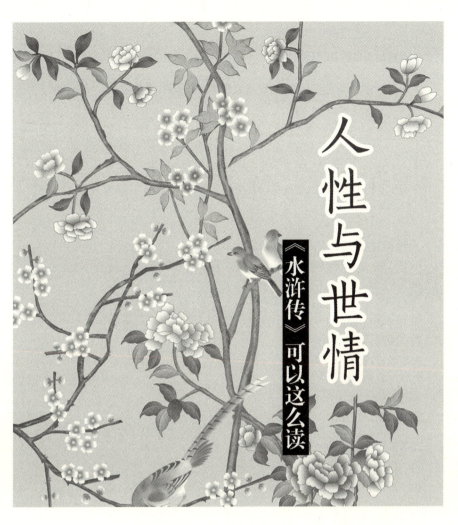

人性与世情

《水浒传》可以这么读

汤大友 ◎ 著

西南财经大学出版社
Southwestern University of Finance & Economics Press

图书在版编目(CIP)数据

人性与世情:水浒传可以这么读/汤大友著．一成都:西南财经大学出版社,
2017.7
ISBN 978 – 7 – 5504 – 2840 – 9

Ⅰ.①人…　Ⅱ.①汤…　Ⅲ.①《水浒》研究　Ⅳ.①I207.412

中国版本图书馆 CIP 数据核字(2017)第 022403 号

人性与世情:《水浒传》可以这么读
RENXING YU SHIQING SHUIHUZHUAN KEYI ZHEMEDU

汤大友　著

图书策划:亨通堂文化
责任编辑:王利
助理编辑:魏玉兰　高玲
特约编辑:朱莹
封面设计:李尘工作室
责任印制:封俊川

出版发行	西南财经大学出版社(四川省成都市光华村街55号)
网　　址	http://www.bookcj.com
电子邮件	bookcj@foxmail.com
邮政编码	610074
电　　话	028 – 87353785　87352368
印　　刷	四川五洲彩印有限责任公司
成品尺寸	165mm×230mm
印　　张	14.75
字　　数	215 千字
版　　次	2017 年 7 月第 1 版
印　　次	2017 年 7 月第 1 次印刷
书　　号	ISBN 978 – 7 – 5504 – 2840 – 9
定　　价	32.00 元

前　言

　　中国四大古典名著之中，最为亲近读者的，也最为读者所亲近的，莫过于《水浒传》。

　　《三国演义》文白相间，虽然这种洗练、流畅的语言给小说带来了浓郁的历史沧桑感，但比之《水浒传》那生动、娴熟的白话，在感染力上多少差了一层；《西游记》故事热闹、精彩，想象力天马行空，但实质上情节颇多重复，各种仙佛神怪毕竟离百姓太远；《红楼梦》有着让读者手不释卷的强大魅力，问世不久就已经"家家喜闻，处处争购"，然而过于深奥的文字内涵，阻隔了普通读者们对小说的更进一步鉴赏。

　　唯有《水浒传》贴近百姓，贴近民生。

　　从《大宋宣和遗事》开始就有对宋江等三十六人纵横河朔，劫掠齐鲁的记载，经过南宋、元代两朝文人的不断润色丰满，终于在元末明初施耐庵的笔下，形成了我们今天看到的《水浒传》基本框架。这部小说着重塑造的晁盖、宋江、吴用、武松、林冲、鲁智深、李逵、石秀、戴宗、花荣、燕青等人，个个"情状逼真，笑语欲活"，一个个英雄好汉的性格作风和理想志趣，常能反映出市民阶层的人生向往。

　　中国传统文学被理所当然地认为是儒家的四书五经、诗词歌赋等，小说是上不得台面的，是"出于稗官、街谈巷议、道听途说者之所造""乃引车卖浆之徒之所操"。所以我们看到的古代小说，大多数是围绕着帝王将相等历史人物来讴歌和赞扬，少部分如"三言两拍"，宣传的是因果报应、才子佳人。

但《水浒传》却截然不同，她塑造的一百零八将，最尊贵的，只是个没落贵族柴进，其他人都是普通人——小官、小吏、中小地主、渔樵耕读、江湖汉子甚至小偷流民，这就让读者产生强烈的代入感。兼之小说语言流畅、通俗易懂，叙事方法跌宕老道、章法绝奇，矛盾冲突环环相扣、纷至沓来，故事结局慷慨悲怆、一咏三叹，这些，都深深地吸引了数以亿计的读者！无怪乎金圣叹要将这《水浒传》与庄骚杜诗并称为古今"才子书"了。

《水浒传》是精彩的，历代评论家也为这部奇书作了精彩独到的点评，从李卓吾到金人瑞，从王国维到周树人，一代又一代的才子学人各倾陆海，或金笔点评，或纵览全构，或赋曲诗词，纷纷以其独到的慧眼为《水浒传》作了极富个性的诠释。

区区不才，愿效仿前人钩沉索隐。

这部书稿共分人物篇、综合篇两大部分，前者详述梁山群雄（按照出场顺序），辅以方腊、牛二、李鬼等反面角色；后者综评原著精髓，从各个方面和角度进行深度剖析：排名、星号、绰号、招安、诗词、战争、爱情、友谊等。此外，作为武侠小说的开山鼻祖，书稿中还加入了部分武侠视觉元素，愿发前人之未有，告同好之所得！

700年前的临安，灯红酒绿、歌舞升平，一代代的南宋君臣，徜徉在西湖的美景中醉生梦死。但是清河坊、涌金门的勾栏瓦舍里，"青面兽""武行者""花和尚"的故事在说书人的口中，慢慢晕染进听客的心里；600年前的大都，巍峨雄壮、万国来朝，一任任的马上天骄，逐渐迷失在宗教的梵音里不可自拔，但是齐化门、城隍庙的书场戏台上，《双献头》《李逵负荆》等曲目正上演得万人空巷。

是的，《水浒传》的生命力，一直流传至今。

让我们回到那个金戈铁马、侠骨柔肠的年代，让我们感受那段气势如虹、波澜壮阔的岁月！

汤大友

2017年3月于京

目 录

【综合篇】

人性与世情

【人物篇】

史进为何第一个出场

《水浒传》的正本第一回是《王教头私走延安府，九纹龙大闹史家村》，九纹龙史进的闪亮登场，拉开了轰轰烈烈的一百零八将大聚义序幕。

水浒一百零八人，为什么单单要将九纹龙史进当作排头兵来描写？金圣叹曾点评：以名为引，盖因史进寓意"历史在前进"之意。

我却不这么认为。

因为史进是一个阳光健康、性格开朗的帅哥，同时，又是最传统的演义小说英雄人物！

史进的故事，充满了唐代传奇英雄的韵味。

按照小说的情节，禁军教头王进因为得罪了高俅，连夜带着老母远逃延安府，半路在陕西华阴史家村借宿，由此而来结识了史进史大郎，从而引出波澜壮阔的英雄之旅。小说里是这么描写史进给人第一印象的：

> 只见空地上一个后生脱着，刺着一身青龙，银盘也似一个面皮，约有十八九岁，拿条棒在那里使。

从这里我们可以看出：其一，史进皮肤不错，脸若银盘，说明至少不比浪里白条张顺、浪子燕青逊色多少。其二，年轻有活力，当时也就约莫二十岁，正是血气方刚的少年小伙。其三，有漂亮的纹身。借其父史太公之口是这么描述的：

太公道：“教头在上：老汉祖居在这华阴县界，前面便是少华山。这村便唤做史家村，村中总有三四百家都姓史。老汉的儿子从小不务农业，只爱刺枪使棒；母亲说他不得，一气死了。老汉只得随他性子，不知使了多少钱财投师父教他；又请高手匠人与他刺了这身花绣，肩膀胸膛，总有九条龙。满县人口顺，都叫他做九纹龙史进。

由此我们可以想象，以当时的审美观点来看，史进确实是一个帅哥。因为宋代以有花绣为美，远如五代周太祖郭威，由于他脖子上刺了一只飞雀，所以人们又叫他郭雀儿。再比如金庸小说《天龙八部》，丐帮帮主乔峰胸口，便刺着一个青郁郁的狼头。

闲话少说，由于史进家不仅留宿王进母子，而且治好了王进老母的心疼病，因此王进感恩图报，在一棍搠倒史进之后，正式成为史进的师傅——史进之前的七八位“有名师傅”尽是吹牛之徒，教的招式都是花拳绣腿，中看不中用。这里面我们不得不提及的是打虎将李忠——史进的启蒙武术老师，一个走江湖卖狗皮膏药的汉子，后文详述。

历时大半年，史进十八般武艺一一学得精熟，王进见他已经颇有小成，于是提出继续投军，史进父子苦留不住，只能送别老师。

送别老师半年之后，史进的父亲史太公去世。自此，“（史进）每日只是打熬气力；亦且壮年，又没老小，半夜三更起来演习武艺，白日里只在庄射弓走马。”

因为无人管束，加上武艺纯熟，史进接替了史太公的职位，成为史家村新任里正。宋代的里正类似今天的村主任，具有统领全村抵抗山贼的职能，这里的山贼，指的是少华山的三个强人：神机军师朱武、跳涧虎陈达、白花蛇杨春。

朱武是安徽定远人，使双刀，武艺寻常，善使谋略；陈达是河北邺城人，使出白点钢枪；杨春是山西解州人，使大杆刀。

这三个人的籍贯很有意思：在三国时代，定远属吴，是鲁肃故里；邺城属魏，是曹魏都城；而解州出了个大大的英雄，蜀汉第一大将关羽。

魏、蜀、吴都全了。

接下来的故事，就完全有了《三国演义》的味道。

陈达不顾朱武和杨春的劝告，执意和史进火拼。结果现在的史进已经不是昔日吴下阿蒙，三下五除二将他生擒活捉。

朱武、杨春失去左膀右臂，按照杨春的意思，就要和史进死磕——要说领导就是领导，不是靠匹夫之勇能够做到的。且看朱武的表现：

> 朱武道："亦是不可；他尚自输了，你如何拼得他过？我有一条苦计，若救他不得，我和你都休。"杨春问道："如何苦计？"

这条效仿桃园结义的苦肉计，就是上门哭哭啼啼："你要抓就把我们兄弟三人全抓去吧！我们生死都在一起。"

史进少不更事，看不透朱武老狐狸的空城计，脑子一热，不仅没将朱杨二人捆起来，反而大手一挥将他们全放了，更进一步，还和他们结成好友，多次私下联系。

世上没有不透风的墙。由于手下的疏忽和叛徒的告密，中秋佳节之夜，华阴县县尉大人率领两位都头、三四百个捕快将史进住宅包围了。这个时候，朱武不愧是神机军师，且看：

> 话说当时史进道："却怎生是好？"朱武等三个头领跪下道："哥哥，你是干净的人，休为我等连累了。大郎可把索来绑缚我三个出去请赏，免得负累了你不好看。"
> 史进道："如何使得！恁地时，是我赚你们来，捉你请赏，枉惹天下人笑。若是死时，我与你们同死；活时同活。你等起来，放心，别作圆便。且等我问个来历情繇。"

由此而来，史进算是彻底和政府决裂了。四人打开房门，且战且退，一起回到少华山。这时候的史进，已经落到有家不能回的境地，但是却毅然拒绝朱武三人的加盟要求，喊出了"我是个清白好汉，如何肯把父母遗体来点污了！你劝我落草，再也休题。"这样的话。

因为宋代礼法严谨，做强盗被看作最对不起祖宗的行为，即所谓"男盗女娼"，史进虽然讲义气，但是却也不得不顾忌家族的荣誉。

有家不能回，有山不能上，留给史进的只有一条路：找师父去。

但是，天不遂人愿，史进到了延安府，没找着王进；而后辗转到北京大名府，花光了盘缠，正所谓"一文钱累死英雄汉"，最后的史进，无奈做了独行大盗，在赤松林拦路剪径。

史进在赤松林遇到了旧相识鲁达——这时候已经从军官变成了和尚，法号"智深"。一个是地主少爷变成了拦路强人，一个是朝廷军官变成了游方和尚，相信他们的再遇也是充满了无限感慨的。

鲁智深正愁敌不过崔道成、邱小乙两个江湖败类，史进的出现，正好解决了他的烦恼。鲁史联手，顺利杀死了生铁佛、飞天夜叉，为民除了害。

鲁达、史进的这次联手，是他们在小说中唯一的一次合作。一部《水浒传》，只有两个侠士，一为鲁达，二是史进。他们在瓦官寺的为民除害行为，无疑是小说最华美炫目的部分。

赤松林之后的史进，只剩下唯一的一条路可走，那就是重回少华山正式落草。《水浒传》这本书讲的是上山落草，史进作为第一个出场好汉，却不是第一个落草的人物，究其原因，还是说明了"无奈"二字。在他心中，依然还保留着公平、正义的思想，即便自己是个强人（已然玷污了父母的声誉），但面对强抢民女的贺太守，史进还是毫不犹豫地只身行刺。这就是史进的高大之处，也是朱武、陈达、杨春等人永远无法企及的高度。

史进的出场，更多的是引起后续情节的发展，由史进而鲁智深，由鲁智深而林冲，进而杨志、晁盖、宋江。《水浒传》这本书为什么吸引人？可以说，就是因为前期的故事相当生动有趣，让人一读之下欲罢不能，而且前期人物个个很出彩，都算是顶天立地的英雄好汉。

这就是史进第一个出场的原因。

英雄排座次，史进的位置也很有趣，天微星九纹龙史进，排二十三位，仅次于李逵，在雷横、三阮之前。其实不管是按照武艺还是贡献排位，史进的位置都偏高了。史进上了梁山以后，做了两件大事：一是去收伏芒砀山樊瑞、项充、李衮三人，结果大败，险些中飞刀；二是攻打东平府，进城当卧底，结果被窑姐儿告发入狱。两战两败，不禁让人掩卷长叹造化不公。

归依招安以后，史进随大军南攻方腊，一路披肝沥胆打到方腊大本营，于睦州昱岭关死于小养由基庞万春之箭下，和他一同战死的，还有石秀、薛永、陈达、杨春、李忠五人。

当年少华山聚义厅上，史进、朱武、陈达、杨春四人或许歃血结盟，说过"但求同年同月同日死"这样的话，一语成谶，史、陈、杨三人做到了，他们用自己的结局，应证了昔日的友谊。而朱武也舍弃了朝廷武奕郎的任命，辞官远行，去投公孙胜，出家当了云游道士，彻底地看破了红尘。

《水浒传》以史大郎、少华山引出波澜壮阔的梁山义军风云，虽为一个配角，我依然认为，史进是梁山好汉中最具人格魅力的人物之一，他作为排头兵出场，当之无愧。

鲁智深为何能坐化成佛

有人说，水泊梁山一百零八条好汉，只有一个大侠，那就是鲁智深。其实严格地说，只有一个超级大侠——鲁智深！

鲁智深的江湖经历，已经超越了所有梁山好汉"替天行道"的范畴。在讲这个论断之前，我们有必要将梁山好汉的社会身份剖析一下。

北宋末年，或者说整个封建社会时代，存在于世间的，一共有三个阶层，分别是：士大夫阶层、小市民阶层以及农民阶层。

士大夫阶层即指统治阶级以及统治阶级的下属单位。他们信奉儒家正统思想，恪守"天地君亲师"三纲五常，行事必须按照规则来运行，阶级等级森严而不可越位。他们主要包括：皇帝（宋徽宗）、文臣（高蔡童杨四大奸臣、宿元景等忠臣）、武将（李成、闻达等）、各级地方小公务员（提辖、都头、押司、制使、孔目、牢子、节级等）等。士大夫阶层最大的特点是：他们完全享受朝廷福利津贴。

小市民阶层即指"士农工商"中的"工"和"商"以及广大无业人员。其包括没落贵族（柴进）、大地主（卢俊义）、小地主（史进、孔明、李应等）、走江湖的（李忠、薛永等）、底层文人（吴用、朱武、萧让）、篆刻匠人（金大坚）、造船师（孟康）、铁匠（汤隆）、泥瓦匠（陶宗旺）、屠夫（曹正）、医生（安道全、皇甫端）、裁缝（侯健）、脚夫（王英）、渔夫（三阮、二张等）、出家人（鲁智深、武松、公孙胜）、樵夫（石秀）、猎户（解珍、解宝）、小商贩（郭盛、吕方）、无良商贩（白胜，孙二娘夫妻，朱贵、朱富兄弟等）、小偷（时迁、段景住）、无业人员（石勇、邓飞等）以及奴仆（杜兴、燕青）。小市民形态最大的特点是：他们既不享受朝廷福利津贴，也不需要靠亲自耕地来满足生存的需要，生活完全依靠自己。

农民形态即广大生活在社会最底层的老百姓。他们没有自己的思想和发言权，"三亩地一头牛，老婆孩子睡一头"即是其人生最高理想。他们是《水浒传》中受士大夫流和小市民流双重欺负的对象。农民形态的最大特点：完全依靠天时地利和"人勤"来生活。

上述三种形态，不是一成不变的，可以相互之间转化。比如武都头落了发，就从士大夫流降为小市民流；而卢俊义招安破方腊后，就一跃成为士大夫流。通读整本《水浒传》，我们发现：所有的梁山好汉都是从士大夫流和小市民流中选拔而出的，而且全书没有一条纲领是为处于社会最底层的农民阶级说话！梁山杏黄大旗"替天行道"下有一副对联——"常怀贞烈常忠义，不爱资财不扰民"，但是事实是这样吗？答案不言而喻。

施大爷应该很羡慕那种富家子弟的生活，书中的大小地主们，多少都给予了赞扬的笔法，而对于农民，则进行不遗余力的嘲讽，比如李逵的哥哥李达。因此，我们可以看到，占据中间层的小市民阶层，既不满于统治阶级的管理，又瞧不起农民阶级的地位。他们衣食无忧，羡慕士大夫流的清闲和趾高气扬，但是又无力去改变现状，于是他们处处行事的目的只是为了满足"自己的需要"，而对于不如他们的农民阶级，则毫不留情地进行歧视和旁观。

我们看见：七星劫生辰纲，口号是"劫富济贫"，但是我们没有看见晁盖等人任何事后"散布金银"的行动；武松只要别人马屁拍得舒服，可以立马和杀人犯张青、孙二娘，以及地方小恶霸施恩称兄道弟；林冲为了缴投名状，被逼无奈也要强迫自己去杀一个无辜的挑夫；秦明只要有新欢，就可以把杀妻之仇抛于一边，而花荣竟也十分大方地同意了；王英眼见无法满足性欲，竟然要和老大燕顺、宋江拼命；至于抢上司女儿做老婆的董平、以杀人为唯一乐趣的李逵，更加落了下乘。所有的人，行事之前，都会考虑一下：对我"自己"有没有好处？

可以这么说，整本《水浒传》，有悲天悯人意味的，也只有白胜在黄泥岗上的一首歌谣：

> 赤日炎炎似火烧，
> 野田禾稻半枯焦。
> 农夫心内如汤煮，
> 公子王孙把扇摇。

闲话少说，言归正传。讲了这么多，该赞扬一下鲁智深了。

鲁智深一生行事，率性而为，从不仰人鼻息，见识坚定，敢爱敢恨，豁达大度，不愧是梁山第一好汉！最难能可贵的是：鲁智深行事完全是为了"他人"而不是"自己"！

拳打镇关西是鲁达第一功。为了救助弱势群体金翠莲父女，鲁达只用三拳，就将一贯欺行霸市的不法奸商送上西天，大快人心。

桃花村醉打小霸王周通是鲁智深第二功。此时此刻鲁达已经出家为僧侣，但是不仅没将火性收敛，反而变本加厉，以一己之力独抗数百土匪而面不改色，真乃大丈夫也！

而后，鲁智深看到生铁佛崔道成、飞天夜叉邱小乙霸占寺庙、欺压乡民，照理说，鲁智深完全可以不闻不问，一来不干自己事，二来大家都是出家人。但是鲁大师却不这么认为，依旧强行出头和二人死掐。以一敌二落了下风，落荒而逃后不是"风紧扯呼"，而是和史进联手，以二对二，终于为民除害。

再后面的情节大家就耳熟能详了：大相国寺发配看菜园，制服众泼皮，倒拔垂杨柳，舞杖识林冲（此套杖法流传后世，号"疯魔杖法"，金庸小说《射雕英雄传》中丐帮简长老曾用此武功与黄蓉打狗棒法过招。梁山好汉武功流传后世的还有燕青的燕青拳，参仙老怪梁子翁擅长；郭啸天的家传戟法也是从先人郭盛处学来，稍加变动而已），从而将小说的第一个高潮顺利引导开来。

鲁智深野猪林救了兄弟性命，自己却被高俅四处追杀，无奈之下，只得和同样落魄的老乡杨志联手，在林冲徒弟曹正计策下，杀了二龙山匪首邓龙，从而完成自己人生"武官—和尚—强盗"的伟大转变。有趣的是，二龙山火并那一幕和梁山易主、王伦送命有异曲同工之妙，只不过一个是林教头出大力，一个是林教头的徒弟曹正施计谋。

可以说，宋江四处招募的人才当中，二龙山是实力最强大的一伙。三个大头领——鲁智深、杨志、武松，江湖上都闯下诺大的"万儿"！四个小头领——施恩、曹正、张青、孙二娘也不是泛泛之人。比少华山的史进、朱武、陈达、杨春，桃花山李忠、周通，白虎山孔明、孔亮，清风山燕顺、王英、郑天寿，对影山吕方、郭盛，黄门山欧鹏、蒋敬、马麟、陶宗旺，饮马川的裴宣、邓飞、孟康，不知道名声响亮多少倍。

所以我们看到，对于收编二龙山的革命群众，宋江是相当重视的，鲁智深排第13位，武松第14位，杨志第17位。曹、施、张、孙虽然排名比较靠后，但是宋江内心很明白他们都是完全服从组织分配的，因此只要和鲁、武、杨搞好关系即可。这三人里面，杨志完全赞同招安，可以撇开不提。

然而，鲁智深、武松二人并没有完全被宋老大的"恩惠"感化。我们看到，梁山好汉排座次大团圆后，武松就敢于第一个跳出来叫："今日也要招安，明日也要招安，冷了兄弟们的心！"铁杆小弟李逵也按捺不住："招安招安，招甚鸟安！"鲁智深和他们不一样，鲁智深有理讲理而不是开口乱骂，循循善诱劝导老大："只今满朝文武俱是奸邪，蒙蔽圣聪，就比俺的直裰，染做皂了，洗杀怎得干净？招安不济事！便拜辞了，明日一个个各去寻趁罢。"

宋江怎么办？对于小弟李逵，可以大声呵斥；而对于鲁、武，则只能温言慰问。

鲁智深能够给人留下深刻印象，当然不是完全靠他的莽夫形象。我们看到：打死镇关西后，他能假意骂："你这厮装死！"给自己留下宝贵的逃跑时间；和崔、邱二贼火拼不敌，能够寻思："（现在不能去）他两个并我一个，枉送了性命。"颇有点"好汉不吃眼前亏"的意思；野猪林救林冲后，一路护送周详，计划之周到，恐怕不是一般人能体会到的（可悲的是，北宋末年腐败之极，即便是鲁智深对董超、薛霸完全占上风，也只能恩威并施，既要吓唬，又要行贿，可见其内心之矛盾）；别人一听说宋江名字，连忙盲目崇拜，鲁智深却能考虑："我只见今日也有人说宋三郎好，明日也有人说宋三郎好，可惜洒家不曾相会。众人说他的名字，聒得洒家耳朵也聋了，想必其人是个真男子，以致天下闻名。"提出怀疑的客观态度，不跟风，不盲从，实属难能可贵。以上几个案例，都体现了鲁智深"智"的方面。

而对于"义"这方面，鲁智深也表现得相当出色：李忠、周通各善好色，鲁智深向来看不太起，但是李周二人为呼延灼围困，鲁智深能够不计前嫌出手相助；史进路见不平为画师王义讨个公道，结果自己被贺太守监禁起来，武松建议等大队人马来了再说，鲁智深却不以为然："等俺们兄弟来，史家兄弟性命不知道哪里去了！"自己单枪匹马去救人。

在这段戏里面，武松表现出一个料敌机先的智勇双全形象，而且事态发展确实和他预料一样。但是，鲁智深却很好地诠释了一个侠肝义胆的英雄形象，虽然是个失败者，却虽败犹荣！

鲁智深还是一个很"可爱"的人：文殊院初为和尚的笑话；桃花村以和尚之身说"男大当婚，女大当嫁"，脱得赤条条殴打周通；华州失手被擒，被贺太守拷打，能够说"俺是花和尚鲁智深，你若打死我，俺哥哥宋公明下山来，砍了你的驴头！"——这些都说明鲁智深的率真、直性。

鲁智深对世事早已看得透熟，虽为出家人，却古道热肠，处处为别人考虑，而对于自己，却很不在意。在一禅杖扫倒方腊以后，我们看到宋江热情邀请首席功臣鲁智深回师还俗，封妻荫子，光宗耀祖，而鲁智深却道："洒家心已成灰，不愿为官，只图寻个净了去处，安身立命足矣。"可笑宋江依旧愚钝："便到京师去主持一个名山大刹，为一僧首，也光显宗风。"鲁智深见他实在是权欲熏心，已经不可能用佛法去点化，只能干脆一口拒绝："都不要！要多也无用，只得个囹圄尸首，便是强了。"这段话，已经毫无转寰余地，相当不客气。"宋江听罢，默上心来，各不喜欢。"

这一段话将鲁智深的形象烘托得极为高大，就像金庸小说男主人公，除了郭靖，全部归隐起来。鲁智深也效仿了这条路，和武松、林冲一起选择六和塔作为终老之地，在杭州固守兄弟的最终情谊！

也许，只有每日的潮信才能让他们体会到当年"金戈铁马，气吞万里如虎"的战争岁月。鲁智深坐化了，他做了半辈子和尚，临死之前才明白"圆寂"之意，总算没有白当一回出家人。鲁智深死得了无牵挂，人生所有目标均得以实现，再也没有什么放心不下的地方。正如大惠禅师说念偈语：

鲁智深，鲁智深！起身自绿林。两只放火眼，一片杀人心。

忽地随潮归去，果然无处跟寻。咄！解使满空飞白玉，能令大地作黄金！

鲁智深死后，没有任何遗产，随身多余衣物及朝廷赏赐金银，并各官布施，尽都纳入六和寺里常住公用。浑铁禅杖并皂布直裰，亦留于寺中供养，可谓是赤条条来，赤条条去，大公无私！

鲁智深是一个仁心满怀的大侠。在他身上，不仅显示出梁山好汉中难得的"仁义"一面，而且更为宝贵的是，他的一生，率性而为，见识坚定，敢爱敢恨，豁达大度，洒脱潇洒，唱响了一曲"关西大鼓"的英雄赞歌！

鲁智深泉下有知，当在月白风清之夜，爽朗呵呵大笑："洒家生平杀人放火，却能博个'仁侠'名声，实在是不枉人间走一遭！"

梁山好汉最终修成正果的有宋江、戴宗、张顺三人。宋、戴是山神，张顺是龙王，然而真正能成佛的只有一人，那就是鲁智深。山神、土地神都是些不入流的小神仙，而佛则是受万民顶礼膜拜的精神支柱。纵观梁山所有好汉，也只有鲁智深才有资格配上这个称号。

能在人性和佛性中闪耀光辉，像恒星一样永远光照后世，鲁智深做到了，而且做得很圆满。在无尽苍穹，鲁智深闪烁着他那双眼睛，笑看人生浮华岁月。

林冲为何是唯一的悲剧英雄

豹子头林冲，身为五虎将之一，却是一个完全被万恶势力逼上梁山的好汉。现今所用的"逼上梁山"这一成语，说的就是林冲的这段悲惨经历。

原本生活安定的八十万禁军枪棒教头，只因娘子被自己上司的衙内看中，他的一生从此改变。我们也由此看到当时官场里的极度黑暗，似乎越不能得到的东西越好，林冲成了一个官场势力迫害的牺牲品。从被骗买刀，到误入白虎堂，再到野猪林，最后到草料场，和林冲过不去的都称得上是他的领导或同事，这些人平时笑容满面，干的却是背后插刀的下作事。

官场黑暗，杀人无形，或许林冲以前略知一二，或许林冲对此并未上心，他只想置身事外，洁身自好。但"匹夫无罪，怀璧其罪"，这是颠扑不破的真理。身为国家栋梁，只因妻子貌美，竟然成为原罪，遭受一系列非人的政治迫害。在这样恶劣的前提下，再三忍气吞声的林冲最终不得不反，成为第一个上梁山的天罡星，命运如此安排林冲，致使再能忍受的林教头还能如何？！

官场肮脏，江湖也并非一片净土。好不容易到了梁山，林冲又遇到了"匹夫无罪，怀璧其罪"。可笑的是，这次的诱因是他的杰出武功——妒贤嫉能的白衣秀士王伦，处处防备林冲，怕他抢班夺权，怕他功高震主。我想，王伦时代的林冲，心情应该是很郁闷的，寄人篱下的日子不好过，大丈夫又怎能每天看人脸色？

从岳庙到梁山，林冲是憋屈的，是无奈的，是愤恨的。好在，命运终于转向了！生辰纲事件爆发后，晁盖等七人来投奔梁山，王伦仍是故伎重演，这终于使林冲忍无可忍，一刀砍了这位狭隘的白衣秀士并尊晁盖为梁山之主。

林冲推举晁盖、吴用、公孙胜三人为梁山领导核心，完全是一片公义，不存私心，这是大英雄的战略眼光——为梁山的未来发展而考量。晁盖为主，统领全局；吴用为次，出谋划策；公孙再次，呼风唤雨。梁山经过了短暂的王伦时代，迈入晁盖时代，变化是脱胎换骨的，成绩也有目共睹。王伦时代的梁山，简直不能称为"强盗"，当史进等人在陕西少华山风风火火闯九州的时候，王伦还只敢先让朱贵作眼，然后选择单身客人下手。而晁盖时代的梁山，就可以大败济州官兵，大闹江州法场！

只是换了领导层，效果截然不同！

从此梁山的声誉日益壮大，引得各路好汉加盟。这时候的林冲应该是意气风发的，他不仅亲眼见证了梁山的发展，并且凭借自己的本事，确立了自己在梁山第四把交椅的位置，算是他最美好的岁月了。

火并王伦、重置寨主以后，林冲准备将妻子接回梁山，夫妻团聚，不料妻子早在半年前就自尽了，林冲的反应是"潸然泪下，绝了挂念"。这是林冲人性的一次绝佳体现：铁汉柔情。

林冲人性的伟大之处就在于他是一个有血有肉、有情有义的"人"，他坦荡而不自私，磊落而不矫情。这一点是其他好汉无法相比的。（他们要么不近女色，要么视女人为财物，要么就是色狼。）

其实林冲有再获爱情的机会：三打祝家庄俘获了美女一丈青，论才貌、论武艺、论年纪，林冲都是上上之选，一丈青假使能和豹子头结成一段佳话，也是《水浒传》中值得大书特书的一笔！然而，为了政治需要，或者说，为了宣传效果，施耐庵竟然笔锋一转，给予了我们一个意想不到的结局：一丈青配给流氓王矮虎，成了政治牺牲品。

此时的林冲，坐实了"悲剧英雄"的名号。

鲁智深是大侠，林冲是英雄，这是读者的共识。

林冲有患得患失、忍气吞声的性格缺陷，正如《哈姆雷特》里的忧郁王子。高衙内的私欲直接导致了林冲的家破人亡，直如《奥赛罗》的悲剧源自于人心的猜忌与妒恨，美满姻缘因此破碎。而心胸狭窄的白衣秀士王伦的下场，和众叛亲离的《李尔王》有异曲同工之妙。而高家父子的残忍、贪婪、无耻，又和《麦克白》不谋而合！

莎翁的四大悲剧，林冲一个人就占全了。

《倚天屠龙记》后记中写到：

> 中国成功的政治领袖，第一个条件是"忍"，包括克制自己之忍、容人之忍以及对付政敌的残忍。第二个条件是"决断明快"。第三是极强的权力欲。张无忌半个条件也没有。

三个条件，林冲只占据了第一个，第二、第三个条件都不具备，所以林冲成不了"成功的政治领袖"。从晁盖时代到宋江时代，梁山上的林冲面目是一致的，那就是服从命令，奋勇杀敌。

林冲的战斗力，包括武力、智力、体力、魅力、魄力五方面，都是上上之选！论武力，梁山好汉、马军头领，没有一个是林教头敌手（包括关胜、秦明、呼延灼）。林教头大小近百战，谁见过他"不敌落荒而逃"的场景？论智力，林冲心细如发，善于把握战机，能够审时度势，这一点也是靠匹夫之勇得不来的；体力方面，豹头环眼状若张飞的形象，恐怕可以打满分；林的魅力，可以折服晁盖、吴用等大佬，也不可等闲视之；而冲锋陷阵，身先士卒，林的魄力指数也不可小视。

林冲和他的结拜兄弟们打出了梁山的赫赫威名，两赢童贯，三败高俅。梁山泊活捉高俅后，宋江、吴用等人"纳头便拜"，林冲、杨志二人却是对高俅"怒目而视"，这是真正的人性反应，真实可信！

最终，作者还是跳不出时代局限，林冲同样受了朝廷招安，破大辽、擒田虎、灭王庆、征方腊，处处都有林教头的骁勇身姿。当我看见林冲和大家一样全伙受招安后，依旧冲锋在最前线，最终破了方腊，却在六和塔中风而死，心中莫名地感到悲哀：这不是豹子头的人生，这是懦夫的写照！

央视1998年版电视剧《水浒传》将林冲之死做了大胆变革：得知宋江放了高俅后吐血身亡。这一大胆改动实在是绝佳妙笔！

林冲这个悲剧英雄，不应该让他永远悲剧下去。

作为耳熟能详的小说人物，林冲的形象深入人心。

是的，林冲身上有太多中国人的影子，就像张无忌，是金庸群侠中最接近常人的一位。

我们为林冲的遭遇感慨，为他的不幸嗟叹，为他的命运伤心。

是的，读者维系了太多的情感在这个英雄身上，为他的高兴而欢呼，为他的难过而流泪。

好在在梁山上，除了丈八蛇矛在月白风清之夜陪伴林冲之外，还有一个洒脱的方外知交鲁智深能和他一起排遣心怀。

好朋友，永远在一起。六和塔就是我们友谊的见证，滔滔钱江水奔流不息。逝者如斯夫，而传奇永存！

林冲奋斗了一辈子，为了顾全大局而隐藏了自己的本性。他是一个爱心满怀的悲剧英雄、一个被时代葬送的英雄。

月圆之夜，蛇矛闪耀冷光，正如林冲的眼神，坚毅而刚强，给他的强盗生涯抹上亮丽的一笔。

忍到尽头无须忍，逼上梁山美名扬！

柴进为何造反不成

小旋风柴进，江湖上赫赫有名的世家子弟，血统无比高贵，乃后周皇帝正宗后裔，名声远播，人所共知，招牌之响亮和及时雨宋江隐隐并驾齐驱，大有分庭抗礼之势。小说第35回《石将军村店寄书，小李广梁山射雁》借石勇之口说出来，"可知当时江湖上说话最有份量的除了公明哥哥，便是他柴大官人了。"而有趣的是，石勇所说的次序，竟然是柴先宋后。当然这个细节我们可以不予细谈，盖因小说家推动情节、渲染气氛需要。

柴进因祖上禅位有功（实际上是被刀兵逼迫之下的无奈之举），世袭沧州横海郡做他的富家翁生涯。其实宋太祖武德皇帝赵匡胤，人品倒真的不错，虽说是陈桥兵变，黄袍加身，有点不厚道，但人家对大哥柴荣还是忠心耿耿的。况且统一中华后，也没有对荆湖高继冲、后蜀孟昶、南汉刘铢、南唐李煜、吴越钱俶等诸侯国"皇帝"背后下狠招（其弟赵光义则心狠手辣得多）。对于患难与共打江山的老兄弟，也没有如刘邦、朱元璋一般鸟尽弓藏，而是请大伙吃顿散伙饭，史称"杯酒释兵权"。

老赵家对老柴家真算不错，不仅不要柴家子孙参与社会建设，而且还颁给丹书铁券——一种超级护身符，不管你犯多大的原则性错误，除了公开造反外，一概不予追究。

一个人若胸无大志，加上有这种寄生虫一般的优厚条件，他还能有什么积极进取的锐气？但是，我们的小旋风柴大官人不一样！其实，在他的血管里，始终燃烧着复国兴邦的热血；在他的胸腔里，始终有着天下若大乱，趁机抢班夺权的决心！

书中写到柴进门招天下客，江湖豪侠只要能够避开官府追捕，逃到他的庄上，便可以大摇大摆、神气活现地恢复自由身。比如因赌博争吵打死同伴的石勇，比如和清河县皂吏打架，致人昏迷的武松，比如杀了小妾亡命江湖的宋江。即便是路过犯人，也可以顺道上门来打打秋风，比如被人陷害，发配沧州的林冲。如此等等，不一而足。

此外，柴进还暗中资助江湖势力。比如王伦时代的梁山，没有柴进提供资金，王伦不可能在梁山开山立柜。

柴进到底收揽了多少有案底的人？书中没有细写，只是借店小二之口说他平时养了三五十个庄客。个人认为这个数字是偏少的。一来柴进门下员工跳槽率甚高，上文的石、武、宋、林诸人均先后因故离职。二来店小二提供的情报和真实情况应有差异。柴进养了多少人马，能告诉你这小人物么？我觉得一千左右是比较恰当的数字，按照他的家产以及出场排场来看，这个数字比较合理。

问题在于，柴进为什么要养这么多江湖汉子？这不是和国家权力机关明显唱反调么？他养的庄客，整天大碗喝酒，大块吃肉，过着无忧无虑的生活，既不参与管理工作，也不插手生产劳动。柴进的企图昭然若揭——收买人心，伺机造反！

一个朝代的更替，和平演变无疑是痴人说梦。中华民族五千年的发展，始终演绎着"大乱—大治—大乱"的轨迹。正所谓"一将功成万骨枯"，帝王将相的辉煌，是建立在无数人的累累白骨之上的。真实的历史，不仅有他们金戈铁马的荡气回肠，更有数以百万计不知名的幕后英雄的默默奉献！

应该说，柴进的策略、计划都很不错。宋徽宗时期，国家积贫积弱，官僚主义盛行，贪污腐化，上行下效，外敌有金兵虎视眈眈，内患有四大草寇借机作乱。一旦大宋失去民心，只要柴进振臂一呼，带上自己的庄客和流寇朋友与金兵真刀真枪干一架，老百姓还不望风景从？只要驱逐了鞑虏，这皇帝宝座的位置，自然是他柴大官人的。

柴进心生异志，朝廷不会不管，收拾柴进的大好时机随后终于来了。

柴进的叔叔柴皇城，在高唐州有一地处黄金地段的花园别墅，被高唐州知州高廉的小舅子殷天锡看上——高廉是高俅的族弟。

一个是昔日皇族，一个是当今权贵，矛盾不可避免地产生了。

柴皇城被殷天锡气死，李逵愤而出手打死了殷天锡。由此而来，柴进被高廉打得一佛出世，二佛升天，自己也被关进了死牢。

凤子龙孙有什么用？丹书铁券有什么用？豢养庄客有什么用？

血统敌不过权贵，皇家保证书敌不过权贵，私兵也敌不过权贵。

旧势力完败于新势力。

殷天锡、高廉不可能不知道柴进的底细，他们这么做绝对是有人授意指使的。唯一的可能：宋徽宗对柴进颐指气使、独霸一方的态度很不满意！

所以柴进才有了牢狱之灾。

赵匡胤立国，颁布两条祖训：善待柴家，不杀士大夫。如今第一条被宋徽宗破了，北宋是要行将就木了。

宋江点起大军攻破高唐州，李逵井下救出柴进，留给柴进的路也只有一条：上梁山。

柴进只能听天由命了，梁山好汉排座次以后，柴进位列第十位，号"天贵星"，和排第十一位的天富星"扑天雕"李应共同掌管梁山钱粮。位次在宋、卢、吴、公孙四大天王和五虎将之下，而在八骠骑、倒拔垂杨柳鲁智深、赤手空拳打死猛虎的武松之上。

梁山好汉，真正的大财主并不多，除了柴进、卢俊义是富甲一方的大地主，晁盖、史进、李应、穆家兄弟、孔家兄弟应该是为数不多的小地主。不论功劳、武力等因素，柴进坐这个位置，都是相当的，因为他不仅是梁山大地主，而且是唯一的贵族！理所当然。

柴进上梁山之后，由于自身硬件所限，极少亲自上阵杀敌。大的功劳只有三件：

一、金银贿赂北京的刽子手蔡福、蔡庆兄弟，保全卢俊义性命。

二、和宋江入东京看花灯，入睿思殿刮去"山东宋江"的御书。

三、上演《无间道》，和燕青卧底方腊老巢，还因势利导成为方的附马爷。

对于前两件事，倘若不是看在柴进身上与生俱来的贵族气息，宋江一定会委派他的心腹戴宗去完成任务。只是戴宗不过是个小小监狱典狱长，连下书都出漏子，哪里能够如柴进般进大内四处游玩面不改色？

柴进在征方腊途中，冒充文士打入敌人内部，获取方腊的信任，依靠的却是拍马功夫。书中写道：

> 柴进奏道："臣柯引（化名：柯即柴，引即进）贱居中原，父母双亡，只身学业，传先贤之秘诀，授祖师之玄文。近日夜观干象，见帝星明朗，正照东吴。因此不辞千里之劳，望气而来。特至江南，又见一缕五色天子之气，起自睦州。今得瞻天子圣颜，抱龙凤之姿，挺天日之表，正应此气。臣不胜欣幸之至！"言讫再拜。方腊道："寡人虽有东南地土之分，近被宋江等侵夺城池，将近吾地，如之奈何？"柴进奏道："臣闻古人有言：'得之易，失之易；得之难，失之难。'今陛下东南之境，开基以来，席卷长驱，得了许多州郡。今虽被宋江侵了数处，不久气运复归于圣上。陛下非止江南之境，他日中原社稷，亦属陛下。"方腊见此等言语，心中大喜，敕赐锦墩命坐，管待御宴，加封为中书侍郎。自此柴进每日得近方腊，无非用些阿谀美言谄佞，以取其事。

柴进如此这般，那是耳濡目染之故，自己在沧州做大财主的时候，身边这样一来的人不要太多！武松因为不肯拍马，所以才一直得不到重用。此时此刻柴进才总算明白过来，自己为什么不会成功，原因和宋徽宗一样，身边贤良之士太少，而阿谀奉承之徒太多！

柴进估计也不想让方腊死得这么惨烈，虽然贵为附马，却也一直老老实实呆着，没故意给方腊支什么阴招。可惜清溪城破之后，金芝公主自杀，不知道柴进心中会不会有那么一丝愧疚和不安？

柴进破了方腊以后，怕奸臣陷害自己曾当过方腊附马，秋后算账的滋味不好受，称病返乡为民，忽一日无疾而终。

也许这是柴进大彻大悟了。

柴进这个人物，能用"有心复国，无力回天"八个字来形容。他慷慨大方，但识人不明；他筹谋策划，但时运不济；他深入敌后，但作用不大。

这就是落魄王孙的失败之处。

出来混，迟早要还的。

小旋风、及时雨，这对"风雨"黄金组合，不仅没有引起风云变幻、世界大同，反而使一场轰轰烈烈的农民起义销声匿迹。千载之下应生长叹："宝刀空利，不也悲夫？"

梁山超级元老为何不受待见

梁山的蓬勃壮大，先后历经三代领导人——王伦、晁盖、宋江的功劳。正是他们的位置更替，梁山才能由弱到强，成为一支实力不可小觑的地方武装割据力量。

一百零八将里面，一直呆在梁山的"三朝元老"有三人：杜迁、宋万、朱贵。他们是梁山名符其实的前辈级人物。然而三人的地位却相当卑微：杜迁排第83位，宋万排第82位，朱贵排第92位。

梁山的第一代领导人王伦，因为仕途困顿，不得已跟随杜迁投靠柴进柴大官人，尔后又在柴进的资助下，随同杜迁在梁山落草。可以说，梁山真正的第一代领导人，不是王伦，而是杜迁！

在王伦、杜迁的号召下，梁山先后又吸纳了宋万、朱贵两人，由此而来山寨终于有了雏形：王伦为主，杜迁、宋万相辅，朱贵刺探情报。但初具规模的梁山实力很弱，业务范围仅仅包括单身客商，对于成群结队的客人，只能无奈放过。

王伦气量狭小，杜迁三人武艺平常，林冲的到来，成为检验四人人品的试金石。书中写道：

> 王伦起身说道："柴大官人举荐将教头来敝寨入伙，争奈小寨粮食缺少，屋宇不整，人力寡薄，恐日后误了足下，亦不好看。略有些薄礼，望乞笑留。寻个大寨安身歇马，切勿见怪。"
> 林冲道："三位头领容复：小人'千里投名，万里投主'，凭托

柴大官人面皮，径投大寨入伙。林冲虽然不才，望赐收录。当以一死向前，并无谄佞，实为平生之幸。不为银两赍发而来，乞头领照察。"王伦道："我这里是个小去处，如何安着得你？休怪，休怪。"朱贵见了，便谏道："哥哥在上，莫怪小弟多言。山寨中粮食虽少，近村远镇，可以去借。山场水泊木植广有，便要盖千间房屋，却也无妨。这位是柴大官人力举荐来的人，如何教他别处去？抑且柴大官人自来与山上有恩，日后得知不纳此人，须不好看。这位又是有本事的人，他必然来出气力。"杜迁道："山寨中那争他一个！哥哥若不收留，柴大官人知道时见怪，显的我们忘恩背义。日前多曾亏了他，今日荐个人来，便恁推却，发付他去！"宋万也劝道："柴大官人面上，可容他在这里做个头领也好；不然，见得我们无义气，使江湖上好汉见笑。"

很明显，杜迁、宋万、朱贵三人出于公义，站对了立场。所以王伦最终死在林冲手里，而杜迁三人一直活到了南征方腊之前。

"摸着天"杜迁对应的星号是"地妖星"，"云里金刚"宋万对应的星号是"地魔星"。如果我们打开《水浒传》，就可看到楔子"张天师祈禳瘟疫 洪太尉误走妖魔"里，洪信自作主张，惹下泼天的祸事，放走百八"妖魔"——而梁山最早的好汉，就是"地妖星"和"地魔星"！盖"以名为引"也！

当然施耐庵草蛇灰线，伏笔千里。洪太尉上山时遇见最早的动物——一只吊睛猛虎，一条雪花大蛇，也暗扣了《水浒传》出场最早的好汉——"跳涧虎"陈达、"白花蛇"杨春！

杜迁、宋万两人绰号相当雄壮，一曰"摸着天"，一号"云里金刚"，看来都是高个子。但个子高未必本领就强，寺庙里的四大金刚、哼哈二将，论个头都很可观，但宗教地位很低，杜迁、宋万也不幸对号入座。

其实按照取名惯例，杜迁似乎更应该叫"杜千"才对！这样一来才和宋万对应起来。然而施老先生看似无意而为的取名艺术，却隐藏着相当深刻的寓意：迁者，迁移也。梁山这块风水宝地是杜迁首先发现的，但是最后三易其主，杜迁自然非"迁移"不可！

杜迁、宋万的本领，虽然不甚高强，但也绝不是酒囊饭袋，宋江破北京大名府，委派杜宋二人灭府尹梁中书满门，两人基本上完成任务——单单漏了最重要的梁中书夫妻——能够在府尹家里纵横驰骋如入无人之境，这两人也不会是善茬。

武艺平常的杜迁、宋万并没有政治野心，也不会摆老资格，他们生活的目标就是得过且过。所以我们看到，不管是王伦时代、晁盖时代还是宋江时代，这两人都是一付随遇而安的怡然自得模样，"愿为哥哥持鞭坠镫"，梁山姓什么不重要，重要的是"做人呢，最重要的是开心"。

征方腊途中，宋万是最早牺牲的将领，杜迁却是在最后的大决战中英勇献身。两人作为吴头楚尾，为梁山流尽了最后一滴血，暗示了梁山的最终悲剧结局。宋万阵亡后，宋江想起此人有"梁山泊开荆之功"，也不禁恻然，下令排下乌牛、白羊，亲自奠酒祭祀——不管宋江是发自真心，还是收买军心，对于宋万来说，这也是一种告慰。

再说朱贵。

朱贵的外号"旱地忽律"，有两种解释。第一，"忽律"即鳄鱼，旱地里的鳄鱼，皮肤颜色相差无己，良好的保护色便于伪装和攻击敌人。第二，"忽律"指一种有剧毒的四脚蛇，它生性喜食乌龟，将猎物吃剩一个空壳后钻入其中，冒充乌龟，有人不知捡起它后，便发出夺命一击，直接致人死命。

不管哪种解释，有个相同之处："忽律"是一种善于伪装的可怕动物，这和朱贵的工作性质很相像。这个绰号，相当贴切人物身份！

朱贵这人，虽然冒了凶猛动物的名，心地却相当善良。

林冲入伙事件，第一个和王伦唱反调的是最低微的朱贵！面对王伦的"粮食短缺""屋宇不整""人力寡薄""耽误前程"四条子虚乌有的借口，一一做出回复，让王伦哑口无言。

这非常不简单！

在后续的"投名状"名词解释中，也是朱贵纠正了林冲的思维定式。

可以说，没有朱贵的热心助人，林冲晋身将相当坎坷。

或许，这就是所谓"英雄惺惺相惜"吧！

朱贵对"名利"二字看得极淡。

王伦年代，朱贵列最后一席；加上林冲，朱贵依旧是最后一席；晁盖来了，朱贵在十一位头领中，还是最后一席；花荣等九人投奔梁山，朱贵本来又是最后一席——恰好叛徒白胜横空出狱，朱贵才"光荣"地名列倒数第二位。而一直到最后的百八人大聚会，朱贵的名次都相当靠后。

但朱贵表达过不满吗？没有。只看到他屡屡让位，看不到他争名夺利。

命运对朱贵是相当不公的。朱贵的东山酒店，起着联系山寨、侦察敌情和吸收英才的三项作用，朱贵也曾大力资助过林冲、戴宗、李逵等大腕，但不管是哪个领导人当家，朱贵总是边缘小人物，从无例外。

朱贵身上还有一股正气。当他看到李逵大斧排头砍去，滥杀无辜的时候，朱贵一声大喝："不干百姓事，休只管伤人！"此时此刻，朱贵的命运，其实已经尘埃落定。

征方腊结束后，朱贵于杭州城中感染瘟疫，兄弟朱富对他不离不弃，悉心照料，最终两人同时染病身亡。朱贵可以瞑目了，他做了一生有良知的强盗，别人不理解，嫡亲的弟弟总归理解了。

梁山超级元老，都有不凡的人生。

杨志为何早早病退

青面兽杨志，乃梁山好汉中真正的名门之后、将门虎子，血统论排名前三的人物。如果单从出身来讲，小旋风柴进是后周皇室嫡系后裔，大约是冠军；大刀关胜据说是三国关老爷子孙，虽说过了八百年，这血液纯度有待考证，可人家家谱上白纸黑字写得清清楚楚明明白白，不由得你不服气；第三便应该轮到我们杨志先生了，杨家将的故事，那可是风靡万千少女，折服无数少男啊，"大破天门阵""穆桂英征西"，那可是说书先生案头的保留节目！再后面大约才轮到呼延灼、彭玘等人。

自北宋开国始，杨家将一直是标杆一般的模范典型：既忠又勇，既节又烈，是朝廷的心腹、军队的脊梁。杨家后人，怎么能上梁山落草为寇和朝廷对着干呢？这不是一个人毁掉一个家族的荣耀吗？

所以，杨志应该是最不想上梁山的好汉。

青面兽杨志背负的家族责任太重了。他动辄就介绍自己是"三代将门之后，五侯杨令公之孙"，中过武举，做过殿司制使官。可那又怎样？徽宗皇帝、太尉高俅、枢密使童贯这伙人，没派杨志去镇守边关，却让他下江南押运花石纲骚扰百姓。有这样的一群昏君奸臣，杨志的理想"边庭上一枪一刀，博个封妻荫子"恐怕是实现不了了。

因为黄河风浪打翻了花石纲，杨志只能四处凑钱，准备了一担子的金玉财物去枢密院梳理关系。这笔巨额贿金也十分波折，先是被王伦、林冲等人看上，侥幸未失，后是行贿打点无效，杨志被赶出殿帅府。

杨志还是把"名分"二字看得太重。黄河中失了花石纲，选择变卖家产贿赂上司，而不是直接落草为寇；王伦盛情款待，给足了面子，也不为所动；英雄落魄汴梁街头，也不是说用块黑布蒙面去抢点银子来，只得满含心酸将祖传宝刀变卖。一个英雄，落到如此田地，心中痛楚，恐怕不是能用语言来表达的。即便对于无赖牛二，杨志也表现出一个极具耐心的业务代表素质：要剁铜板，可以；要吹毛断发，可以；要杀人不见血，杀只狗不满意，只有杀了你这个狗都不如的恶棍！

因为命案，杨志被发配大名府充军。大名府留守司梁中书上马管军，下马管民，是大名府的头号父母官，但此人却不同于一般的庸官，竟然颇具慧眼，看出杨志的与众不同！

能做到太师蔡京的女婿，梁中书果然有两把刷子。

"青面兽北京斗武 急先锋东郭争功"是十分精彩的一回书，杨志轻松比枪、比箭赢了周瑾，引来了急先锋索超的不服——索超是周瑾的师父。杨、索二人日后都是天罡星，杨志排第17位，索超排第19位，两人又同时入选梁山马军八骠骑兼先锋使，看起来，确实是棋逢对手，将遇良才。

比武的结果也是二人战成平手，不分胜负。

真的是这样吗？

杨志在梁山脚下和林冲步战五十余回合不分胜负；在大名府和索超马战五十余回合不分胜负，这说明他的战斗力在梁山好汉中，完全可以进入"十大元帅"之列。但是这并不代表杨志的战斗力和林、索二人一样，事实是介于二人之间。

林冲要缴投名状，第一次杀无辜的好人，难免心中忐忑不安，战斗力便要打个折扣，况且杨志挑财物是要去打点关系的，安身立命的东西，哪能放弃？此消彼长，林的真实战斗力在杨之上。和索超斗武，那是以犯罪之身升级，切不可得罪太多人，同样在官场混迹的杨志深知"花花轿子人抬人"的道理，故而手下留情，和索超斗个平手。

杨志的情商并不低，情商低的是李逵。

改变杨志命运的，是脍炙人口的"黄泥岗事件"。七星面对杨志，胜者一帆风顺，负者一败涂地，谁也输不起。

七星聚会当中，其实人人都会耍两手：晁盖能搬动石塔，双臂膂力应该不小；吴用虽说是个书生，但也颇有胆略，曾用铜链架开正在恶斗的刘唐、雷横；公孙胜殴打晁盖家丁十余人如抛稻草人；刘唐能和郓城县步兵都头雷横交手五十余招不分胜负，想来也不是无能之辈；三阮更从小说中给的绰号便可见一斑。

七人辛苦做局、设套，终于骗走了十万贯的生辰纲，逼得杨志一度想要跳崖自杀。

这说明了两点：

第一，杨志的战斗力，恐怕是不可轻易撩拨的。

第二，这就是杨志的宿命。

路路断绝、无处可去的杨志，最终只能选择落草为寇，和鲁智深一起做了二龙山之主。对于杨志来说，家族荣耀、个人奋斗这些，都可以说往日云烟了。从这时起，杨志就像变了一个人，变成了一个沉默寡言的没嘴葫芦，得过且过，心如止水。

杨志被迫上梁山，严格来讲，只是二龙山被实力更大的梁山收购了！从他个人内心世界来讲，恐怕是不太愿意的。小说第五十八回"三山聚义打青州，众虎同心归水泊"写道：

> 杨志起身再拜（宋江）道："杨志旧日经过梁山泊，多蒙山寨重义相留，为是酒家愚迷，不曾肯住。今日幸得义士壮观山寨。此是天下第一好事。"宋江答道："制使威名，播于江湖，只恨宋江相见太晚！"

短短两句看似无关紧要的对话，实质上阐明了两人的观点！杨志对晁盖是有情绪的，要不是七星劫了生辰纲，他杨志也不会落得这般田地！所以杨志会明褒暗贬，讥讽说"天下第一好事"云云；而宋江，早已经听出他的弦外之音、不满之意，故而连忙拉拢收买，称呼杨志是当日官衔"制使"，而不是失陷生辰纲时的"提辖"，更不是"杨英雄""杨大侠"等江湖称谓，"只恨宋江相见太晚"。

杨志对于梁山，有一种说不清的感觉，在梁山上的功劳也很不起眼：

攻打大名府，只是策后马军；关胜要游说水火二将，吴用要派林冲、杨志监督；卢俊义攻打东昌府，杨志和没羽箭张清交手两招，头盔上挨了一石子，伏鞍归阵。哪里有半点杨家将后裔的威风？！

或许，杨志根本不想为山寨效忠吧。

宋江受招安，最高兴的莫过于杨志，满足了他的毕生心愿。多么黑色幽默啊，杨志一心为国效力，高俅赶他，泼皮侵他，老都管害他，路路断绝，只能走到了朝廷的对立面，当了强盗；上山没多久，梁山泊整体受招安，杨志竟然又当回了武官，可以用军功换前程。杨志的命数，堪称奇特、波折！

可惜征方腊途中，杨志只是仅仅过了长江，便在丹徒县患病不起，最终也病死异乡，竟然欲"一刀一枪在边疆上博一个封妻荫子"而不可得！

对于命运多舛的杨家将后人来说，还有什么比这样的结局更让人扼腕叹息的呢？

早早病退，早早离开这个舞台，大宋朝，确实快完了。

也许，"三代将门之后，五侯杨令公之孙"的杨志，谨遵祖先遗志，刀枪只对外敌，而对于方腊，只是人民内部矛盾。他举不起自己的钢刀，正如汴梁城惹事的宝刀，收归国有后，从此不闻踪影。

晁盖为何必须归天

托塔天王晁盖，梁山第二任寨主，原济州郓城县东溪村的大地主、当村保长，为人慷慨大方，仗义疏财。出于对黑暗的现状强烈不满，因此当刘唐将生辰纲的消息透露给他的时候，晁盖想也没想就一口答应下来，两人一拍即合，建立起深厚的友谊。一个生活安乐的富裕地主，能够抛家弃业铤而走险，为了"劫富济贫"的崇高目标，牺牲小我，成就大我，晁盖可谓真好汉！

晁盖在梁山三代领导人当中起到承前启后的作用，正是他的不懈努力，梁山才能不断发展壮大起来，并且由继承人宋江完成从巅峰到衰落的抛物线路径。

这样一个人物，为什么会壮志未酬身先死？

剧情需要。

因为晁盖是一个好大哥，但不是一个好带头大哥。

我们以智取生辰纲和江州劫法场两战来分析。

智取生辰纲是小说的一个重头戏，晁盖、吴用、公孙胜、刘唐、三阮加白胜，八人去劫取梁中书的十万贯金银宝贝。鉴于青面兽杨志押解生辰纲，吴用事先定下了"力则力取，智则智取"的八字方针：能智取就智取，减少本方人员伤亡；计划失败则正面死磕，倚多为胜，夺了这笔不义之财！

智取生辰纲的总"导演"是吴用，支开雷横的是他，说三阮撞筹的是他，设定计策的是他，最关键的酒中下药环节也是他一手操办。吴用不仅心细，而且胆大。反观晁盖——表现不明显。那么问题来了：晁盖应该做什么？

黄泥冈事发，源于白胜被捕，而白胜之所以被捕，源于身份外泄——济州缉捕使臣何涛的弟弟何清早早就认出了晁盖的假贩子身份，又通过他人之口知道了白胜的情况，两下合拍，黄泥冈大案终于告破。

故而，在这场战役中，作为七个人的带头大哥，晁盖要做的就是隐藏幕后，绝不露面！因为晁盖是地方名人，太多的人认识他了。贩卖枣子的外地客人，六个和七个有区别吗？只怕没有。

所以说，智取生辰纲，多晁盖不多，少晁盖不少。如果晁盖没有现身，没准何清也想不到线索；万一计策被杨志识破，以刘唐、公孙胜、三阮的战斗力，硬夺生辰纲的成功几率也不小。

所以说，晁盖最好的决定就是在黄泥冈附近埋伏起来，暗中观察同伴的表演，演得好就一起出来装货、推车；演砸了就马上抄家伙、并肩子一起上，这才是晁盖最合理的选择。

港台枪战片中，打架斗殴事件都是小弟挥着斧头上，真正的老大戴着墨镜幕后操作，而晁盖却不能很好地学习、贯彻和领会这种精神。可惜了。

晁盖还有处事婆婆妈妈的毛病。

黄泥冈东窗事发，宋江早晨巳时舍命报信，晁盖开始收拾家产，一直收拾到晚上一更都没能结束！其间共有九个钟头的宝贵时间没能有效利用起来！而正是他的拖拖拉拉效率低下，直接导致了郓城捕快的前后合围！要不是朱仝徇私舞弊，晁盖还是逃不脱恢恢法网！

晁盖识人的本领也很一般。

因为无处可去，吴用建议大伙儿投靠梁山安身立命，晁盖天真地认为王伦会喜不自禁——既得到大批部下，又得到无数金银，可谓"人财两得"。事实上连阮氏三雄都知道王伦心胸狭窄，没有容人之量。果然，晁盖等人上了梁山后，王伦依旧是推三阻四，拒绝接纳。

好在林冲火并了王伦，尊晁盖为山寨之主。

晁盖上台后，出手不凡。首先大赏功臣，犒劳三军，迅速稳定了人心，然后修理寨栅，打造兵器，做好后勤工作，接着才是安排船只，训练士兵，提升梁山的作战能力。这一套"先发展，再争霸"的策略，完全符合当时的形势需要。正是这"三步走"的正确方案，导致随后的济州捕快部队几乎全军覆没，团练黄安也被梁山生擒，最终病死强盗窝。

在这场家门口的水泊保卫战中，晁盖很好地利用了天时地利人和，指挥全军大获全胜，从此开创了梁山的新局面。但是随后的另一场攻坚战却使我对晁盖的指挥水平大摇其头！这场战役，就是著名的江州劫法场之战。

晁盖的大恩人宋江在浔阳楼头触犯了文字狱，进而连累了戴宗落水。晁盖留下吴用、公孙胜、林冲、秦明看守大本营，自己亲率梁山大军去劫法场！

如前所说，晁盖义气当头，勇气可嘉。但是，这个人员配置真的合适吗?

正军师、副军师、主将、先锋官，全部放在替补席上，带去的人马，由晁盖统一指挥。

结果是大伙儿救了宋江、戴宗后，找不到撤退的路！一大帮人，跟在李逵后面，像没头苍蝇一样乱跑！好在监斩官早就吓得逃之夭夭，要是有人镇定指挥，关起门来打狗，恐怕晁盖等人要全军覆没！

这么重要的一场战役，晁盖竟然根本没安排断后的人员和撤退的路线，打到哪儿算哪儿。这，简直是开玩笑。

好在"主角不死"的定理再次发威，张顺率领揭阳镇势力从水路及时前来接应，全军安全撤退，避免了不必要的损失。可以说，如果不是李逵和张顺的歪打正着，晁盖此行，不仅不能救出宋江，反而要将自己和部下的性命送在江州！

至此晁盖的性格已经袒露无遗。他急公好义，热心助人，心存善良，不肯滥杀无辜，视兄弟如股肱，但却是个有勇无谋的鲁莽汉子，遇事判断不明，行事拖泥带水，缺乏全局观念。这样的人，能成为好朋友，但却万万不能成为好领导。

反观宋江，在安全上船后，亲自制订了"攻打无为军，活捉黄文炳"的计划，安排人手井井有条：薛永探路，侯健内应，白胜卧底，石勇、杜迁埋伏，李俊、张顺接应，其余人等趁火动手。事实也证明，这次排兵布阵是何等见效，无为军大伤元气，黄文炳被生擒活捉。

晁盖、宋江的指挥能力一对比，就看出高下来了：宋江久在公门，熟稔计谋；晁盖不过是一村之长，管理不了庞大的团队。

曾头市一战，晁盖欲为自己正名，挑选了林冲、刘唐、三阮、杜迁、宋万、白胜等一干"自己人"，也不带吴用这个军师，匆忙上阵，结果被史文恭一箭射死。

不管晁天王曾头市中不中箭，他都必然会死，因为晁盖的性格，完全不符合梁山再次发展的需要。梁山的发展经历成立、成长和成熟三个时期，王伦创立了梁山，出于人格缺陷，不能发展壮大，所以他要让位给晁盖。同样，晁盖可以带领梁山成长，却不能导致成熟，所以他也要让位给宋江。"物竞天择，适者生存"，这一点很符合进化论。

晁盖一死，宋江马上成为代理寨主，紧跟着就是把"聚义厅"改成"忠义堂"！向朝廷正式传递了投降信号。

晁盖对梁山的发展，功不可没，然而当你不适合领导这个时代发展的时候，你就必须下岗。晁盖可以做我们的好朋友，却不能做一个好领导人，也许他更适合坐柴进或者李应的位置，当他振臂一呼的时候，命运已经书写好了他的结局，为了梁山大计，晁盖必须归天。这看起来有点意料之外，实际上也在情理之中。

晁盖最后的遗言是："若那个捉得射死我的，便叫他做梁山泊主。"看起来很有点儿戏的意思。堂堂梁山之主，岂能这么随便？如果不是这条意气性质的遗嘱，晁盖可以算作一条好汉，但正是这条或许能损害宋江、吴用切身利益的遗命，给晁盖的一生画上一个不那么光彩的句号。

英雄空有鸿鹄志，无奈抱憾落寞亡。

吴用为何"才难大用"

智多星吴用，乃梁山的军师、宋江的左膀右臂、招安计划的坚定拥护者。其发迹的路线是"乡村教师—强盗头子—朝廷命官"，走的是一条和科举考试殊途同归的路。

科举制度始创于隋，形成于唐，完备于宋。宋代重文轻武，科举考试是步入政坛的敲门砖。一般的读书人十年寒窗，为的就是一朝成名，头戴乌纱跨马游街，从而封妻荫子，光宗耀祖。

而吴用的这个梦想，早早就破碎了。

小说中交代，吴用在发迹前，在郓城县东溪村当一名名不见经传的乡村私塾老师，和村长晁盖是发小，从小一起玩泥巴长大。小说中借吴用自己寻思："晁盖我是自幼结交，但有些事，便和我相议计较。他的亲眷相识，我都知道。"由此可见，晁、吴二人关系相当铁杆。

二人年纪相仿，都是四十岁左右的中年人，且都是单身汉。

晁盖的单身尚可视为"钻石王老五"，吴用就惨了点——应该是无力娶妻。

刘唐和雷横曾在吴用家门口打过一架。吴用家的大门，只是篱笆门，可见吴用的生活水平是十分清贫的。

人到中年，科举不第，家境贫寒，三大要素一综合，吴用自然娶不上老婆。

吴用不甘对命运低头，他要改变自己的命运，不想再做一个收入菲薄的乡村私塾教师，所以当晁盖向他透露劫取生辰纲的计划时，吴用不仅欣然同意，而且还推荐了阮氏三雄前来入伙。

吴用的这种做法，其实和王伦并无二致：都是中年秀才，都是科举失利，都是家境寒酸，都艳羡富贵生活，所以，这两人先后都上了梁山。

为什么王伦被杀死而吴用一直都是高层？这主要是两人的定位不同：王伦觉得梁山是自己的，自己是老大；吴用从来不觉得梁山是自己的，自己只想当老二。所以定位决定了归属，决定了命运。

下面我们要讨论两个关键问题：

第一，吴用为什么舍弃了发小晁盖转投新人宋江？

第二，吴用的真实水平到底如何？

这也是广大水浒迷很关心的两个问题。

对于第一个问题，我认为，这还是吴用为了自己的前途。

从清贫到富有，吴用达到了。但吴用毕竟是个读书人，"万般皆下品，惟有读书高""朝为田舍郎，暮登天子堂"，吴用追求的终极目标还是出将入相做大官。

显然，晁盖无法满足他的愿望。晁盖只要"大碗喝酒、大块吃肉、大秤分金"，今朝有酒今朝醉，吴用的追求绝不止于此。

只有宋江和吴用的目标是一致的。

他们都是小知识分子，都向往宦海生涯，所以能很快一拍即合，成为新的合作伙伴。在小说中，宋江屡屡找吴用商议大事，而吴用则处处维护宋江的地位，两人互帮互助，各取所需。

故而，吴用离开晁盖是早晚的事，毫不奇怪。

再看第二个问题，很多人喜欢拿《水浒传》中的智多星吴用和《三国演义》中的卧龙诸葛亮相比，认为这两人不论是出身还是经历，都存在太多的相同点：一样隐居乱世，一样才高八斗，一样辅佐明主，一样殚精竭虑，一样死而后已。

其实差别很大。

智取生辰纲积累了梁山的第一笔原始资金，正是这十万贯的金银宝贝，才能让火并王伦后的梁山有发展壮大的资本。这一笔钱，吴用等人思索良久，筹谋再三，计划可谓滴水不漏。虽然顺利从杨志手上骗得钱财，却因为吴用的一招昏棋，险些前功尽弃，一番心血毁于一旦。

吴老师千算万算，却忘记了"伪装"一条！作为地方名人，晁村长这张脸谁不认识？吴老师在住宿登记的时候，非要说他是安徽枣贩，为此七人付出了昂贵的学费——抛家弃业上梁山，而重要的串场演员白胜也被抓获，并且当了无耻的叛徒。这段不光彩的经历，直接导致了白胜在未来梁山上的可悲地位。

吴用百密一疏！

如果说一次是失误，两次便是错误。吴老师在相同的地方连续又摔了一跤：梁山恩人宋江发配江州，酒后大言浔阳楼题了反诗，由于文字狱事件，眼见要送命，吴用让戴宗送假信给蔡九知府，拖延时间来救宋江的命。然而身为小学语文老师的吴用，恐怕自身水平也不过如此，设计的书信中，印章称谓忘记避讳！而正是这个错误，让同样是落魄文人的黄文炳看出端倪！进而将梁山的诡计一言戳穿！所以虽同为文人，至少在处事精细方面，吴用不如黄文炳多矣！

宋江当年为了迫使秦明落草，采用冒名顶替的方法，手段之下作，触目惊心。吴用更是青出于蓝：为了拉朱仝下水，指使李逵斧劈四岁的小衙内！手段残忍，令人发指；为防止呼延灼反悔，逼迫他反间破了青州城，由此作为"投名状"绝了呼延灼之念；为了骗卢俊义上山，险些害得他家破人亡。

蜀汉丞相诸葛亮会这么做吗？想来想去，诸葛亮也就是误用了一次马谡而已。

只要宋江看上的人才，吴用一定想方设法搞到手！对于这样的得力下属，宋江非常满意。然而有一个人相当不满意，那就是正直的晁盖。眼见得宋氏集团日益坐大，军师吴用密谋跳槽，晁盖沉不住气了，不听任何人的劝导，抛开军师去打曾头市——结果送了自己的性命。

晁天王一死，宋江和吴用假惺惺流下难过的眼泪后，利用双面间谍郁保四，破了曾头市。而对于活捉了史文恭的卢俊义，也是吴用明里暗里阻挠晁盖遗言的实现，从而使宋江的寨主交椅坐得铁桶般稳当！

梁山不断壮大，连大宋政府也感到害怕，童贯、高俅连续征讨，先后失利。在擒获高俅后，吴用完全表现出一个小人之态：先是十分巴结逢迎，将乐和随同萧让作为人质，等高俅下了山，连忙又做事后诸葛之态。书中写道：

　　且说梁山泊众头目商议，宋江道："我看高俅此去，未知真实。"吴用笑道："我观此人，生得蜂目蛇形，是个转面忘恩之人。他折了许多军马，废了朝廷许多钱粮，回到京师，必然推病不出，朦胧奏过天子，权将军士歇息，萧让、乐和软监在府里。若要等招安，空劳神力！"

回回看到这里，吴用的丑陋嘴脸一览无余！如此"料敌"可叹可悲！说到底，吴用只不过是个玩弄权谋的江湖骗子！远远不能和大贤诸葛亮相提并论！

宋江和吴用的关系，说得刻薄点，可谓"狼狈为奸"。正是他们为了自己的功名利禄，将梁山兄弟的鲜血染红了自己的红顶子，而踏着兄弟累累白骨升迁的宋江，最终也死在朝廷的一杯毒酒下。

宋江死了，兔死狐悲，吴用最终也吊死在宋江的墓前，完成了人生最后一次伪装。吴用孤家寡人一个，死得了无牵挂，因为他知道，朝廷对付了宋江，下一个目标就是自己，而现在的梁山，已经成为板上鱼肉！朝廷才是最大的黄雀，方腊作为一只短命的蝉，消失在历史舞台，而两只螳螂，最终也会成为黄雀的腹中美餐。

有个成语叫"螳臂当车"，吴用肚子里是有些墨水的，历史的车轮滚滚前进，对于梁山好汉来说，这是一场更类似于小市民暴动的"农民起义"。俗语说"秀才造反，十年不成"，又说"百无一用是书生"，宋江和吴用都是书生，这种缺乏明显"为广大农民阶级谋福利"纲领，只反贪官，不反皇帝的"农民起义"，它的灭亡，也只是个时间问题。

吴用、吴用，正如你的名字——实在无用！

公孙胜为何甘当逃兵

梁山好汉中最神秘的人物是谁？相信大多数人会不加思索脱口而出：入云龙公孙胜！诚然，正如他的绰号，公孙大郎从头至尾一直是个神龙见首不见尾的世外高人，松纹古锭剑一举，顿时天昏地暗风雨大作，梁山好汉四面合围，于是乎敌人丢盔弃甲屁滚尿流，我军鞭敲金镫齐唱凯歌。正是由于他的道法神通，梁山大军方能无往不利，无坚不摧。

小说中的公孙胜呼风唤雨，法术无边，按照我的理解，他大约是个杰出的气象学家，能够预知天气变化。毕竟神鬼之说，终属虚构，玄幻不可信。

撇开那些撒豆成兵的情节，公孙胜是一个怎样的人？

我觉得他是一个对梁山失望的逃兵。

公孙胜第一次出场，就是主动拜访晁盖，从而凑满了七星之数。公孙胜虽然是最后加入七人团队的，但是位置不低，坐拥晁盖、吴用之后的第三把交椅，在刘唐、三阮之上。这一方面是看在公孙胜的江湖声望上，另一方面源于公孙胜提供了"生辰纲从黄泥冈过"这个重要情报。

公孙胜是个出家人，师傅是著名的仙长罗真人。身为道士，讲究清虚淡泊，修道成仙，那么，公孙胜为何想要劫取生辰纲？

梁山好汉中三个出家人，鲁智深、武松都是犯了命案后，为了便于逃亡，一个做了和尚，一个假扮头陀。公孙胜和他们不一样，他一出场就是货真价实的道士，他要劫取生辰纲的动机是什么？

我认为是劫富济贫！

公孙胜是方外之人，不为衣食而担忧，他不像吴用、刘唐、三阮等人都是穷人，所以，他不需要金银来改善生活。

更何况，如果追求荣华富贵的话，对公孙胜而言，其实轻而易举。

公孙胜处在一个适逢其时的年代，北宋皇帝很信仰道教的。从太宗开始，各代皇帝对道家发展都给予了大力的支持，尤其在真宗和徽宗期间，有过两个高潮，徽宗皇帝自己，在给燕青的赦免书上就自称"神宵玉府真主宣和羽士虚静道君皇帝"，头衔很长，范围涉及教主、神仙、皇帝三大块，徽宗对道教的崇奉几乎达到了相对疯狂的地步。道教因此得以迅猛发展，许多道士得到徽宗的信任，如刘混康、林灵素、虞仙姑等，皆得以升官发财。

作为道士，如果不求上进，直接进京面圣，就可以混个好位置，从此以后吃喝不愁。但是公孙胜不一样！虽然跳出红尘，然而在他心中，始终把解救黎民当作首要大事！公孙胜看见百姓身处水深火热之中，万民嗟叹，不禁怒从中来，将梁中书十万贯民脂民膏将要路过山东黄泥冈的消息，告知了他心目中的大英雄晁盖。

公孙胜不为名利，也不为声望，完全为了穷苦老百姓出头。他自己一个人，是没有办法打败杨志的，也无法搬走十一担金银财宝，所以他必须联合晁盖，借助大家的力量实现理想。公孙胜的计划很成功，渴望一夜暴富的晁盖采纳了他的意见，并且顺利得到实施。

但是，晁盖他们的后续所作所为很令公孙胜失望：黄泥冈得手以后，众人只顾自己分钱，完全忘记了活动的初衷。此时此刻公孙胜后悔了，虽然三阮、刘唐也属于"贫苦农民"，但那只是一小部分，代表不了全体，公孙胜于是想到了逃避。

这种情况一直延续到宋江上梁山。

宋江一上上山，第一件事情就是将新、旧两派头领人为地分成两边：

　　再三推晁盖坐了第一位，宋江坐了第二位，吴学究坐了第三位，公孙胜坐了第四位。宋江道："休分功劳高下，梁山泊一行旧头领去左边主位上坐，新到头领去右边客位上坐，待日后出力多寡，那时另行定夺。"众人齐道："哥哥言之极当。"左边一带，是林冲、刘唐、阮小二、阮小五、阮小七、杜迁、宋万、朱贵、白胜；右边一带，论年甲次序，互相推让，花荣、秦明、黄信、戴宗、李逵、李俊、穆弘、张横、张顺、燕顺、吕方、郭盛、萧让、王矮虎、薛永、金大坚、穆春、李立、欧鹏、蒋敬、童威、童猛、马麟、石勇、侯健、郑天寿、陶宗旺。共是四十位头领坐下。大吹大擂，且吃庆喜筵席。

可以看出，左边的全部是晁盖时代和王伦时代的人物，人数共九人，右边不一样，新近的少壮派高达二十七人！是左边的整整三倍！这种一边长一边短的不平衡格局，不仅仅反映在排位美观程度上，更深层次的含义不言而喻！

公孙胜不是瞎子，他能看出来。

宋江分派完新旧头领后，干的第二件事情就是将老父和兄弟宋清接上山来。宋清人称"铁扇子"，换句通俗的话讲，就是废物一个，谁家里收藏一把没用的铁制扇子啊？宋江初上梁山，先分化瓦解梁山结构，培植亲信势力，然后完全为自己考虑，不顾全国通缉的身份也要顶风作案。

我想，此时的公孙胜，应该心冷了吧？

公孙胜萌生去意，紧随宋江之后，向晁盖提出了返乡省亲的愿望：

只见公孙胜起身对众头领说道："感蒙众位豪杰相带贫道许多时，恩同骨肉。只是小道自从跟着晁头领到山，逐日宴乐，一向不曾还乡看视老母。亦恐我真人本师悬望，欲待回乡省视一遭，暂别众头领三五个月，再回来相见，以满小道之愿，免致老母挂念悬望。"晁盖道："向日已闻先生所言，令堂在北方无人侍奉，今既如此说时，难以阻当，只是不忍分别。虽然要行，再待来日相送。"

晁盖同意了公孙胜的"探亲假"，宋江却不愿意，他建议公孙胜也把老母搬到梁山来，结果被公孙胜婉拒。

显然，公孙胜是打算一去不回了。

事实也证明了公孙胜的逃兵行为。他回到蓟州后，马上改名换姓！将"一清道人"变成"清道人"，隐姓埋名，希望能够和母亲、师傅安度晚年，将昔日梁山送别情景忘了个干干净净。

公孙胜的如意算盘打错了，梁山如果没有劫难，公孙胜自然可以托辞不出，譬如三打祝家庄，有没公孙胜都一样。但是梁山假如遇见大困难，非公孙胜不能解决的时候，那肯定是要公孙胜再次出山的，这场战役，就是高唐州之战。

宋江"请"公孙胜的一幕很有意思，与其说是"请"，不如说是"劫持"。他委派了自己最心腹的两个人——戴宗和李逵去完成这个任务！

戴宗很聪明，他已经预料到改名换姓的公孙胜不想见他们，于是采用了先礼后兵的方式，甚至不惜让李逵动粗，最终罗真人只能同意公孙胜下山。罗真人在公孙胜出发前，送了八字真言——"逢幽而止，遇汴而还"。公孙胜也确实做到了，攻打大辽后止步不前，回到汴梁城便辞别大伙回山，没有参与征方腊之战，是梁山第一个脱离团队的好汉。

公孙胜还是跑了。

公孙胜是个相当淡泊的人，虽然地位很高，但是很少参与内政管理，分别的时候，对于金银，也"推却不受"。也许他看开了，当起初的"劫富济贫"变作一场镜花水月时，他就想到了逃避，想到了置身事外，但是身处乱世，天下又有哪里才是桃源圣地？当他托付无数理想的晁天王死后，宋江更是彻底暴露本来面目，将革命胜利果实拱手相让，公孙胜灰心了，"一切恩爱会，无常最难久"，这注定是一场类似于小市民暴动的"农民起义"，一场可以预知结果的悲剧运动，公孙胜在对抗外敌成功后，挂冠而去，实现师傅的愿望，回到了二仙山，继续壮大道教的未来。

公孙胜不是个人格高尚的人物，他只是一个逃兵，一个团队精神很差的人，一个不愿意身处染缸的隐士。他自己无力改变现状，也不想去改变现状，他只有再三躲避，而最终他也成功了。

公孙胜并非全无兄弟情谊，他在梁山上收了个徒弟，名叫混世魔王樊瑞，在破方腊过程中立了大功。而樊瑞、朱武从南方前线九死一生，全身而退，终于也看破了红尘，投公孙胜出家。梁山好汉中，恐怕最逍遥自在的便是他们三个，游遍四海列国，踏足塞北江南。昔日叱咤风云的好汉，长城内外继续行侠仗义，远比吊死在宋江墓前的吴用、花荣更镌刻在心！

朱仝、雷横为何不是一类人

美髯公朱仝、插翅虎雷横，本是山东郓城县的马兵、步兵都头，手下掌管着几十个捕快、衙役，在郓城一县，也算是"跺跺脚地动山摇"的实权派人物。这二人最终上了梁山，可视为千千万万的朝廷底层小官吏身份转变的经典案例。

作为郓城县的正、副都头，朱仝、雷横是押司宋江的老同事。都头和押司哪个官大？不好说，因为"都头"本是军职，宋代县级政府维持治安的头目，称之为"县尉"；押司，又叫押录，是知县的政务助理，属于高级小吏。考虑到宋代以文制武，姑且认为押司比都头略大一些。

显然，朱都头和雷都头平时对宋押司着实巴结、奉承，因为在郓城县，宋江是个黑白两道通吃的大人物，和这样的人搞好关系，有利于自己的社会活动。

看起来，朱仝、雷横应该是一类人，实际上，这两人之间也颇有不同。

先说雷横。

小说中介绍，雷横"原是本县打铁匠人出身，后来开张碓坊，杀牛放赌"。这短短20个字，提供了很丰富的信息量：

第一，雷横从事过多种职业，从最初的铁匠到中期的舂米作坊主，再到后期的赌场老板。

第二，雷横从一个奉公守法的老百姓变成了顶风作案的地方一霸。

中国古代私宰耕牛是犯法的，因为牛是三牲之首，又是重要的农耕畜力，故而受到格外的保护。雷横能够杀牛，说明他开始藐视法律，而公开放赌，更是视社会道德为无物。

一个身强体壮、藐视法律、聚众赌博的暴发户，最终竟然当上了郓城县管理治安的二把手，是不是黑色幽默？

这样的人当上治安副队长，郓城县的士绅百姓可就遭了殃，比如东溪村晁盖村长。

雷横初次出场亮相，便是歪打正着捕获醉卧灵官殿的赤发鬼刘唐。刘唐因为面容凶恶，因此被巡逻的雷都头拘捕了——难道长得丑活该被抓、被吊？

刘唐是来投奔晁盖的，而雷横在捕获刘唐后，借口天色尚早，不如去晁保正家歇一歇再走。他这"歇一歇"便是让尚在呼呼大睡的晁盖连忙起来，招呼下人摆酒置饭。从小说中两人对话来看，雷横到晁盖家打秋风，绝不是一次、两次。

刘唐、晁盖杜撰了一个甥舅的关系，骗取了雷横的信任。既然抓错了人，这雷横吃饱喝足，也该有点自觉性了吧？雷横可不是善茬，面对晁盖递过来的十两银子，半推半就之下也就笑纳了。咱就不明白了，难道抓错人，还要给你感谢费？可见雷横面对贿赂，早就业务纯熟。

雷横在郓城县这山高皇帝远的地方，算是白道上的大腕，虽然不曾明目张胆地敲诈勒索，但是这种"靠山吃山"的江湖习气，表露无疑。

再说朱仝，朱仝和雷横不一样。

朱仝长得漂亮：一部虎须髯，面如重枣，目若朗星，似关云长模样。这是一个帅哥。

更重要的一点：朱仝本是本处富户，因为仗义疏财，学得一身好武艺，故而一跃成为郓城正都头。

宋代的捕快、衙役，很多由地方纳税大户举荐、自荐担任，所以，朱仝能当上治安队长，完全是个人实力和个人魅力的体现，和雷横截然不同。

雷横喜欢吃拿卡要，小说中也说他"有些心匾窄"。朱仝不一样，《水浒传》里找不到朱仝欺压良善、鱼肉百姓的记载，可见朱仝的人品比雷横高尚多了。

晁盖、宋江先后上了梁山后，自然难以忘怀这两个公门好友，先后下书邀请加盟。然而朱雷二人回答的口径出乎意料地统一："家中诸事繁多，落草下次再说。"可见对于"大块吃肉，大碗喝酒"的行为，两人是不羡慕的——现在的生活比你们有情趣得多，何必因小失大？而雷横，哪怕是出差途中被邀请上了梁山，也丝毫不为所动，坚决要求下山。

宋代官员薪酬相当丰厚，朱全、雷横两人过着衣食无忧的幸福生活。如果不是"白秀英事件"，朱雷二人的后半生人生轨迹，基本可以确定。但是，正是这个三流歌星的出现，彻底改变了二人的命运。

郓城县前任知县大人时文彬的离任，源于晁盖和宋江的先后逃脱。而正是朱雷两人明火执仗的包庇行为，才使时大人清白的官宦生涯画上句号。后继的县令，人品就不那么高尚了，从东京赴任过来，竟然带上昔日的相好——三流歌星白秀英。

在大宋首都娱乐圈，头牌是李师师，其次是赵元奴，这两人是徽宗皇帝的情妇。上梁不正下梁歪。新任郓城知县就包养了三流歌星白秀英。

白秀英在郓城县经常开"个人演唱会"，虽说是不入流的小歌星，然而首都娱乐场所泡大的白小姐，在郓城这个小地方还是很有号召力的，过来捧父母官小蜜场的闲人如过江之鲫数不胜数。其实老百姓也未必喜欢这种走廊说唱歌手，只是满足一下八卦心——县长的二奶，到底是什么货色？

雷横遭遇了职场的"七年之痒"！雷捕头听说白小姐的演唱会非常热闹，于是如同老百姓一样，去听听到底有什么新鲜。众人看见雷都头来了，连忙将最好的主席台位置留给雷队长——雷队长自然毫不客气。

歌唱完了，舞也跳完了，白小姐来收钱了，雷队长后悔了——出来没带钱！其实白小姐也不想想，这雷队长，在郓城地面上消费，什么时候带过钱？

雷横有点难为情，如果白小姐不是县长的二奶，他早袖子一甩走人了，但是不巧的是，白小姐正是他上司的小蜜，雷横只能低声下气说好话："对不起，我今天忘记带钱了，明天给你加倍送过来。"

白小姐如果聪明一点，明白做人的道理，笑一笑也就过去了。可惜她实在拎不清形势，依仗自己的身份，非要雷横出钱。这雷横面子上下不来，正没好声气，白小姐的爹白玉乔不识好歹地冷嘲热讽起来："没钱？没钱出来混什么？什么雷都头，我以为是驴筋头。"

士可杀不可辱。雷横虽然算不上一个"士"，但郓城地面上还从来没有哪个家伙胆敢当面辱骂雷老虎。雷队长热血上涌，一拳将白老头打得口角迸裂，鲜血直流——雷横不打女人，总算还有三分男子气概。

白秀英告了枕头状，新知县把雷老虎捆在县衙外示众！雷横的寡母在县衙门口哭诉、痛骂，绣花枕头白秀英竟然无知到去殴打雷横的老母。雷横再也按捺不住，挣脱绳索，抬起枷锁将白秀英打个脑浆迸裂。

这一枷下去，雷横只能上了梁山。

因为雷横是朱仝放走的，朱仝自然要背锅——被发配沧州。

由于朱仝是个帅哥，沧州知府对他一见倾心，让他整天带着自己的四岁小儿逛街游玩。

一个堂堂的马兵都头，竟然沦落到一个男保姆的地步。然而朱仝没有任何不适的感觉，面对雷横的上山召唤，依旧表示出一个良好的改造人员的素质：坚决不去，老老实实呆满几年，依旧回家做都头。

而吴用面对这个形势，唆使李逵斧劈了四岁小儿，从而彻底断绝了朱仝的幻想。朱仝是条好汉，直接抢起刀便和李逵拼命——不管怎么说，小孩是无辜的。

朱仝最终还是被骗上了梁山，然而上山后，他再一次看见李逵，依然选择取刀火并，朱仝不因为"聚义兄弟"这种虚幻的幌子而丧失自己的原则。

朱仝是为数不多的侠客之一。

朱仝代表着一小批忠心大宋政府的地方小官吏，他们有良知，有着憧憬海晏河清、天下太平的美好梦想。朱仝上山，是非常不情愿的。他依旧相信政府仍然英明，哪怕目前的内外交困现状时时灼烧着他的心。

雷横代表更多的腐败小官吏群体，他们衣食无忧，利用手中职权，凌驾在普通老百姓之上。如果不是突发事件，他们也是绝对不愿意落草为寇的。他们上山，更多的是一种逃避——当前途和命运相抵触的时候，生命才是最可贵的。

朱仝和雷横，代表两种上山的小官吏典型案例。不管是无奈被迫的，还是无辜被骗的，上梁山都和他们的人生宗旨完全背道而驰。他们上山，更多的是被当作一种收买人心和对外宣传的需要——晁、宋二头领知恩必报。朱仝和雷横的武艺，相当一般。刘唐吊了半夜，没吃早点便能胜过酒足饭饱的雷横；张清随便两招，便能将朱、雷二人弹弓打麻雀般打下来。然而两人的地位相当高，不仅同列天罡星，而且朱仝的位置犹在武松之上！同为都头，武松功夫比之朱仝可高得太多。只因朱仝救过宋江的命，而武松却三番两次公开顶撞，所以朱仝能够傲视同侪！

征战方腊，雷横战死沙场，朱仝却百死一生。回来后安安心心、老老实实为国继续效力——高俅、童贯是不会对忠心大宋政府的小角色朱仝开刀的，他完全站在政府一边，完全值得相信。朱仝的下场，可能是宋江梦寐以求的——宋室南渡后，在刘光世麾下领兵破金国侵略者，最后官至节度使。

北宋末年，庙堂内外已经彻底腐朽没落，就连小小县级行政机关下属的执法小吏，不管尚算正直的，还是以权谋私的，全部都能藐视法律的存在和践踏法律的尊严，这个政权的法制健全与否，也可见一斑了。整个大宋政府，从上到下，从里到外，大量充斥着雷横这样的典型代表，就像一棵华盖大树，从树根开始就不可救药地腐烂了，区区堂皇外表，又能支撑多久？

宋江为何争议巨大

作为《水浒传》的男主角，呼保义宋江向来是个争议性极大的人物，赞美者说他为了国家，为了兄弟的未来殚精竭虑，死而后已；反对者说他凶狠残忍，用兄弟的鲜血给自己铺设了一条金光闪闪的飞黄腾达之路，但是最终依旧死在更凶狠残忍的统治阶级手中。

非黑即白的二分法是不可取的，宋江作为梁山的带头大哥，他受招安、打方腊、封大官，最后以一杯毒酒了此余生，这个人的传奇一生，又该如何全面评判？

我尝试从宋江的落草来分析。

宋江想不想落草为寇？显然是不想的。宋江原本是山东郓城县的押司，岁月静好、现世安稳，黑道、白道都有朋友，这样的"成功人士"怎么会舍家弃业上梁山？

改变宋江人生轨迹的事件是"杀惜"，阎婆惜作为宋江的情妇，红杏出墙与人私通在先，约法三章勒索钱财在后，性质十分恶劣，宋江一时冲动，犯下故意杀人的罪责。宋江杀人后，没有选择投案自首，而是知法犯法，潜逃到柴进庄上避风头。

宋江此时犯了一个大错。按照小说中郓城县衙上下的表现，只要宋江主动投案，大事化小，小事化了，无非多花点钱。区区金银对于宋江来说，根本无足轻重。但宋江走了一招昏招，导致了日后两罪并罚，发配江州。又因为浔阳楼题反诗，犯了文字狱冤案，最终绑上刑场，就地正法。

宋江被梁山好汉救上山，此时只剩下"落草"一条路可走，走投无路的宋江只能违背意愿坐了第二把交椅，仅次于晁盖。

通过宋江上山前后的表现来看，在官场，他是人人称颂的大善人、及时雨；在草莽，他是威风八面的山大王、领头人。看起来两种不同的人生，竟然在宋江身上完美结合——不觉得奇怪吗？

一个扶危济困、怜孤恤寡的慈善家，同时又是一个心狠手辣、一意孤行的黑道大哥，到底哪个才是真面目？显然是后者。

宋江出事前，郓城县满县人丁，没有一个不说宋江好的，上司、同僚、下属，包括邻居、路人，多多少少都承受过宋江的恩惠。但是，宋江一上梁山，顿时风格大变，变得让人倍感陌生，且看：

为了赚秦明上山，宋江平白无故放火烧了青州城外几百户老百姓的房屋，死伤百姓上千。这些百姓何辜？要成为宋江阴谋的牺牲品？秦明的妻子被宋江间接害死，宋江就让花荣的妹妹做补偿品，这两个不幸的女性何辜？

李逵杀死扈三娘满门（只逃走一个哥哥），扈三娘被胁迫入伙，宋江转手就把扈三娘赏给了大色狼王英，梁山上就没好男人了么？

宋江看上了卢俊义，害得卢员外家破人亡，为了劫牢救人，大名府半城百姓死于非命。

够了。如果说祝家庄、曾头市的庄丁、村民还有"无奈胁从"的罪责，那江州城、大名府、青州城的无辜百姓，又哪里得罪了宋江？所以说，宋江的"仁义"是分对象的：能为我所用，我就仁义；与我无关，我不仁义。

再举一个唐牛儿的例子。

唐牛儿是郓城县的一个小商贩，卖糟腌为业，平时受过宋江几次好处。宋江杀惜后，被阎婆设计扭送在县衙门口，唐牛儿激于义愤，打了阎婆一个嘴巴，宋江趁机跑了，唐牛儿却被阎婆拖进了县衙。这个倒霉的唐牛儿最终被知县时文彬当作替罪羊，安上一个"故纵凶身在逃"的罪名，脊杖二十，刺配五百里外。

"脊杖二十、刺配五百里外"符合什么样的罪责？有参照物。宋江"迷途知返"，最终的判决是"脊杖二十，刺配江州"，江州（今九江）

距离郓城一共760公里（1公里=1千米）——可见唐牛儿几乎和宋江等罪判决了。显然，这很不公平。

宋江当了山大王后，有没有找回恩人唐牛儿，接他上山享福？对不起，没有。这个无足轻重的小人物，已经彻底被宋江忘记了。所以说，宋江的"仁义"是分对象的，是假仁假义。

宋江博得"仁义"之名，是要花本钱的。小说中介绍，宋江生性大方，仗义疏财，周济贫苦，扶助困难，故而得到了一个"及时雨"的外号。他有具体事迹辅证：

宋江打赏武松、李逵等人，一出手就是十两雪花银，即便对于走江湖卖艺的病大虫薛永这种丝毫不起眼的陌生人，也甩手就是五两银子出去。

阎婆惜卖身葬父，宋江一时心软，给了阎婆惜母女十两银子丧葬费。阎婆惜感恩图报，做了宋江的外室。宋江将阎婆惜母女安置在县西巷内的一处二层小楼里，"没半月之间，打扮得阎婆惜满头珠翠，遍体金玉"。

那么问题来了，宋江的这些钱哪里来的？

宋代官员俸禄相当优厚，其与汉代相比，增加近十倍；与清代相比，也高出二至六倍多，但是仅限于五品以上的高级官员，而五品以下的官员，也只是维持小康生活水平而已。无品的办事小吏就更不用说了。可见，宋江的巨额财产，可算来历不明。

宋江私放晁天王后，刘唐奉命取了一百两蒜条金来感谢，宋江竟然不以为意，只是要了其中的一条而已。想必这种回扣性质的感谢费，他见得多了去了。也就是说，瞒上欺下、中饱私囊的知法犯法行为，宋江是轻车熟路之极！连他的二奶阎婆惜小姐也曾轻蔑地说："公人见钱，犹如蝇子见血，哪有猫儿不吃腥的道理？"

上下一对照，答案昭然若揭：宋江号称"忠孝仁义"，他对朝廷忠吗？如果忠诚的话，也就不会给晁盖通风报信了；他对父亲孝吗？如果孝顺的话，也就不会事先写除籍声明了；他对别人仁吗？唐牛儿帮他脱身自己身陷大牢，宋江不管不问；他对兄弟义吗？征方腊回来后，林冲中风，途经杭州不能再走，宋江为了不影响自己的升迁，竟让已经断臂的武松照顾林冲！导致半年后林冲不治身亡。

宋江的忠孝仁义，多少是要打个问号的。

宋江还是个极度自我的人。

宋江喝多了黄汤，浔阳楼上题反诗，最终导致了知恩图报的晁盖几乎倾全山之力来搭救宋江。晁盖等人冒着"枪林弹雨"，终于一个不少逃出生天，读者本已大松一口气，不料这宋江一醒过来，第一件事情就是要求晁盖给他报仇，掉转枪头再去攻打江州，活捉黄文炳出气。宋江为了一己私欲，将大局观和好汉的生命抛之九霄云外。

宋江上了梁山，第一件事就是将新旧头领人为分成两边，晁系旧将一边，自己的人马一边，开始表现出他抢班夺权的勃勃野心。

宋江将晁盖压制其下，而后续的连续征战过程中，更是像海绵一样不停招贤纳士，一直到晁盖觉得自己快被架空了，这才不听"劝告"执意去打曾头市，结果由于过度轻敌和不解敌情，最终一命归西。晁盖一死，宋江立马将"聚义厅"改成"忠义堂"，正式向外界表示了投降的信号。

卢俊义实现了晁天王的遗嘱，但是宋江照样玩弄手段，既获得自己的切身利益，也堵上了大家的嘴。

上述种种，只不过是宋江真实人性的沧海一粟体现。接下来，我们要谈一个焦点问题：招安。

数百年来，"梁山泊全伙受招安"一段戏一直充满争议：招安是对还是错？咱们从主观因素和客观因素两方面剖析。

主观因素方面，宋江是梁山大哥，具有决策权，他若一力坚持，他人难以改变。宋江为什么一定要受招安？因为工作环境。落草之前，宋江是官府小吏，在郓城一县，也算是个黑白两道通吃的人物。但宋江仅仅只想当押司小吏吗？只怕未必。

宋代做官易做吏难，当底层小吏，活多钱少责任大、开展工作困难多，所以小吏羡慕广大官员悠闲的生活、丰厚的薪水。宋江是个读书人，"学成文武艺，货与帝王家"，区区"押司"绝不是他的终极目标，出将入相、一品大员才是他的梦想。

这个梦想其实并不遥远。

混混可以当太尉，太监能够统三军，金銮殿上，瓦釜雷鸣的货色俯拾皆是，真正的人才如林冲、杨志、裴宣、欧鹏、马麟，不是大材小用，就是倾轧迫害，逼得这些国家栋梁上山落草，走到了政府的对立面。凌振作为火器专家，却派去看守军备仓库；宣赞只是因为貌丑，始终不得重用——这些就公平合理吗？

宋江和吴用一样，都要追求自己的人生目标——做大官。所以，受招安是必然的，这是主观因素。

客观因素上讲，招安也是必然的。梁山的全伙受招安，即便没有宋江做领导，那也是迟早的事。试想，梁山头领一百零八人，士兵近十万，天天大鱼大肉，又不种地养猪搞生产建设，所有物资全部都是靠抢劫而来，建山数年，周围的富裕城市全部被抢了一遍，诸如青州、高唐州、东平东昌两府、祝家庄，哪怕是远点的城市，只要富裕，比如北京大名府、陕西华州、凌州曾头市，也都在所难免。要是梁山再不受招安，坐吃山空该怎么办？真的如李逵所说，要"杀去东京，夺了鸟位，不强似这个鸟水泊里"么？

故而，不论是主观因素还是客观因素，梁山肯定是要被招安的。招安以后，该怎么办？

洗白身份，当了官兵，自然要受人管辖。高俅、童贯定下"驱虎吞狼"之计，让宋江和方腊自相残杀。

宋江能不能拒绝这个任命？不能。如果拒绝剿匪，那就是两头不落好：义军视你为叛徒，朝廷视你为奸贼，正如先叛明后叛清的吴三桂，永世不得翻身。

有人会问：能不能换个任务？比如说，去戍守地方？这里就要引入宋代的兵制了。

宋代兵制"兵不知将，将不知兵"，上下级之间互不了解，这样的部队战斗力可想而知。如果宋江拒绝南征，按照宋代兵制，十万梁山男儿将由枢密院签发、三衙司分派，全部打散、化整为零，进入全国各地的禁军、厢军武装中。这样带来的问题就是——梁山好汉会被一个个暗算而死。

综上，为了保证梁山官兵的整体性，南征方腊是唯一的途径！知根知底、磨合成熟的梁山官兵，是征讨方腊的最佳人选。

故而，宋江领导的梁山义军，受招安、打方腊都是水到渠成的事情，不能全部怪罪到宋江头上。另外，历史上宋江一伙从未征讨过大辽，打方腊也是可能性低到忽略不计，历史和小说还是差异很大，这点需要特别注明。

该到了为宋江盖棺定论的时候了。

作为小说的第一主角，宋江的一言一行，反映的是作者的心声。《水浒传》的作者绝不止施耐庵、罗贯中，这是一部集前人大成的同人演绎作品，南宋以降的400多年来，多少不知名的作者为梁山英雄的故事增添血肉，所以我们今天看到的《水浒传》，有很多值得商榷的细节，而宋江作为小说主角，势必"备受关照"，故而人物形象多元、复杂，数百年来，为读者所热议、点评。

至于在本书中，宋江到底该得到什么评价，我想，还是应该交给读者们自行评判，一千个人心中就有一千个哈姆雷特，仁者见仁，智者见智，相信大家的看法一定精彩、全面。

武松为何是梁山天神

如果说宋江是《水浒传》第一主角的话，武松绝对能当第二主角。

武松是施耐庵最呕心沥血刻画的人物，一个人就占了整整十回的篇幅，不管在七十回的版本，还是百回版本，还是百二十回的版本里，其他的故事可以压缩，可以删减，但是好汉武二郎的故事，绝不能少哪怕一丁半点！武松的故事已经成为一个相对独立的可以摘取成册的经典片段。

读者为什么喜欢看武松的故事？因为痛快，因为解气，因为情节精彩，因为酣畅淋漓。武松是《水浒传》中最脍炙人口的人物，你可以不知道梁山其他好汉的姓名，但是武松绝对如雷贯耳！只要是中国人，都应该知道打虎英雄武二郎的故事。

我在鲁智深篇褒奖花和尚是梁山第一大侠，在林冲篇赞扬豹子头是梁山第一英雄，但是作为梁山第一好汉，一个敢作敢当的热血青年，非行者武松莫属！

行者武松作为《水浒传》的灵魂人物，很多地方如同《西游记》里的孙大圣。孙大圣大闹天宫，目无"法纪"，敢作敢为，成为千古造反派的典型代表。武二郎在腐朽的官僚体制不能惩治罪恶的情况下，斗杀西门庆、醉打蒋门神、大闹飞云浦、血溅鸳鸯楼，也无时无刻不昭示着一个重要的主题：天不行道，我自出手！可以说，孙悟空最后修成正果号称"斗战胜佛"，武松最后也隐隐是梁山的"斗战胜佛"，一个战无不胜的最后真正皈依佛教的战斗英雄！有趣的是，施耐庵和吴承恩两位大文豪，都不约而同地给自己最喜爱的角色取了相同的绰号：行者。不知道冥冥之中，是否有天意存在。

武松的故事，可用"虎起龙收"来概述，景阳冈打虎起头，二龙山落草收笔。

武二郎第一次英雄出场，就是赤手空拳打死危害四方的吃人老虎。梁山上真正打死老虎的一共有四人，除了武松以外，尚有李逵和解珍、解宝兄弟。二解纯粹是中大奖，老虎自己踩窝弓药箭上，抛开不算；李逵杀死四虎，其中两大两小，表面上看战绩比武松辉煌，但是要知道李逵不仅占了腰刀、朴刀两把兵器的便宜，而且运气成分还占了相当大的比重。要说真正硬碰硬，有技术含金量的，还是首推武松的赤手空拳打老虎。

景阳冈的"三碗不过冈"酒店，做生意很实在。"透瓶香"酒的酒精含量相当高，一般人最多只能喝三碗，大约三斤，但是武松天赋异禀，一连喝了十八碗！而后不听良言劝告，踉踉跄跄独自上了景阳冈。

要说武松的酒量虽宏，却比不过《天龙八部》里的丐帮帮主乔峰。乔峰连喝三十碗烧刀子酒面不改色，武松喝了十八碗烧酒，已经相当勉强。但是后来发生的故事，乔峰、武松几乎同样出彩：赤手搏虎！

武松有个很有趣的生理特征：大吃一惊后往往有出乎意料的收获！在柴进家烤火，宋江不慎踢翻火锨，大吃一惊的武松顿时出了一身冷汗，由此而来驱逐了久患不愈的疟疾；景阳冈上老虎出现，武松又吓出一身冷汗——这些冷汗全是"透瓶香"转变的，由此而来酒意全消！使武二郎从混沌状态中完全清醒了过来！"人兽大战"一触即发！

武松的武器是一根哨棒，非金非铁，纯木制造，这样的防身武器对付老虎，显然是不够的。由于武松一棍子没打中老虎，反而打中了静止的枯树，结果防身武器一分为二，武松顿时又处于战斗的劣势。破釜沉舟的情况，往往能够激发人类隐藏的无限潜能，在再次"大吃一惊"的情况下，武松置于死地而后生，大吼一声，将老虎按倒在地一顿拳脚，终于又取得了"意料之外"的惊喜！

很多人都忽视了打虎中的一个细节：哨棒之折断。其实这个细节，昭示着武松的一生命运，暗示着武松的性格！

哨棒是什么？武松唯一可以倚靠的武器！当武松失去这个武器的时

候，只有靠自己的力量来改变现状！在打虎战役中，这根"出师未捷身先死"的棒子，却没有沾上半根虎毛！施耐庵写这根棒子目的为何？到底有什么寓意？

我想，这根棒子就是象征后文的大宋政府法律武器！而老虎就是西门庆、蒋门神、张都监等一干吃人不吐骨头的地痞恶霸！

武松因为打虎有功，被阳谷县县令破格提拔为步兵都头，表面上看，县令大老爷慧眼识人，对武松相当不错。但事实是，这个父母官是个不折不扣的贪官！他提拔武松，只是利用武松强有力的力量而已！当他把在任两年多搜刮的金银送回东京的时候，第一个想起的押送保镖，就是武松！正如梁中书委派杨志护送生辰纲一样，贪官不管大小，手段完全相同。

正是武松这一"出差"时差，导致了哥哥武大郎的家庭剧变。武大郎的死，县令有责。而武松在得到确凿的证人和证据的时候，早已上下行贿的西门庆已经封住了县令的良知。我们看到，堂堂阳谷县都头，一个可以行使执法权的公务人员，竟然不能仰仗法律武器来捍卫自己的合法权益！简直是个天大的笑话！正如打虎的哨棒，根本不能碰到老虎哪怕一根汗毛！

西门庆大大低估了武松的能力，认为"钱能通神"的他，以为勾结"权钱交易"的县令就可以为所欲为！所以我们看到，当武松钢刀插进淫妇潘金莲胸口的时候，西门庆丝毫没有不祥之兆，他依旧和酒肉朋友在狮子楼喝花酒，而搂在身旁的，竟然又是个不知名的妓女。

斗杀西门庆是十分精彩的篇章，武松又为民除了一害。西门庆之害犹胜猛虎，猛虎不管好坏，随机吃人；西门庆那是专欺良善，而且吃人不吐骨头！

在杀死西门庆、潘金莲以后，武松对法律武器没有丧失信任，选择了投案自首。应该说，武松的人缘不错，曾经将打虎的报酬全部无偿散发给老百姓，因此衙门内外为他说好话的人不少。而西门庆在丧生之后，阳谷县已经没有可以要挟县令的人物，县令出于民意，开始故意篡改事实。

武松杀西门庆前：

　　知县道："武松，你也是个本县都头，如何不省得法度？自古道：'捉奸见双，捉贼见赃，杀人见伤。'你那哥哥的尸首又没了，你又不曾捉得他奸；如今只凭这两个言语，便问他杀人公事，莫非恁偏向么？你不可造次，须要自己寻思，当行即行。"

次日早晨，武松在厅上告禀，催逼知县拿人。谁想这官人贪图贿赂，回出骨殖并银子来，说道："武松，你休听外人挑拨你和西门庆做对头。这件事不明白，难以对理。圣人云：'经目之事，犹恐未真；背后之言，岂能全信？'不可一时造次。"

武松杀西门庆后：

且说县官念武松是个义气烈汉，又想他上京去了这一遭，一心要周全他，又寻思他的好处，便唤该吏商议道："念武松那厮是个有义的汉子，把这人们招状从新做过，改作：'武松因祭献亡兄武大，有嫂不容祭祀，因而相争，妇人将灵床推倒，救护亡兄神主，与嫂斗殴，一时杀死。次后西门庆因与本妇通奸，前来强护，因而斗殴，互相不伏，扭打至狮子桥边，以致斗杀身死。'"

真是"官字两张口"。这明目张胆的两度歪曲事实，前后有天壤之别，对于大宋法律，又是一次无情的嘲笑！

老虎吃人，是最低层次的伤害；土豪、劣绅吃人，是中等层次的伤害；官府衙门吃人，那才是最高层次的伤害——很快，武松就会体会到。

武松故意杀人，只判了个"脊杖四十，刺配两千里外的孟州"，即便是四十下的板子，也"止有五七下着肉"，可见即便在象征法律威严的公堂上，衙役也可以"便宜从事"，从而让武松得到不折不扣的"便宜"——这份惩罚，怎么算都是相当轻微的。

武松没有丧失对大宋法律的信任，但可惜的是，大宋法律再一次欺骗了他的感情。孟州小管营施恩名字取得真好，"施恩图报"，果然人如其名，施恩绝对不是个好汉，他只是个标准的地方小恶霸，经营快活林娱乐中心，收取各入驻商家的保护费过日。最过分的是，连张青、孙二娘都不榨取的妓女人群，施恩也毫不放过，"路过妓女要先参见小弟，然后许她趁食物"。可笑的是，施恩白叫了"金眼彪"这个外号，简直就是标准的绣花枕头！同样混迹官场的黑暗势力蒋门神，可以轻松搞定施恩，施恩在这场"狗咬狗"的黑势力比拼中仓惶而逃。

施恩和蒋忠，代表了新旧两股涉黑官场势力，旧势力敌不过新势力的相扑神技，便发动强有力的糖衣炮弹，俘虏了简单青年武松的心。而武松是个"你敬我一尺，我敬你一丈"的意气汉子，在接受了别人的恭维后，如同和张青、孙二娘结拜一样，和施恩结成异姓兄弟，随后施展醉拳神功，大破蒋门神的相扑技艺。

新势力在争夺地盘的战役中失利，没有选择忍辱负重，而是变通走捷径。施恩再聪明，却料不到法律的"随意性"，孟州守御兵马都监张蒙方，受了蒋门神和张团练的大量贿赂，定下"指鹿为马"的栽赃陷害之计，将武松陷入死牢。武松再有天神一般的蛮力，相对国家机器，终归是渺小的，要不是施恩正气尚存，上下买通，又得到两个相对较正直的官吏叶孔目、康节级的关照，武松早冤死在孟州死牢里！

大有讽刺意味的是，完全冤枉的武松，死罪可免，活罪却难逃，成为了梁山上唯一的一个双重发配的人物，这次是以待罪之身"脊杖二十，发配恩州"。宋江、林冲脸上只有"上联"，武松脸上不仅有上联，而且有下联，对仗相当工整。

由此而来武松算是彻底见识了大宋法律的黑暗，武松醒悟了！不管是大宋政府的哪个机构，看中的只不过是武松的硬件设施！最后对待武松的结局是惊人的巧合——过河拆桥！

武松没有接受再次发配服刑，他身带枷锁竟然能连杀两名防送公人、两名蒋门神的徒弟！相比林冲、卢俊义面对相同两个公人董超、薛霸的窝囊，武二郎的表现可圈可点，绽放出璀灿的绚烂光芒！武松的这次出手，标志着他彻底和政府决裂，所以他会摸回孟州城，连杀张都监满门十五口！粉墙上留下的，不是拖泥带水的宋江、林冲之流的诗词，而是干净利落的八个大字"杀人者，打虎武松也！"好汉做事，敢作敢当！这个"虎"，正暗示张都监等吃人的白道猛虎！

武松的性格，不像林冲那么内敛。林冲遭受不白之冤，无非杀了陆虞候等三人，随即上了梁山。武松不一样，武松是个有恩报恩、有仇报仇的快意汉子，咱不能吃这个哑巴亏！武松血溅鸳鸯楼以后（鸳鸯楼名字取得也很有意思，张都监将丫环玉兰作为诱饵，原本计划和武松"结婚"，不料这对"鸳鸯"分离在鸳鸯楼下），直接就在张青和孙二娘的帮助下，转换成行者身份。至此，江湖中再也没有打虎的都头，只有漂泊的行者。从孟州城到蜈蚣岭，再到孔家庄，最后在二龙山武松完成了人生的伟大转变。

武松是一个生活在《水浒传》中活生生的"人"，他不像宋江那么虚伪，不像吴用那么市侩，不像林冲那么忍让，不像李逵那么粗鲁。他敢爱敢恨，用自己的全部力量去惩恶锄奸，但求尽力，事在人为。我们看到，武松能抢孔亮的熟鸡和酒吃，把蒋门神的小老婆游戏性质地抛进酒缸。这些行为在那些"高大全"的好汉看来，都是相当不可思议的，但这正是武松率真坦荡的一面，武松像我们身边的铁杆朋友，能够仗义执言，能够关键时刻挺身而出，所以自古以来，武二郎得到无数读者的喜爱，人们永远难以忘记一个用自己的力量去维护正义的"路见不平一声吼"的天神一般的英雄好汉！

武松是一个真心为朋友的好汉，梁山上结拜兄弟特别多，比如少华山的史进、朱武等，宋江更是把"结拜成异姓兄弟"当作拉拢人心百试不爽的法宝。征方腊，梁山兄弟损兵折将，作为结拜总瓢把子的宋江，很少假惺惺洒两滴鳄鱼的眼泪。倒是武松，得知施恩落水溺死，反而放声大哭一场！武松心里，始终记得别人的恩惠，哪怕是别有用心的恩惠！

武松由于受到广大读者的喜欢，很多评书说《水浒传》，都把鲁智深擒方腊"篡改"成武松独臂擒方腊，但是几乎没有什么人提出反对意见，因为这两个人物，都是广受欢迎的角色，而巧合的是，两人都选择六和塔作为最后的归宿，算是彻底地皈依了佛教。武松不像鲁智深，他接受了大宋政府的"清忠祖师"称号和十万贯钱的赏赐，有这么多金钱的保障，武二郎可以酒肉穿肠过地"以终天年"了，对于大多数悲剧结局的梁山好汉来说，武松算是为数不多的喜剧结尾。

世有猛虎，而后有英雄！

孙二娘为何能当家

都说"男人的一半是女人""每一个成功的男人身后都有一个默默奉献的女人",人类社会是由男性和女性有机融合的,梁山好汉若个个是堂堂须眉、赳赳武夫,气势固然雄壮了,可总觉得少了点什么。梁山好汉女性角色虽然不多,却也寥若晨星般有三个,众所周知,是顾大嫂、孙二娘、扈三娘。

这三位女性角色里,估计孙二娘最家喻户晓。

母夜叉孙二娘的出名,不在于相貌和武功,而在于开黑店卖人肉包子。儿时看《水浒传》,对孙二娘这个人物又惊又怕——她简直深谙"取之于民,用之于民"的法则!其他强盗杀人灭口,总归有些遗骸可寻,可这孙二娘,标准属于"吃人不吐骨头"类型!用武松的话来说,"肥的切做馒头馅,瘦的拿走去填河",能够做到羚羊挂角无迹可寻,也难怪这个十字坡的黑店能够成功躲开官府势力的三番五次检查。

十字坡酒店的老板是张青,老板娘是孙二娘,这两人的结合,也真是"门当户对"。

张青绰号"菜园子",换句现代的话——就是"农民"!这张青,还真十足是个标准的小市民。

张青和孙二娘的"爱情故事"大约属于"不打不相识"一类,在残酷的对敌斗争中结下深厚的感情。书中写道:

那人道:"小人姓张,名青,原是此间光明寺种菜园子。

为因一时间争些小事，性起，把这光明寺僧行杀了，放把火烧做白地，后来也没对头，官司也不来问，小人只在此大树坡下剪径。忽一日，有个老儿挑担子过来，小人欺负他老，抢出来和他厮并，斗了二十余合，被那老儿一匾担打翻。原来那老儿年纪小时，专一剪径。因见小人手脚活，便带小人归去到城里，教了许多本事，又把这个女儿（按：孙二娘）招赘小人做个女婿。

由此可见，张青人品相当低下：杀僧毁庙在先，拦路抢劫在后。更关键的是：还不长眼。

张青属于标准的二货，不敢找那些看起来孔武有力的，竟然专门瞄准老弱病残下手，结果还看走了眼，一个正当青年的大汉，竟被这么个不起眼的老家伙一扁担扫倒在地。原来这孙元昔日在江湖上也曾闯下诺大的"万儿"！张青真是"小偷遇见贼祖宗"了。

再说这张青，运气还真不是一般的好，这孙元不知道喜欢他哪里，竟然把他带回家亲授武艺，最后还把宝贝女儿孙二娘嫁给他做老婆。老头一扁担得到个上门女婿，这笔生意不知道是赚了还是亏了。

现代心理学上有个名词，叫做"角色互换"。也许孙元看见张青的出现，竟然无端勾起自己少年时风华正茂的峥嵘岁月，从而大起惺惺相惜之意。又或者孙元是个完美主义者，看见张青功力这么差，实在给强盗界丢脸，于是在强烈的社会责任心督促下，他决心将张青培养成一个合格的人才，继续从事他这份有前途的职业。

由此而来，孙二娘和张青本着"鱼找鱼，虾找虾，田鸡捉住癞蛤蟆"的门当户对原则，建立了一个幸福的家庭。通过张青的描述可知，孙二娘的功力尽得其父真传，因此在家中具有说话决定权的，大约是孙二娘而不是他张青。

武松将计就计打翻了孙二娘，吓得张青跪地求饶，三人化敌为友。张青生怕武松责怪他们滥杀无辜，说出了十字坡酒店的"三不杀原则"：

一、不伤害云游僧道。

二、不伤害行院妓女。

三、不伤害流放罪犯。

对于第一点，张青的解释是"他又不曾受用过分了，又是出家的人"。或许是张青对昔日杀僧焚寺一事心内有愧所致，又或者清汤寡水的僧道实在没有油水可捞。

对于第二点，书中解释"他们是冲州撞府，逢场作戏，陪了多少小心得来的钱物，若还结果了她，那厮们你我相传，去戏台上说得我等江湖上好汉不英雄。"

正所谓"盗亦有道"，行院妓女身处社会最底层，受人欺压换取财物，她们的钱是不忍夺取的。至少在这一点，张青已经有了很明显的社会进步认识；而孙二娘估计也相当认同这一点，一来怕张青犯原则性错误，二来也觉得这种品质的"黄牛肉"可能味道欠佳。

其实孙二娘不知道，张青觉得她们"陪了多少小心得来的钱物"，他张青自己又何尝不是？从她们身上，张青隐约看到自己的悲惨世界。

第三点则是标准的江湖交友手段，十字坡酒店能够声名远播，一来固然是孙二娘的收尾工作相当利索，不留任何线索。二来，有那么多的黑道朋友关照，恐怕也是官府不敢轻易查封的原因。这一条是酒店营业的关键所在。

且慢，这三条法则，真的遵守了吗？

根本没有！

根据张青的自述，他们曾杀死一个无名头陀，还差点害死了鲁智深——第一条不攻自破。

至于"不伤害流放罪犯"就更是笑话了，武松脸上的两行金印清晰可见。

所以说，十字坡酒店的"三不杀原则"是子虚乌有的。张青在家没什么地位，说话毫无分量，这倒是可以确认。

孙二娘是个行事老到、滴水不漏的辣手角色，计划周全，处惊不乱，心理素质非常优秀！而其丈夫不论从智力还是武力方面来讲，远远不是妻子的对手，因此我相信，在这个家庭中，占主导地位的非孙二娘莫属！

孙二娘和张青算不得什么好汉，充其量也只是个不法奸商，他们落草的动机，完全是依托实力更强大的黑势力，实现自己逍遥快活的人生理想。孙二娘拿手的本领是察言观色，刺探情报，上了梁山后也一直是在山下酒店中处理日常事务：接纳四方好汉，观察官府动向。

孙二娘和张青由于其小市民出身的硬伤缺陷，在梁山上也一直得不到什么说话的机会，然而他们也无所谓，只要能在这个群体中生活下去，而且能够不必担惊受怕，天天有大鱼大肉，那么其他一切都是可以商量和容忍的。

孙二娘只有在家庭中，才能实现其"当家做主"的权利，在男尊女卑的封建社会，她应该很满足这种现状。而张青，年轻时的雄心壮志早已消磨殆尽，真正实现了他"菜园子"的含义——三亩地一头牛，老婆孩子睡一头。只要能有安定团结的家庭局面，其他的一切对他来说都完全不重要。

孙二娘无疑是幸福的，有个很爱她的丈夫，而且从小到大一直倍受呵护，她的人生堪称完美，虽然平淡，却充满真情。张青阵亡时，外表冷峻的孙二娘哭得也很伤心，真情流露。

当年有部香港武侠电影，风靡一时，叫做《新龙门客栈》，张曼玉饰演的龙门客栈老板娘金镶玉，风骚大胆，敢爱敢恨，一时间征服无数影迷的心。

孙二娘吐了口唾沫："我呸！这些都是老娘玩剩下来的！"

花荣为何魅力无穷

梁山好汉中彪悍、粗壮的人士占了多数，帅哥虽然为数不多，数数却也有一把。譬如浪子燕青、九纹龙史进、宋江的贴身侍卫长吕方和郭盛、双枪将董平、没羽箭张清、白面郎君郑天寿、浪里白跳张顺等。

可是若要问最帅的帅哥是哪位，相信无人能出小李广花荣之右。小说中写他：

> 齿白唇红双眼俊，两眉入鬓常清。细腰宽膀似猿形。能骑乖劣马，爱放海东青。百步穿杨神臂健，弓开秋月分明。雕翎箭发迸寒星。人称小李广，将种是花荣。

由此可见，齿白唇红、面如冠玉的花荣，论相貌堪比潘安、宋玉，"增一分则肥，减一分则瘦"。用现代审美标准来说，真是要脸蛋有脸蛋，要身材有身材。

小李广花荣不仅相貌出众，身手也相当了得！作为将门虎子、名门之后，官拜清风寨副知寨，枪法出神入化，罕有匹敌。当然最令人津津乐道的是他的神箭绝学，弓开满月，箭去流星，乱军之中取敌首级如探囊取物，己方"花荣施射"，敌方"花容失色"！

花荣的神箭绝学应该是《水浒传》中最耀眼的武学了，很多人都对他"梁山泊射雁""祝家庄灭灯"两番经典出手念念不忘。"梁山泊射雁"一举奠定花荣在梁山排位上的座次，正所谓：未见其人先闻其声，由此一战成名，人送外号"神臂将军"！而在奠定宋江梁山地位的关键一战"三打祝家庄"战役中，要不是花荣将敌方侦察红灯一箭射落，梁山好汉早已全军覆没，哪里轮到后来宋黑厮这般耀武扬威？

在梁山大大小小近百战中，小李广就是一面旗帜，一种无形的震慑力量。两军相遇，双方主将倘若势均力敌，如果其中一方突施冷箭，往往能够做到一击必杀！小李广大名满江湖，绝非浪得虚名之辈！所以我们看到，方腊手下大将"小养由基"庞万春（也是个神箭手），对于梁山好汉向来以"草寇"冠之，然而对于花荣，却也不敢大意，"我听得你这厮伙里，有个甚么小李广花荣，着他出来，和我比箭。"这正是一种高手寂寞、英雄相惜的心理在作怪。

宋江最贴心的心腹除了李逵，便是他花荣。李逵是在江州以十两银子收购的死士，花荣为何和宋江交情这般铁杆，小说中却未曾详细交代，只是简略说两人一直是朋友。

我们看到，宋江在杀了奸头以后，惶惶如丧家之犬，为了避开官府追捕，四处流窜，先后投奔没落贵族柴进家，自己的徒弟孔明、孔亮家，然而在那两个地方都没待长——两家都是些门客、奴仆性质的防卫武装，连民兵性质都说不上，大宋政府军说灭就灭，正好花荣到处在找这个山东哥哥，宋江一琢磨，"大隐隐于朝，小隐隐于市"，干脆冒险反其道而行，混入政府军内部暂避风头。

宋江的如意算盘打得很不错，最危险的地方往往也就是最安全的地方。清风寨地区有四股武装力量盘踞：清风寨政府军、清风山燕顺团伙、二龙山鲁智深团伙以及桃花山李忠团伙，处于一种军阀割据的混乱状态，宋江混在这个四不管地区，而且是混在最高防卫长官的家里，应该是相当安全的。

宋江运气说好不好，说差也不差，被清风山燕顺、王英、郑天寿三人轻而易举捉上山去后，不仅壮大了自己的江湖实力，而且结识了重要的过场人物：清风寨正知寨刘高的老婆——一个被大色狼王英抢上山来欲发泄性欲的市长夫人。江湖上杀人放火一干手段，强盗是不以为耻的，相反若是做出点污辱妇女的勾当，却往往为人所鄙薄。譬如宋江点评王英"原来王英兄弟要贪女色，不是好汉的勾当"。再加上宋江毕竟是个读书人，这厚黑学里的"假仁假义"表面文章自然是要大做特做一番。于是在宋江苦口婆心规劝下，王英只好眼睁睁地看着猎物走人。

宋江这么做，一来是拉拢不好色的燕顺、郑天寿二人，做高姿态，使他们更加死心塌地地为己效力；而对于王矮虎，宋江也是采用了"打一耙，拉一把"的策略——这次你"吃亏"了，我下次找个比她更漂亮性感的女人给你！怎么样，老大不亏待你吧？而后续的故事也确实表明了老大言出如山，只要大权在握，区区一个降将一丈青，我爱配给谁就配给谁！哪怕这个男人胆小好色猥琐无能！哪怕扈三娘是自己的"义妹"！

但正是这个刘太太，将花荣的美好前途毁于一旦！刘太太从险些被奸污的境地逃出来，不仅没有知恩图报，反而将仇恨的种子深深埋藏在心底。在无意间看见和花荣一起逛灯会的宋江后，便指使丈夫设计，将宋、花二人陷入大牢。

花荣英俊潇洒，体健貌端，金领职业，又无不良嗜好，内有贤妻，外无横祸，怎么看也是个人人艳羡的成功人士。加上他人品不错，关心民众疾苦，看不惯同僚贪污腐败，刘高早想除之后快！正好上天给了刘高这么一个千载难逢的好机会，刘高自然抓住了机遇。

所以说，在当时那么一种极度黑暗的官僚团体里面，一个人身处染缸，要么同流合污，要么置身事外。而既要保持自己的操守，又要试图用一己之力努力改变腐败的现状，无异于痴人说梦。不幸的是，花荣正是最后一种人，一种信念支撑的耿直无华的人，他对贪官刘高平时的所作所为相当不满，只恨自己是二把手，官大一级压死人，也只能徒呼奈何！

好在在清风山的努力下，宋江、花荣安全上山，这也标志着花荣彻底和黑暗官场决裂。而在后续的讨伐过程中，宋江运用奸计，收伏了日后梁山上脾气最火爆的先锋官——霹雳火秦明。

宋江收秦明的手段，实在是下作得可以：用替身演员冒名顶替嫁祸秦明，屠杀青州城外数百户无辜的老百姓，而慕容知府一气之下杀了秦明的家小，使秦明落到有家不能回的境地。宋江笑嘻嘻地说："这些都是我叫人做的，你现在反正光杆司令一个，不如和我们一起合伙干吧。放心，我会赔你一个更年轻漂亮的女人，怎么样？"而这个女人，就是花荣的亲妹妹！

这是一场标准的政治婚姻！中国两千年的封建历史，女人总是政治斗争的牺牲品，不论是出塞的昭君，还是和亲的文成公主。恐怕在她们的内心，都是万分不情愿离乡去国的。而花荣的妹妹，小说中竟然无一言描述，她已经完完全全被当作一个商品，一个奇货可居、待价而沽的商品，用来交易和买卖！

秦明的性格，如同他的外号，花荣的妹妹，应该比其兄长还要千娇百媚，两人结合，到底有多幸福，恐怕是个未知数。宋代本就是宗教礼法最森严的朝代，加上秦明的霹雳火爆性格，花小妹恐怕多数是要终日受气、以泪洗脸。而小说中秦明阵亡之时，对于花小妹，也无一点交代，由此可见，两人夫妻感情，恐怕要大大打个折扣。

花荣有没有考虑过这一点？他当然不是全无心肝之人。然而花荣的眼光，早已经远远超越了秦明：宋江嫡系部队在群龙无首的情况下，商议上梁山投奔晁盖，正所谓"强龙不压地头蛇"，双方大将相差无几：宋氏手下有花荣、秦明、黄信、燕顺、王英、郑天寿、吕方、郭盛、石勇九人，晁盖手下原有吴用、公孙胜、林冲、刘唐、三阮、杜迁、宋万、朱贵、白胜十一人，倘若日后如同林冲、王伦一般火并起来，己方大约要吃亏——林教头武功天下第一！自己绝无胜算，哪怕是枪箭齐施！但是，只要和秦明联手，林冲殊不可畏！同为五虎将的秦明抵挡林冲二十招应无大碍，而这段时间，足够自己放冷箭偷袭成功！

正是这样的指导思想，花荣默认了这场政治婚姻，而事实也证实了花荣的选择。宋家军人数虽然略少，但实力已经超过了晁家军！花荣梁山射雁，正是向晁盖传递一个信号，表明一个立场：秦失其鹿，天下共逐之！而这个行动，正是回应晁老大不信花荣能够一箭分两载的最好回答！花荣自身并不在乎威望，他的所作所为，完全是为暂时不在的宋江立威！

花荣初上梁山，名列晁、吴、公孙、林之下，排第五位，秦明作为他的妹夫，排第六位。但是一百零八将大团圆后，秦明位列五虎之一，花荣却在其下，只是区区八骠骑之首！竟然完全颠倒了过来！原本是花荣的位置，却被刚刚上山的董平抢走！

　　估计宋江自己也不愿意委屈自己的心腹，然而花荣却为他考虑得很多：董平是个转面无恩的小人，为了一己私欲，今天可以出卖上司，明天就可以出卖梁山！要想安住他的心，只有给他个很高的地位！宋、卢、吴、公孙四大天王的位置他自然不敢染指，关胜、呼延灼是名家后代，林冲武功天下第一，秦明和自己是上山元老，这些都可以压过董平，但是为了安抚人心，自己就退一步海阔天空，与杨志、徐宁、张清为伍，而董平得到了意料之外的大馅饼，自然铁了心去报答宋江！

　　花荣为了朋友，舍弃了自己的大好前途、江湖名誉和挚深亲人，最终将自己的生命也奉献在宋江的墓前。他和宋江的友谊，已经远远超过一般的"刎颈之交"的范围。为什么他一听说宋江杀了自己的小老婆就那么高兴？为什么他事事这般"克己忍让"，处处为他人考虑？为什么在刘高的囚车中，他要求"不要乱了我的服饰"，身处囚笼依旧注意自己的形象？为什么他在悬梁之前能够对吴用说"妻室之家也自有人料理"？想必已经安排好身后一切。为什么宋江死后，除了要狗头军师吴用、凶悍小弟李逵继续效命，还对这个"相貌梁山第一"的花荣念念不忘？

　　世界上有哪种感情，可以令人做出这么大的牺牲，为了顾全大局，不惜舍弃如日中天的事业，而且放弃了个人名誉、嫡亲妹妹的终生幸福，最终以死明志？

　　有很多事情，其实不必多想，也不用多想。

戴宗为何能当"情报处长"

看过《水浒传》的读者，一定对神行太保戴宗这个人物不陌生，因为他太神奇了，神奇到令人过目不忘的地步。戴宗没有白叫这个绰号，"神行太保"区区四字，将其特点、品性表露无遗，哪像"云里金刚"宋万、"摩云金翅"欧鹏等人空有其名，华而不实？

戴宗的"神行法"确实了得：腿上绑两个甲马，一日便可以跑五百里；若是绑四个，便可以飞奔八百里。看起来和现代汽车使用四冲程发动机还是二冲程发动机倒有几分相似之处。戴宗的"神行法"不仅可以自己使用，而且可以转授他人，我们看见小说中不仅戴宗经常长跑健身，而且杨林、李逵、安道全三人在机缘巧合之下，也有幸尝过"神州行"的滋味。

要是使用了神行法，戴宗自己是必须全程食素，但是同伴可以吃荤，这一点从戴宗和杨林的对话中可以看出，随从者不忌饮食。但是戴宗为了作弄李铁牛，使梁山第一莽汉永远敬畏和臣服自己，也曾故意撒谎骗人，看见李逵偷吃牛肉，因势小惩薄诫，骗得李逵一路吃素，从而让李逵对他不敢有丝毫无礼之处。

其实我一直在想：戴宗口口声声说神行时只能吃素，只是个掩人耳目的幌子，他自己完全可以荤素照单全收！只是为了保证神行法在外人眼里的神秘性，所以给它披上一件虚幻的皇帝新装而已。

因为独一无二的本领，戴宗在梁山上地位很高，天速星神行太保戴宗，梁山排第20位，在元老刘唐、打手李逵、水军八杰等人之上。

戴宗在梁山上地位尊崇，不仅仅在于他独一无二的长跑特技，更重要的是，他是吴用、宋江的好朋友。

宋江在发配江州途经梁山的路上，吴用就大力推荐了好朋友戴院长，宋江当然不能浪费这么优秀的人力资源，在江州监狱中，故意不送贿赂给戴宗，只等他上门来索取。

戴宗作为江州两院押牢节级，不枉他"太保"之名。凡是新来囚犯，"常例送银五两"，倘若不给他，按照戴宗自己的话来说"我要结果你也不难，只似打杀一个苍蝇"。由此可见，戴宗和雷横、蔡福等小官吏一样，信奉"靠山吃山，靠水吃水"的"真理"，盘剥罪犯，手段恶劣。

很难相信，这样的人会成为吴用的好朋友。

宋江欲擒故纵，故意不给戴宗好处费，逼得戴宗亲自出马来要。这一段戏不是闲笔，昭示了戴宗的一个致命弱点：眼界太浅、格局太低。

说他眼界浅、格局低，不是污蔑，下文有据可查。

宋江题了反诗，被关进死牢，吴用伪造了蔡太师的回信，让戴宗带回江州。这封回函中的破绽被黄文炳看出，蔡九知府开始审问戴宗：

> 知府道："我正连日事忙，未曾问得你个仔细。你前日与我去京师，那座门入去？"戴宗道："小人到东京时，那日天色晚了，不知唤做甚么门。"知府又道："我家府里门前，谁接着你？留你在那里歇？"戴宗道："小人到府前寻见一个门子，接了书入去。少刻，门子出来，交收了信笼，着小人自去寻客店里歇了。次日早五更去府门前伺候时，只见那门子回书出来。小人怕误了日期，那里敢再问备细，慌忙一径来了。"知府再问道："你见我府里那个门子，却是多少年纪？或是黑瘦，也白净肥胖？长大，也是矮小？有须的，也是无须的？"戴宗道："小人到府里时，天色黑了。次早回时，又是五更时候，天色昏暗。不十分看得仔细。只觉不恁么长，中等身材，敢是有些髭须。"知府大怒，喝一声："拿下厅去！"旁边走过十数个狱卒牢子，将戴宗驱翻在当面。

蔡九问了三个问题，戴宗的三个答复——都是差评。

江州在汴梁东南方，由江州进汴梁，不是南门就是东门。

堂堂太师府，难道还没有接待信使的能力，需要信使"自寻客店歇息"？

当蔡九最后一个问题发出的时候，内心已然震怒，一品太师府在戴宗的眼里，既寒酸又失礼，这简直是天大的笑话！虽然戴宗编造了"门子"的外貌特征，但明眼人都看得出来，什么"中等身材，敢是有些髭须"，都是模棱两可的废话。

戴宗挨了一顿打，差点被砍头，也是咎由自取。

上了梁山后，戴宗因为其出色的奔跑能力，担任"总探声息头领"，手下有员工十二人：

四方酒店的接待人员，共八人——孙新、顾大嫂、张青、孙二娘、朱贵、杜兴、李立、王定六。

走报机密步军头领四人——乐和、时迁、段景住、白胜。

这十二人有个共同的特点：地位卑微。除了乐和作为孙立的小舅子，名次偏高外（77位），其余的全部在89位以后，而第100名这个分水岭以后的人物，除了扛大旗的郁保四，全部都是戴宗的部属。

宋江这么做，有他的苦心：戴宗所擅长者，只是长跑，对于行政管理，能力十分差劲。宋江攻打曾头市，戴宗潜伏了数日，回报宋江"市口扎下大寨，法华寺作中军帐，不知何路可进"——说了跟没说一样！倒是他的下属时迁，仔细刺探了几天，回答得既详细又全面。

由此可见，戴宗虽然作为"情报处长"，综合能力却十分一般。论顾全大局，不如顾大嫂夫妻；论开门营业，不如孙二娘夫妻；论手脚灵活，不如时迁；论外语能力，不如段景住；论唱歌跳舞，不如乐和；哪怕是演戏，都不如卖假酒的白胜来得逼真！

宋江对这个心腹的能力也心知肚明，所以他也只能拨一些排位最后的头领归戴宗管理！正是戴宗的长跑能力，掩盖了他职务能力上的不足。

宋江去东京赏花灯，带上柴进、燕青、戴宗、李逵四人前去李师师家喝酒。柴进身有贵族气息，燕青生性聪明能干，所以他们可以和宋江一起拜见花魁；戴宗只是小小监狱节级，连下书都出了大漏子，又怎能去这些高档娱乐场所？至于李逵，更是粗鄙鲁莽，宋江带他，不过是贴身保镖而已，所以他们两人就只能站在门外等酒宴结束！

不得不说，宋江真是管理学专家！

宋江很明白戴宗何时能用，何时不能用。我们看到，宋江得了背痛，张顺骗得神医安道全上山，宋江惟恐耽误自己病情，委派戴宗前来接应——先把医生接上来，张顺你可以慢慢走回来。而同样的情况，晁盖中了药箭，宋江好像就忘记了戴宗的存在，一直伏在晁天王的床头痛哭，一直哭到晁盖归天为止。

高，实在是高！

戴宗总是在宋江最需要的时候才出马。都说"锦上添花易，雪中送炭难"，正是这种"急大哥所急，想大哥所想"的行为，才能让带头大哥深刻铭记在心——不管戴宗的能力多么一般，他也是雷打不动的小头目。

戴宗的故事告诉我们：能力一般不要紧，只要有过硬的独一无二的特长，或者能给予领导雪中送炭般的帮助，总会有所回报。

宋代通信速度极慢，陆游在四川给东南山阴（今浙江绍兴）友人写信曾说："写得家书空满纸，流清泪，书回已是明年事。"可见当时驿站处理公文效率之低下。戴宗如果安分守己，倚靠自身奔跑特长逐步晋升，会有大好的前途，可惜其时北宋政局实在已是风雨飘零，独木难支！丝毫不曾重视和挖掘这种人才！戴宗没有奔跑在宋金前线上，对于他自己来说，也是个不大不小的遗憾。

西方神话里，有个脚上长有一对小翅膀的年轻神仙，名叫赫尔墨斯，是宙斯和美艾的儿子。他是传说中跑得最快的神，因此成为宙斯的信使，寓意"快速银"，现代化学元素银的符号"Ag"便是源于此人。赫尔墨斯和神行太保戴宗倒有三分相似之处，可见不管古今中外、东方西方，对于这种能够迅速传播信息的人物，大家相当厚爱，而正是这种美好的愿望，在近代科技飞速发展后得到了实现，促使电信、交通行业的发展和壮大，说起来，戴宗的功劳倒也殊不可没。

李逵为何是标准强人

如果说宋江是《水浒传》中争议性最大的人物，那么李逵应该排第二。

20世纪六七十年代，全民批《水浒传》，炮轰宋江的"投降主义"，视李逵为"最坚定的农民起义战士"。时过境迁，今天估计不会再有人这么看待李铁牛了。那么，李逵，到底是个怎样的人？

我认为，黑旋风李逵是一个可怜、可悲复可恨的人物。

说他可怜，这厮冲锋陷阵，向来赤膊打头阵，大小百余战，连头发也没掉一根，运气之好，难以置信，最后却死在自己最亲信的大哥手里，而且是死于"阳谋"而不是"阴谋"。

说他可悲，这厮空有一身蛮力，智商却近乎为零，莽撞粗鲁，胆大包天，从结识宋江开始，一直充当铁杆打手兼帮凶，以杀人为乐，并乐此不疲。

说他可恨，真有"哀其不幸，怒其不争"之意。此人视人命如草芥，对敌不管是官兵还是平民，统统"大斧排头砍去"，仗着宋江的庇护，恃宠而骄，屡屡凌辱同事，譬如对朱仝、公孙胜，狐假虎威，小人得志。

这么一个浑人、蠢人，因为斧砍杏黄旗、寿张乔坐衙、扯诏谤徽宗、陪同喝毒酒四件事，竟然评价两极分化，也真是咄咄怪事！

就以寿张乔坐衙来分析吧！

李逵误入寿张县衙，要过过做县太爷的瘾。李逵是这么审案的：

公吏人等商量了一会，只得著两个牢子装做厮打的来告状，县门外百姓都放来看。两个跪在厅前，这个告道："相公可怜见，他打了小人。"那个告："他骂了小人，我才打他。"李逵道："那个是吃打的？"原告道："小人是吃打的。"又问道："那个是打了他的？"被告道："他先骂了，小人是打他来。"李逵道："这个打了人的是好汉，先放了他去。这个不长进的，怎地吃人打了，与我枷号在衙门前示众。"李逵起身，把绿袍抓扎起，槐简揣在腰里，掣出大斧，直看著枷了那个原告人，号令在县门前，方才大踏步去了。

只有唯暴力是从的莽汉，才会崇尚武力，并以此作为行为准则。梁山好汉中，宋江、戴宗、杨雄、裴宣四人都是公门出身，如果他们也这般判案，估计早早就下岗失业了。

李逵曾说过一番豪迈的话："晁盖哥哥便做大宋皇帝；宋江哥哥便做小宋皇帝；吴先生做个丞相；公孙道士便做个国师；我们都做将军；杀去东京，夺了鸟位。"

其他人倒还罢了，假如李逵真的当了将军，他又会如何治军？手下的这帮将佐兵卒会不会听他的？征方腊结束后，李逵被封为润州都统制，手下有三千兵马。很难想象，有"与众终日饮酒，只爱贪杯"的李大将军，这三千兵士的战斗力到底如何？宋江告诉李逵他喝了奸臣的毒酒，李逵的第一反应是"我镇江有三千兵马，哥哥这里楚州兵马，尽点起来，并这百姓都尽数起去，并气力招兵买马，杀将去。"——李逵可真是天真幼稚，朝廷兵马、镇江百姓，凭什么和你一起造反？如果不听你的，是不是又要"大斧排头砍去"？

所以说，宋江临死之前拉李逵垫背，替朝廷去掉了最后一个也是唯一一个安全隐患，这番识相行径，深得徽宗君臣赞许。朝廷在梁山、楚州两地大兴土木，为宋江等人建造忠烈祠，说是"受万万年香火"——不要开玩笑了，五年以后，金兵就攻破了汴梁，俘虏了北宋皇族三千人去坐井观天去了。

很多人对李逵滥杀无辜大摇其头，但是对他的"孝心"相当赞赏。其实这是标准的误解！

李逵因为杀了人，从山东沂水县百丈村逃窜到江西九江，一晃十多年没有回家，也没和老母、兄长李达通音讯。老母衣食住行，全靠长子李达给人打长工维持，李逵身在他乡，却没见任何资助的孝心表现，发的工资，除了喝酒，就是赌博！他看见老大接父，这才想起自己还有个老母，还有个嫡亲老大！于是他也要接老娘上山，与其说这是孝心的体现，不如说这是一种刻意的模仿行为。而上天也和他开了个大大的玩笑，李逵刚有孝心的表现，老母就被老虎吃了，真正是"子欲养而亲不待"！

丧母事件对李逵以后的性格变化影响很大，李逵的心理逐渐扭曲！宋江攻破祝家庄，李逵对于投降的扈家庄大开杀戒，几乎灭了扈三娘全家；为了逼迫朱仝落草，竟然斧劈了年方四岁的垂髫幼儿！为了请公孙胜出山，先吓公孙老母，后砍公孙师傅，行为恶劣直比地痞流氓！破了大名府，李逵一马当先，杀得满身血污，在他率领下，北京一城死伤百姓将近一半……

可以说，正是丧母事件，激发了李逵内心深处一种变态的杀人理念！我失去了最亲密的人，我让你们也得不到！这种病态的观点，不仅没有得到宋江的制止，反而变相获得允许——世人多罪，天杀星李逵是帮人超脱的——这就是宋江的借口。

李逵当然要再次对宋江感恩戴德！由此而来李逵算是彻底成为宋江的贴心人，宋江的一切言行他都当作圣旨来执行。我们看见，李逵四柳村杀狄小姐和她情人王小二，手段相当残忍——李逵道："吃得饱，正没消食处。"就解下上半截衣裳，拿起双斧，看着两个死尸，一上一下，恰似发擂的乱剁了一阵。

可以说，此时的李逵已经完全蜕化变质成一个标准的杀人恶魔，他见不得任何美好的事物。崔莺莺不是和张生结成了千古佳话么？人家小姐和情人私会有你什么事，你要这般变态残暴？最不可思议的是，临走前他还逼着狄老头感谢他"成功捉奸"并且吃了"犒劳饭"才拔腿走人。此人性格分裂，渐进魔态！

李逵是宋江在江州用十两银子买来的死士，一生忠心耿耿，唯独在招安一事上，屡屡和大哥唱反调。李逵反对招安，有他原始、朴素的想法：

> 李逵道：“你那皇帝，正不知我这里众好汉，来招安老爷们，倒要做大！你的皇帝姓宋，我的哥哥也姓宋，你做得皇帝，偏我哥哥做不得皇帝！你莫要来恼犯著黑爹爹，好歹把你那写诏的官员尽都杀了！”

李逵曾经也是公门中人，在江州做过一阵小牢子，但他这种三观，确实很难想象。

李逵一生有三好——好酒、好赌、好斗。这三大爱好，宋江使用了“同饮”“借钱”和“宽慰”三条绳索，将李逵牢牢掌控在自己手里。这个头脑简单、无知无识、孔武有力的莽汉，是最适宜的部下，生前为我所用，死后也为我帐下小鬼。正因为宋江的自私，才反衬出李逵的“忠义”，故而宋江是争议最大的人物，李逵紧随其后列居次席。

所幸，这样的标准“强人”，梁山上有且只有一个。

梁山水军为何是模范部门

梁山泊方圆八百里，芦苇茂密，港汊纵横，水势浩淼，茫茫荡荡。正是这得天独厚的天然屏障，才能使梁山义军坐拥地利，攻防自如。宋江领导的梁山好汉以此为根据地，劫富济贫，替天行道，干出一番轰轰烈烈的大事业。

梁山水军，是防护梁山的第一道武装力量，下辖八员头领：阮小二、阮小五、阮小七、李俊、张横、张顺、童威、童猛。其中除李俊的跟班二童属于地煞星，其余六人均得以顺利进入天罡星团体，算是梁山各派系中分得蛋糕较大的既得利益者。

这八人里面，三阮属于晁派，李俊、二张、二童均属于宋派，看起来有点水火不相容的意思，然而水军集团内部关系相当融洽，八人之间早已摈弃门户之见，团结友爱，精诚合作，成为梁山上的模范部门，最典型的例子莫过于征大辽后，看见大宋政府如此不公，六名水军核心将领向上级打申请报告"打回老家去"，虽然最后被驳了回来，但水军八杰目光之远见，可见一斑。

梁山水军头领，几乎个个拥有独立思考的头脑，他们不像李逵那样，完全就是个没有思想的杀人武器。而正是水军将领的为人处事颇有主见这一优点，导致他们的结局欢笑远多于泪水，不管生者、死者，均得以流传后世，大名远扬。

王伦时代的梁山，水军力量一片空白，只敢偷袭落单客商。晁盖时代大大不同，三阮率领十数渔家，便能顺利击败一千兵马；到了宋江时代，更了不得了，水军八杰迎战高俅的十万水兵，不仅击溃对手，而且俘虏了当朝太尉，这份成绩，堪称耀眼。

梁山水军，是一支百战百胜的精锐之师！

因为战绩出色，故而水军将领排位很高，从第26位到第31位，被李俊、阮小二、张横、阮小五、张顺、阮小七六人包圆了。李俊因为自带二童为小弟，又是张横的结拜兄弟，故而一跃成为八杰的首领。

宋江、吴用排座次，李俊正好在阮小二之前，张横正好在阮小五之前，张顺正好在阮小七之前，这恐怕不是无意而为，颇有点用宋系水军压制晁系水军的意思。幸运的是，我们却看不出这种兄弟阋墙的苗头，晁系水军和宋系水军关系融洽，合作相当愉快。

梁山水军第一次会师在江州白龙庙，晁盖率领梁山英雄劫了江州法场，救了宋江、戴宗性命，跟随李逵一路杀到浔阳江边，大军"前有堵截，后有追兵"，情形相当不妙。三阮正准备游过大江去夺船摆渡，张顺恰到好处地率领揭阳镇三霸集团前来接应，从而能够让晁宋大军全身而退。正是英雄相惜，水军八杰在残酷的对敌斗争中建立了牢不可破的深厚友谊。

我们看到，在后续的大大小小战斗中，水军战士上下一心，服从安排。疑兵不贪战功、伏兵不畏艰险，精诚合作，各负其责，很好地贯彻和执行了上级交代的任务，八杰更是身冒矢石奋不顾身，为广大战士做出良好的表率作用。可以说，在晁盖牺牲后，宋系水军在人数占优的情况下，很好地团结了同事，目光不可谓不远大。

八位好汉里，阮小七和张顺是作者重点塑造的英雄。

中国人兄弟里面，最有出息的往往是老么，而阮小七正是这种人物，相对比大哥、二哥，阮小七更加聪明机灵，敢作敢为。

宋江为招安，一直煞费苦心，用尽手段，由此而来梁山上可分为三派。一派就是以宋江吴用为首的招安派，包括花荣、戴宗、杨志、广大降将等；一派是中立派，招也好，不招也好，完全无所谓，代表人物柴进、公孙胜、史进等；还有一派就是反对派，这一派人数虽少，但是实力不凡，包括三阮、林冲、武松、鲁智深等。

宋江和大宋政府羞羞答答、眉来眼去讨价还价，反对派中的大多数人采用骂两声娘的方式来发泄一下，譬如武松、李逵。有点文化的采用劝说的方式来试图改变命运，譬如鲁智深。然而这一切努力都不能丝毫改变宋江的偏执和顽固。

　　阮小七和他们不一样！深谙"伤其十指不如断其一指"的先进理念！别人都希翼从老大身上打开突破口，小七哥却是直接从朝廷官员身上下手！只要破坏了朝廷官员的小恩小惠计划，宋江哪怕再低声下气，恐怕也难以和广大好汉有个交代！

　　所以我们看到，在陈宗善太尉带领高俅、蔡京的走狗李虞候、张干办前来宣恩的时候，阮小七先故意凿漏了船，淹了三人半死，然后带领水手将十瓶御酒喝得一滴不剩，再装入掺水的村酿白酒冒充正品。而事实也和小七预料的一样，假酒风波迅速改变了大多数好汉对招安的看法，本来骑墙的中立派立马和反对派站在同一路线。在反对派得力干将鲁智深的率先发难下，其余的大大小小头领，譬如刘唐、武松、史进、穆弘、水军头领全部像核裂变一样，发作起来。

　　正是阮小七这一举动，导致了后来的梁山大军两赢童贯、三败高俅。而宋江为何对始作俑者阮小七不见丝毫处罚，这不是宋江心慈手软，陈桥驿斩小兵，宋江眼皮都不眨一下，也不是阮小七的元老身份，更不是阮小七的舍身试毒英雄壮举。真正的原因正是吴用的主意：要将朝廷杀得大败特败，日后招安才能卖个好价钱！

　　阮小七冒险一行，却鬼使神差地暗合了宋江、吴用的本来意图。大胆想象一下，假如阮小七真的彻底破坏了招安大计，哪怕有十颗脑袋，恐怕十颗也要搬家。

　　受招安后南征方腊，梁山水军大出风头。浙江自古号称"七山两水一分田"，全省处于丘陵地带，水乡泽国，方腊大本营淳安更是青山掩映，绿水长流（今日千岛湖便是明证）。应付这种环境下的敌人，自然需要强劲的水军支援。

　　梁山水军很好地配合了主力部队，一路杀进清溪洞，彻底改变了方腊的命运。三阮中阮小二、阮小五相继阵亡，阮小七运气不错，不仅活到最后，而且将方腊的皇帝制服取来，上演了一场"超级模仿秀"。正是他这一顽皮举动，授人以柄，最终在他爽朗大笑声中，被解除官职，返回故乡继续打渔，侍奉老母安享晚年，自己也寿至六十而终。

阮小七的故事并未结束。著名的京剧折子戏《打渔杀家》中的男主角萧恩，其实就是阮小七的化名。活阎罗有生之年继续惩治贪官，替天行道，将梁山宗旨发扬光大，后人一直传为佳话。

宋系水军中最出彩的人物非浪里白跳张顺莫属，这是一个死后封神的传奇式人物。

张顺上了梁山后，表现远比他哥哥出色，小功劳自不必表，大的功劳便有七件：

① 白龙庙率众接应，导致梁山大军以完胜的骄人战绩全身而退。

② 再入江州城，活捉让宋江大吃苦头的通判黄文炳。

③ 水中捉拿卢俊义，让二哥无处可躲。

④ 南下建康府邀请神医安道全，避免宋江一病不起，一命呜乎。

⑤ 顺路接纳好汉王定六，剪除无良同行张旺。

⑥ 凿穿海鳅船，大破高俅水军，活捉高太尉。

⑦ 夜伏金山寺，智取润州城。

张顺因为他的外貌、肤色和过硬的水下功夫，战胜了三阮、李俊、张横等同事，成为《水浒传》中最令人过目不忘的水中英雄人物。时至今日，媒体报道游泳健儿时，还时常用"浪里白条"来比喻，影响可见一斑。

张顺的牺牲，很有悲剧色彩，正是"会水的死在水里"。张顺不合出征前讲了相当唯心主义的遗言"我身生在浔阳江上，大风巨浪经了万千，何曾见过这一湖好水！便死在这里，也做个快活鬼"——张顺实现了他的愿望，虽然这是一个相当令人心酸的结果。

张顺死后，被封为西湖龙王、金华太保，成为梁山三位"得道修成正果"的神仙之一。宋江位列蓼儿洼土地，戴宗成为泰山岳庙山神，张顺地位要比他们略高一点，也许这算是对张顺的一点安慰性补偿吧。

征方腊结束了，忠心宋江的张顺牺牲，留守杭州的张横病死，宋系水军只剩下李俊和二童生还。李俊知道，自己的任务已经结束，阮小七因为穿了方腊的"龙袍"而受牵连，自己当年杀了高俅大将恐怕也会被秋后算账。宋江的面目已经彻底暴露，要想安身立命，只有离开这个是非之地。昔时中华，战火连绵，并无一块净土，李俊只有和新友赤须龙费保等四人远走他国，自取其乐。

李俊不是个大英雄，他只是个明哲保身的汉子，他的后半生，都在东南亚度过，看起来很像金庸《碧血剑》主人公袁承志的结局。李俊代表了一大批对现实失望的人群：既然无法改变，只有置身事外。

暹罗国国泰民安，四方安定，六年后宋室南渡，中原一片金戈铁马，李俊正率领泰国民众开展生产建设活动。李俊是梁山好汉中成就最高的人物，虽然没有建设自己的祖国，但是发展了友好睦邻关系，在无意间完成了"墙内开花墙外香"的壮举。

梁山水军八杰，都有不凡的故事，因为他们的单纯、率真，他们的团队才配合默契、合作愉快。这样模范的一个部门，也是梁山的一个窗口、一个缩影。

杨雄、石秀为何算不上英雄

病关索杨雄、拼命三郎石秀是梁山好汉中戏份相当重的人物。江苏扬州有一种历史悠久的民间文艺——扬州评话，类似于评书，但是比评书更受江淮地区老百姓欢迎。扬州评话以讲《三国》《水浒传》为主，而在《水浒传》中流传至今，影响深远的有四本：《武十回》《宋十回》《石十回》和《燕十回》，顾名思义，便是讲述武松、宋江、石秀和燕青的故事。

这四本能够出类拔萃，傲视同侪，不得不说和内中的一个共同情节有关——偷情。这四个故事，都涉及男子由于忙于事业，冷落了伴侣，而所有的女主人公，步调一致地开始喜新厌旧，上演一幕幕殊途同归的红杏故事。

中国封建社会讲究的是男尊女卑，当这些好汉或其亲人头上被戴上一顶"绿油油的帽子"的时候，他们选择的是"是可忍孰不可忍"，随即钢刀出手，人头落地，拍拍屁股，上山落草，从而形成一条近乎于流水线的"逼上梁山"方式。

杨雄、石秀的故事，深刻地诠释了这个概念。

杨雄和石秀非亲非故，二人的结交是"不打不相识"的结果。

杨雄是蓟州两院押狱官，兼行刑刽子手，有一天从菜市口处决犯人回来，披红戴绿地拿着几匹绸缎跨街炫耀。以泼皮军汉为首的张保流氓团体七八人，眼红起来，随即进行敲诈勒索活动。杨雄讲理讲不通，动手又以寡敌众，顿时处于下风。

杨雄的武艺真的这么差劲吗？

未必。

杨雄是外乡人，在蓟州当小官，他和蓟州守军分属军警两个系统，用小说的话说就是"我与你军卫有司，各无统属！"面对军汉张保等人的挑衅，杨雄有所顾忌，所以被人围殴。

　　此情此景正好被路过的樵夫石秀看到了。石秀和杨雄一样，也是外乡人，因为贩卖羊马折了本钱，故而流落在蓟州砍柴为生。杨雄是官，石秀是民，所以石秀无所顾忌，三拳两脚打退了张保。

　　应该说，石秀的人品不坏，同样是折了本钱的羊马贩子，锦毛虎燕顺的选择是落草为寇、打家劫舍；拼命三郎石秀的选择却是砍柴度日。因为见义勇为，杨雄提出和石秀结拜为异姓兄弟。

　　杨雄这么做，有两方面的考量：

　　第一，让石秀当自己的保镖。

　　第二，外乡人抱团取暖。

　　张保等人一拥而上的时候，杨雄的手下却是一哄而散，这说明了杨雄在供职单位的人缘、威望都不高。杨雄有了石秀这个高手义弟、强力外援，从此不必惧怕蓟州黑白两道的骚扰。

　　石秀需要杨雄这样的靠山吗？

　　我认为不需要。

　　石秀武艺高强、胆大包天，这样的人是目无法纪的。他愿意和杨雄结拜，是看在"意气相投"四个字的份上，杨雄是官员也好，是乞丐也罢，石秀内心是无所谓的。

　　所以说，从二人结拜一事来看，石秀的人物性格就凸显出来了：热血冲动、简单直接。

　　杨雄把石秀带回家，杨雄的岳父潘老汉又给了石秀一份新工作：屠夫。因为这样的厚待，石秀内心是无比感动的，所以他要感谢杨雄一家：杨雄潘巧云夫妻、潘老汉。

　　石秀将杨雄家的事看得比自己的事还重要若干倍，加上他本人胆大心细的特点，杨雄家里有什么风吹草动都瞒不了他的灵敏嗅觉：杨家要祭奠杨雄妻潘巧云的前夫王押司，因此将肉案、剔骨刀等有血腥味道的家伙收起来，石秀便要疑心杨家人开始嫌弃他，自说自话将全部账目算清，引得潘老汉大笑。

石秀，确实是一个管家人才。

石秀是个好管家，潘巧云却不是个好主妇。

毫无疑问，潘巧云是美女，所以眼界比较高，一心只找公务员：先嫁王押司，后王押司病故，再改嫁杨雄。

不幸的是，潘巧云又是个"文艺女青年"，吃着碗里还看着锅里，勾搭上了报恩寺的和尚裴如海。这个裴如海原本是蓟州绒线铺的小官人，估计和潘巧云自小相识，或许因为求亲未遂所以遁入空门——两人畸形的情感终于开出罪恶的花。

石秀察觉到潘巧云和裴如海的奸情，心中翻江倒海，这简直比欺负自己还令人难以容忍！没有片刻的犹豫，随即告知杨雄事情的来龙去脉，杨雄一听，自然是怒火中烧，立马就要二人好看。

石秀立刻阻止了杨雄的冲动。他说："俗话说'捉贼拿赃，捉奸拿双'，现在无凭无据，当心被人反咬一口。按照兄弟的意思，明天哥哥假装值夜班，我就在后门埋伏起来，你半夜回家前门拿人，我就在后门布口袋，将他们两个抓个现行当场。"

计策是好计策，但杨雄酒后失言，露了口风，故而石秀被潘巧云倒打一耙。

杨雄听了潘巧云的鬼话，认定是石秀性骚扰在先，污蔑在后，遂将石秀赶出家门。

要是一般人，事情发展到现在，事不关己高高挂起，从而行同陌路即可。然而石秀却是个心思相当缜密的人，行为偏执顽固，冷静下来一思考，"不行！我不能让杨雄吃这个哑吧亏！我可要将奸夫杀了表明心迹！"当然，这也存在为自己辩护的成分。于是当晚摸进死胡同，将胡道、裴如海一刀一个，搠死当场。

案件随即传遍全城，杨雄再也无法装糊涂，只好寻找兄弟商议。按照杨雄的意思，当时又要找潘巧云算账。石秀却在一旁循循善诱："你回去不曾捉奸在床，怎能杀人？不如你明天把她和使女迎儿赚到翠屏山，我们当面讲清楚是非，一纸休书休了她即可！"杨雄确实是个没主见的人，当即应允。

由此而来杨雄将潘巧云、迎儿二人骗上翠屏山，四人当面锣对面鼓理清了事件的头绪。此时，杨雄和石秀好像突然变了一个人。

石秀原本只是建议杨雄一纸休书休了潘巧云，杨雄在逼供潘巧云的时候，也说过"把实情对我说了，饶了你贱人一条性命"。但是，他们真的饶了潘巧云的性命吗？

石秀颇有"点火"的本领，先撺掇杨雄将迎儿一刀砍作两段，再隔岸观火，全程目睹杨雄碎割了潘巧云——毕竟一个是刽子手出身，一个是职业屠夫，杀人根本不当回事。

在此事件中，潘巧云真的该死吗？婚内出轨是道德污点，罪不至死。也许杨雄感到在兄弟面前失了面子，所以应用了刽子手的娴熟手段，如果石秀不在当场，也许杨雄会放她们一马。但自古所谓的"英雄好汉"，可以失去一只手、一条腿，万万不可失去的就是"面子"二字，再加上石秀这个认真严谨的偏执狂，杨雄若不下手，石秀也决不会坐视不理！

石秀这样的性格，换成现代人的标准，非常容易成为愤青角色，爱憎分明、我行我素。当石秀孤身从北京街头酒楼手擎腰刀一跃而下的时候，如果囚车中卢俊义旁边不是蔡福、蔡庆兄弟，卢员外脑袋早已搬家。石秀杀得很快活，战绩彪炳：死亡七八十人，受伤者无数。只不过他也为这"快乐"付出了不小的代价——关了半年。这大约也算是对石秀杀嫂事件的一种变相惩罚吧。

石秀上了梁山后，最大的功劳就是带领梁山大军破了祝家庄。或许是他天良大发，当梁山"好汉"准备屠庄的时候，石秀挺身而出，为无数无辜的村民开脱，宋江既然达到了目的，也就乐得做个顺水人情，假仁假义给每户人家发了一石（粮食单位，1石＝100升）粮米作为战争赔款，祝家庄满庄也不过五七百户人家，而梁山掠夺的粮米却高达五千万石！宋江散的雨露仅仅只是九牛一毛而已！

杨雄、石秀，都算不上英雄，石秀最终战死在征方腊途中，杨雄也在得胜途中发背疮而死。也许冥冥之中这也是天意：漠视生命的人，上天也会漠视他。

时迁为何排名极低

梁山好汉一百零八将，能让常人记住的，应该不超过三十人。真正家喻户晓的人物，比如武松、林冲、鲁智深、燕青之流，也就十个左右，因为他们都是施大爷呕心沥血着力刻画的英雄人物。仅以武二郎为例，一个人就占了整整十回的篇幅！施大爷对他的偏爱，可见一斑。

在这些影响深刻的代表人物里面，绝大多数属于高层领导阶级——天罡星群体，而占据三分之二名额的中层领导干部——地煞星群体，则星光暗淡得多。你能一口报出孟康的外号吗？你知道陶宗旺的特长吗？

地煞星群体里面，能让人留下深刻印象的，个人认为只有五人：母夜叉孙二娘、菜园子张青、矮脚虎王英、一丈青扈三娘以及鼓上蚤时迁。这五人里面，排名最高的是矮脚虎王英，列第58位；其次是其妻一丈青，列第59位。而另外三人则排名相当靠后：张青第102位、孙二娘第103位、时迁第107位。

这一回，专门讲讲时迁这个神偷的故事。

时迁，祖籍高唐州，流落江湖到蓟州，整天做些飞檐走壁、跳篱骗马的勾当。从现代武侠小说范畴来说，时迁的武功主要体现在轻功方面，而外家功夫，则略有欠缺。

时迁知道自己的长处和短处，对于信奉"蛮力打江山"的水浒世界，时迁无疑是自卑的，如小说第46回《病关索大闹翠屏山 拼命三火烧祝家庄》。杨雄、石秀杀了潘巧云和使女迎儿，无处可遁，只好相约上梁山。这时候，正在翠屏山盗墓的时迁现身了：

当时杨雄便问时迁："你如何在这里？"时迁道："节级哥哥听禀：小人近日没甚道路，在这山里掘些古坟，觅两分东西。因见哥哥在此行事，不敢出来冲撞。听说去投梁山泊入伙，小人如今在此，只做得些偷鸡盗狗的勾当，几时是了？跟随得二位哥哥上山去，却不好？未知尊意肯带挈小人否？"

从时迁的谦卑言谈举止来看，我们可以发现时迁的潜意识：强烈的自卑感。

相比于强盗，小偷地位更低下。

时迁盗过墓、偷过鸡，所以被大伙儿看不起，排座次倒数第二，甚至比叛徒白胜还低一位。

盗过墓怎么了？曲洋就盗过；偷过鸡怎么了？黄蓉就干过。

在现代武侠小说中，这些都不叫事儿。

但梁山好汉们不能忍。

所以时迁对梁山，是十分向往的，上了梁山，就有了依靠，大碗喝酒、大块吃肉、大秤分金，就可以不必偷鸡摸狗，也就可以洗白自己的偷儿身份。

梁山却对时迁态度冷淡，梁山需要谋士、武士、战士，唯独不需要小偷。

所以时迁的排名如此之低！

宋江能够收留时迁，得益于三打祝家庄的巨大收益，前身根本没指望他能为山寨做什么贡献，所以只是安排他个酒店接待的不咸不淡职位！然而人算不如天算。高俅抄袭《三国志》中赤壁大战片段，令呼延灼模仿铁锁横江，连环马杀得草寇屁滚尿流，连勇猛无敌的林教头都负伤中箭了！正在宋江一筹莫展之际，上天又给了他一次重新做人的机会。铁匠汤隆建议请他姑舅哥哥金枪手徐宁来一物降一物！而诱饵便是徐家祖传的宝贝——雁翎圈金甲，相当于桃花岛的镇岛之宝软猬甲一般。

这个光荣的盗窃任务就毫无疑义地落在神偷头上，而时迁从此时开始，开始了他那惊人的传奇经历！我们看到时迁不仅手脚轻敏，而且知道灵活多样地和主人进行迂回包抄！踩点—望风—埋藏—潜伏—换位—吹灯—盗甲—口技—出门—交货，一套动作炉火纯青，无懈可击！好比《卧虎藏龙》里面的城墙根打斗，行云流水一气呵成！这一套动作惊险万分，偏偏又妙趣横生，让人不由得不拍案叫绝！

可以说，宋江能够收伏呼延灼等好汉，时迁的功劳可谓不小。而后续的时迁智慧更是发挥到极至：

救卢俊义，时迁和一干好汉潜伏进大名府，放火烧翠云楼倒在其次，时迁能够一针见血指出伪装成乞丐的孔明、孔亮兄弟，"面皮红红白白，不像忍饥挨饿的样子，北京做公的多，倘若看破则误了大事"。可以说，梁山好汉里面，喜欢动脑子的人不多，但时迁算是一个！

攻打曾头市，时迁和顶头上司戴宗前去踩点。戴宗只是讲出个人所共知的敌情："市口扎大寨，法华寺作中军帐，不知何路可进。"而时迁却深入敌人内部，不仅胆大，而且心细，"小弟直到曾头市里面探知备细。见今扎下五个寨栅。曾头市前面，二千余人守住村口。总寨内是教师史文恭执掌，北寨是曾涂与副教师苏定，南寨是次子曾密，西寨是三子曾索，东寨是四子曾魁，中寨是第五子曾升与父亲曾弄把守。这个青州郁保四，身长一丈，腰阔数围，绰号'险道神'，将这夺的许多马匹都喂养在法华寺内"。将情况摸得了如指掌，比戴宗的大而化之，简直不可同日而语！

尔后，时迁坦然作为梁山的人质，被关押在法华寺内。听到外面杀声大作，直接就爬上钟楼敲钟为号，打响了决战的第一枪！可谓智勇双全！

征辽攻打蓟州，时迁利用工作之便，和石秀钻进城中宝严寺，放火为号，指示梁山众人发起总攻。作为一个兼职信号兵，时迁一共放了宝塔、佛殿、山门三把火，其中宝塔之火影响巨大，"火光照得三十余里远"；而石秀只是在县衙大门前放了一把火。石秀不仅放火数量不如时迁，而且在质量上也差强人意。如果时迁看过《天下无贼》，一定会感慨："最烦你们这些抢劫的，一点技术含量都没有！"

攻打方腊，时迁和李立、汤隆、白胜几个，从小路混入独松关，祭起看家本领——放火。从而一举捣毁这个反动团伙，而且竟然和白胜合作，活捉了守将之一的卫亨！这也是时迁上梁山后唯一的一次正面擒敌！尤为可贵的是，俘获的敌人不是寻常小兵，而是一名高级军官。

而被方腊视为坚如磐石的昱岭关，在卢俊义损兵折将之际（史进、石秀等六人中伏阵亡），还是时迁关键时刻摸上关头，先放火，后放炮，扰乱敌情，在敌人不知所措之际，又大声虚张声势："已有一万宋兵过了关去了，及早投降，免你一死。"这一攻心计还真大放异彩，当南兵惊得手脚麻木之时，林冲、呼延灼率领大批士兵配合了这一场精彩绝伦的演出！可以说，没有时迁，这一场可以写进军事教科书的经典战役不可能实现。

等到宋江大军破了方腊，时迁在返程的途中却因绞肠痧发作而亡。能够从九死一生的前线安然无恙，最终却因为急性阑尾炎而丧命，这不禁让人扼腕叹息：上天不公，无过与此！

时迁是一个生活在水浒世界中"真实"的人，他有些胆小，形象也颇为猥琐。但是我们难以忘记一个身手敏捷、胆略过人、有勇有谋的神偷形象。他的人生最高理想就是摆脱"偷儿"的骂名，依托在一群无所不为的强盗中实现人格升华。但当上天给他一个可以拨乱反正的机会的时候，胜利的彼岸却在咫尺之遥和他说了再见。

时迁没有享受过一天被世人正视的日子，在他活着的时候，没有尝到过衣锦还乡的滋味，即便在梁山内部，他也只不过是一个需要的时候才被想起的无足轻重的小人物，他和叛徒白胜、盗马贼段景住同列最后三席。在强盗的逻辑里，小偷和叛徒始终是可耻和不可信任的，哪怕他有再多的贡献，只要有了一次污点，就是永远也洗脱不干净的。

时迁有无后人，书中没有明写，按照他的个人情况，大约是单身汉一个。在他死后，也无非得到一个"义节郎"的虚衔，至于圣旨说道"无子嗣者立庙享祭"，幸运的是，时迁还真达成了！

神州大地还真有时迁庙，如《阿Q正传》中的穆神庙。另在浙江沿海、四川北部也有不少较小的时迁庙，名字稍有不同，有穆神庙、迁神庙、贼神庙等种种叫法。去拜的人不少是有钱人，乞求时迁老爷别让他的徒子徒孙们去偷他的东西。还有就是已经失窃的人去哀求哭诉，看能不能多多少少归还一点，弥补损失。

这对时迁来讲，无疑是个极大的安慰。

水浒好汉熙熙攘攘，但是这个机智心细的小人物，将永远和武松、林冲等光芒四射的大英雄一起，并存在我们记忆中。

时迁，时迁，时过境迁！此情可待成追忆，只是当时已惘然！

李应为何有战略眼光

因为杨雄、石秀、时迁的"牵线"，梁山和祝家庄结下了梁子，矛盾不可调和，只能刀兵相见。

《水浒传》一开头，就写了史进的史家庄和朱武的少华山兵戎相见，施耐庵没有丑化史家庄，因为史进最终上了少华山落草，故而史家庄的男女老少，都是正面形象。

但同样性质的防卫武装祝家庄，施耐庵明显就是丑化处理了——祝家庄、扈家庄、李家庄三村联合对抗梁山，和男主角过不去，当然要批判一番。

祝家庄的祝龙、祝虎、祝彪、栾廷玉，扈家庄的扈成、扈三娘，李家庄的李应、杜兴，一共是八名大将。八人当中，武功最高的，当属栾廷玉，其次就是一丈青扈三娘了。李应本领如何？我猜应该强于祝彪，远胜其他人物。

这位李应大官人，还是个聪明绝顶的汉子！

祝家庄是三村里实力最强的，人手多，又有强力外援坐镇。祝家庄要扈家庄、李家庄三村联防，扈、李二庄不敢不答应。

三村结成联盟以后，说好了"同心共意，递相救应"，但真正的主导者是祝家庄，它对扈、李二庄有指挥权，李应心中，多少是不乐意的。

当祝、扈两庄结成姻亲关系的时候，李应知道，自己迟早会成为一个绊脚石。对于这个身份，他很尴尬：联合抗寇，自己将要成为先锋队，实力大损；若独立分开，不仅要面临梁山强敌，而且祝、扈二庄也要将自己列为战略对手，处境尤其不妙。

李应很担忧，寝食难安。

而这个时候，上天给了李应一个两全其美的抽身良机！

梁山"替补队员"杨雄、石秀、时迁，因为偷吃祝家庄的报晓公鸡，烧了店铺，导致被祝家庄追杀，时迁被捉。杨、石二人央求李应出面斡旋，李应内心无比激动，真是机遇啊！

自己为时迁出头，可以获得梁山的好感，即便不是朋友，也不至于成为敌人；而时迁只是个小偷，不是正式强盗，所以对三村结盟合同不构成毁约！

这件事情若处理好了，敌我双方都能应付，自己是"刀切豆腐两面光"。李应抑制不住内心的狂喜，正要亲自出马，然而李应毕竟是个绝顶聪明的人，眼珠一转，一条更加完美的计划涌上心来！

时迁只是个小偷，身份卑微，自己堂堂一村之长，为了这么个小人物不惜纡尊降贵，一来不符合身份，二来也太露骨一点！

所以李应立马想到"三步走"：

第一，委派门馆先生下书，自己把名讳、印章签署信内，由副主管前去下书要人。

第二，委派主管杜兴出马，自己亲自写信，封面签署名讳、印章。

第三，自己亲自出马。

果然不出所料，祝家庄对于第一步这种毫无技术含量的书信，不屑一顾——你们偷吃了我的报晓雄鸡，又烧了店铺，伤了人，一封来信就想揭过梁子？做梦！况且，时迁都招了，他是准备上梁山的，这样的人，正是三村严打的对象，你李应怎么这么糊涂？！

李应才不糊涂，他要的就是这个效果。

由此可见，祝家庄果然已经不把李家庄放在眼里，而李应也印证了自己的猜测！他知道委派杜兴去也是徒劳无益，但是在杨雄、石秀面前，戏还是要唱一唱的，而后续的情节和李应预计的一模一样——祝家庄再次拒绝放人。

李应终于要亲自出马了！

李应听（杜兴说）罢，心头那把无明业火，高举三千丈，按纳不下，大呼："庄客，快备我那马来！"杨雄、石秀谏道："大官人息怒，休为小人们坏了贵处义气。"李应那里肯听？

与其说李应失了面子，倒不如说李应为自己计划的实现而兴奋！所以他不理会杨雄、石秀假惺惺的劝告，执意前往要人。

李应相当会做戏：先破口大骂祝彪，引起二人相斗。祝彪杀不过李应，转身就跑，李应此时为何不使用擅长的飞刀绝技取祝彪性命，反而中了祝彪回马箭，负伤而逃？

由此而来杨雄、石秀只能告辞李应，向梁山求救。书中有段精彩描写：

（二人）辞谢了李应。李应道："非是我不用心，实出无奈。两位壮士，只得休怪。"叫杜兴取些金银相赠，杨雄、石秀那里肯受。李应道："江湖之上，二位不必推却。"两个方才收受。

李应武艺明显高于祝彪，故意装作不敌。由此而来的结果是：梁山把自己当作朋友；祝家庄没把自己当作敌人；梁山和祝家庄死掐，自己便可以借口受伤，坐山观虎斗！

李应苦肉计演戏水平，实在是高！

而后续的情节和李应预料的一样：两虎相争，自己两面不得罪人。宋江前来拜访，自己托辞箭伤未好，不便见客；祝家庄伤了李应，也不好意思央求出手。

李应本意，绝不喜欢落草，这一点宋江也猜了出来。但是宋江眼谗李家庄的财产，还是采用了欺诈的方式，吞并了李应的家产！而"李应见了，目瞪口呆，言语不得。"

李应当然要惊呆了，原本以为自己大拍梁山马屁，就可以保持自己的武装和财产，然而宋江之贪婪是李应想不到的。李应能够审时度势制订三步走的计划，然而黑不过宋江的"一口吞"。李应"聪明反被聪明误"，自己把自己送上了梁山！

梁山上有钱人不是特别多，去除官府降将的话，大约包括没落贵族（柴进）、大地主（卢俊义）、中小地主（史进、孔明、孔亮、李应、穆弘、穆春等），扈三娘属于地主家的千金小姐。

宋江是小地主出身，李应应该比他还有钱。对于这么一个又聪明又有钱的地主老爷，宋江是不放心的：祝家庄势力全部剿灭了，扈成跑了，扈三娘又嫁给了王矮虎，剩下的"不稳定因素"就是李应了，如何安排李应，是个难题。

所以我们看到，宋江给了李应一个位高无权的职位：梁山第十一条好汉天富星扑天雕，和柴进同掌梁山钱粮。

李应的看家本领——武术被彻底荒废了，上有柴进监督，下有神算子蒋敬算账，中间太子党宋清又把酒宴安排的美差夺走，自己只不过是个有名无实的虚衔老板！

为了防止李应、杜兴勾连，宋江把杜兴远远打发到南山酒店当店小二，昔日的主仆被完全拆开！

小说中的扑天雕李应，着墨不多，但寥寥数语，就给我们展示出一个智勇双全的富家翁形象。这么优秀的一个人才，引起了宋江极大的恐慌——此人心智，绝不在自己之下！文武双全，慧眼识人，要是放任自流，迟早酿成大祸！

农民起义，其领导班子是否具有战略眼光相当重要。历史上在农民起义中具有指导地位的，往往是一些地主阶级，因为地主比之平民，能够比较容易获得文化教育和信息传播机会。最杰出的如李闯大将李岩、洪秀全的谋士冯云山，他们对于起义军的发展壮大有着不可磨灭的贡献。

如果李应进入核心领导层，坐第五把交椅的话，文可辅佐宋江、吴用，武可支援卢俊义、公孙胜，但是宋江就是始终提防他，不敢信任，这是李应的悲剧，也是梁山的悲剧。

梁山上的地主们，多数都是"二愣子"。史进上山出于江湖义气，少不更事；孔明、孔亮兄弟完全就是个游手好闲的地痞流氓，因为杀了同村的另一地主而落草，动机非常不纯洁；穆弘、穆春兄弟更是无厘头，一伙强盗在他们家秘密召开黑帮大会，商议营救带头大哥宋江，穆家兄弟脑子一热，烧了房子就跟随大伙上了梁山，毫无主见。

李应是个有头脑的人，无奈从贼后，一直被压制、看管。不过，老天对李应相当不错，征方腊毫发无损，连杜兴都安然无恙，主仆二人很看得开，双双辞了朝廷的封赏，回到故乡独龙冈安享晚年，二人俱得善终。

昔日名震大江北，化作古村烟云中。

顾大嫂为何改变了宋江的命运

　　宋江第一次打祝家庄，损兵折将；第二次打祝家庄，无功而返。小小的祝家庄，成了宋江的噩梦——要知道，宋江刚上梁山，正准备用祝家庄来树立个人威望呢。

　　正当宋江一筹莫展之际，上天给予了他一份大礼：以孙立为首的登州派好汉一行八人前来入伙，并且愿意作为卧底混进祝家庄，里应外合，助梁山大军一臂之力。

　　孙立要当卧底，自然有这个资本：祝家庄的强力外援铁棒栾廷玉是孙立的同门师兄，二人交情着实不错。孙立本人号称"病尉迟"，是山东登州的兵马提辖，专司缉拿海盗，武艺高强，名声在外。

　　因为孙立等八人的"渗透"，祝家庄终于被攻破，宋江完成了人生的精彩首映。

　　复盘战局，拆分登州派，我们发现，这个团队最关键的人物，不是孙立，而是顾大嫂！

　　登州派一共有八人：孙立、孙新、顾大嫂、解珍、解宝、乐和、邹渊、邹润。顾大嫂的两个表弟是解珍、解宝，老公是孙新，故而孙立是其大伯哥，而孙立的妻子又是乐和的姐姐，这六人是完全的血缘亲戚关系！而邹渊是邹润的叔叔，两人又是顾大嫂的朋友。

　　顾大嫂实际上扮演了一个相当重要的角色，一个维系登州派家族团体的纽带！

　　顾大嫂要投奔梁山，主要是为了救两个表弟解珍、解宝。

登州城外荒山成群，山上多豺狼虎豹，时常下山伤人，官府无计可施，只好勒令广大猎户展开自救。解珍、解宝埋伏了三天，终于用窝弓药箭射得一只老虎。眼见得可以向上级交差，然而老虎负伤跑进了无良地主毛太公家，毛太公为了吞没战利品，将解珍、解宝二人陷害进了大牢。

万幸的是，照看解珍、解宝二人的就是乐和，乐和救人的动机值得商榷——如果二解不是他的远房亲戚，他恐怕不会这么热心去四处呼告。而正是由于这种错综复杂的亲戚关系，顾大嫂团结了孙新、邹渊、邹润、乐和四人，开始向最大的靠山——孙立下协同作战书。

顾大嫂逼迫孙立落草是一幕非常经典的劝降桥段。小说中写道：

顾大嫂道："伯伯在上。今日事急，只得直言拜禀：这解珍、解宝被登云山下毛太公与同王孔目设计陷害，早晚要谋他两个性命。我如今和这两个好汉商量已定，要去城中劫牢，救出他两个兄弟，都投梁山泊入伙去。恐怕明日事发，先负累伯伯；因此我只推患病，请伯伯姆姆到此，说个长便。若是伯伯不肯去时，我们自去梁山泊去。如今天下有甚分晓！走了的到没事，见在的到官司！常言道：'近火先焦'，伯伯便替我们官司、坐牢，那时没人送饭来救你。伯伯尊意如何？"孙立道："我是登州的军官，怎地敢做这等事？"顾大嫂道："既是伯伯不肯，我今日便和伯伯并个你死我活！"顾大嫂身边便掣出两把刀来。邹渊、邹润各拔出短刀在手。孙立叫道："婶子且住！休要急行。待我从长计较，慢慢地商量。"乐大娘子惊得眴做声不得。顾大嫂又道："既是伯伯不肯去时，即便先送姆姆前行！我们自去下手！"孙立道："虽要如此行时，也待我归家去收拾包里行李，看个虚实，方可行事。"顾大嫂道："伯伯，你的乐阿舅透风与我们了！一就去劫牢，一就去取行李不迟。"孙立叹了一口气，说道："你众人既是如此行了，我怎地推得？终不成日后倒要替你们官司？罢！罢！罢做一处商议了行！"

由此可见，顾大嫂充分利用了亲情、武力和诱骗的手段，又拉又压，捧中有打，利用"吓唬""动武""断路"三条极具杀伤力的理由，将孙立彻底俘虏了过来！由此而来，登州派再利用邹渊、邹润和杨林、邓飞、石勇的铁杆朋友关系，顺利上了梁山。杨、邓、石都是宋江与路结识的好汉，但是交情非常泛泛，恐怕比不上二邹的关系亲密。登州派如果要发展壮大，完全可以达到十一人！而十一人的小团体，实力恐怕就值得宋江好好思考一下了！

英雄排座次的时候，作为登州派的老大，孙立只是地煞第3位，整体第39位。相反，解珍、解宝却进入了天罡星阶层，一个第34位，一个第35位。

为什么解珍、解宝能够进入天罡星团体，而登州派老大还要在他们之下？其实原因不外有四：

第一，作为对登州派的补偿，不能让十一人的团体全部排除在高层领导之外。

第二，二解是顾大嫂的亲戚，而顾大嫂又是二孙的家属，正是顾大嫂在中间架桥，孙立才能咽下这口气。

第三，是不为人知的一点，孙立出卖了自己的师兄栾廷玉，当过可耻的叛徒——虽然说，对梁山是立功了。

第四，也是最最重要的一点！天罡星群体要么和宋江交情无比铁杆，要么有不凡的经历，二解唯一拿得出手的就是——杀死老虎。虽然说这老虎是自己踩地雷上了，和武松的空手打虎，李逵的朴刀杀虎有天壤之别，但是不管怎么样，功劳已经记下了，对于外界来说，梁山上杀死老虎的有四人。二解的故事告诉我们：不管采用何种方式、何种手段，过程不重要，重要的是结果。

解珍、解宝是梁山上的一张外交名片，孙立虽然令海盗望风而逃，但是他没有打虎经历，所以哪怕他比二解厉害十倍，他也只能位居其下。

我们再看看顾大嫂的名次，很遗憾，她是八人中最低的，第101位——竟然在百名开外！不过，第100名也不是外人，是小尉迟孙新——顾大嫂的丈夫、孙立的弟弟。

顾大嫂，为了帮助亲戚，做出的牺牲太大了！

梁山三女将中，最默默无闻、最不引人注目的便是这位顾大嫂。相比之扈三娘之武艺高强，孙二娘之风骚泼辣，顾大嫂确实星光黯淡得多，看起来几乎就是一颗角落里的尘埃，无人欣赏，无人喝彩。

顾大嫂江湖人称"母大虫"，这是个标准的贬义词外号。在男尊女卑的封建社会，女子要恪守"三从四德"等单方面不平等条约，看一些宣扬"克己忍让、遵守妇道"的教科书，譬如《孝女经》《烈女传》等。

顾大嫂估计也是小时候被重男轻女的父母打骂多了，童年落下的心理阴影，导致她具有强烈的叛逆情绪。小说中介绍她"敲庄客腿、打老公头"，而且次数估计不止一次两次。

由此可见，一旦心情不好，张口就骂，劈手就打，顾大嫂完全就是个当之无愧的野蛮女友！扈三娘有野蛮的资本，但是没有表现出来；孙二娘可能背地里欺负过张青，但在外人面前还总算给了张青一丝颜面，譬如结识武松时。然而顾大嫂那是不分场合、不分时间，想打就打，想骂就骂。

孙新这个人物，我一直赋予相当多的同情。此人是梁山三丈夫中最具有男子气概的，对比于王英之大流氓，张青之小市民，孙新身上看不出任何一点猥琐无能的特点，而且身为登州防卫长官孙立的亲弟弟，那绝对是个小太子党啊，却也不曾有任何抛弃虎狼之妻的念头和举动。可以说，对于顾大嫂，孙新是完全用真心去爱护和珍惜的。然而即便如此，他也是三丈夫中挨打最多的人物，时运乖蹇，如之奈何？有趣的是，对于这事，孙新自己却丝毫不以为然，"他强由他强，清风拂山岗；他横由他横，明月照大江"，颇有点"舍身饲虎"的精神！

或许武力在这个家庭中扮演着重要的角色，但顾大嫂的魅力，谁说就一定没有呢？

顾大嫂是个相当外露的女子，爱恨情仇，尽数表述。《天龙八部》中智光大师说："能够做到挨打不还手，那才是天下最厉害的武功。"孙新数十年如一日遭受家庭暴力，并且由于妻子的低微身份直接导致自己在梁山上由昔日小太子党变成今日店小二，自己的排名也直线下降（梁山兄弟组合往往排名紧靠一起，唯独例外的便是孙立、孙新，穆弘、穆春）。但是孙新不在乎，只要能和这个野蛮女友在一起，区区名利荣辱，又何足道哉？

征方腊回来，孙家人员运气不错，孙立、孙新、顾大嫂尽数安全返回，乐和作为一个颇有前途的演艺分子，一直在王都尉家留守。可以说，梁山好汉中运气最好的家庭，也就是他们家了。对于朝廷的封赏，孙家是不在乎的，孙立带领弟弟、弟妹依旧回登州当他的防卫长官，而顾大嫂，对于朝廷给的"县令"一职，也丝毫不以为意，舍弃诰命跟随丈夫、大伯回登州。

顾大嫂知道自己的特长，一个整天喝酒赌博的女人，恐怕难以做好七品县令的工作，即便勉为其难，恐怕将来也会如同"李逵、寿张乔坐衙"一样，造成无数冤假错案。顾大嫂看透彻了，一场农民起义最终是被自己人打败，外敌不是最可怕的，最可怕的往往是自己，一如祝家庄的覆灭。

正是顾大嫂的及时出现，直接改变了宋江的命运：如果登州城外不出现老虎，如果老虎不伤人，如果二解打不着老虎，如果毛太公是正直地主，如果顾大嫂在登州派中没有桥梁的作用，如果栾廷玉和孙立没有同门之谊……这么多假设中，只要有一条满足，他宋江就不会有今日的辉煌，而祝家庄的命运将彻底改写，鹿死谁手，尚未可知。

而孙新的"机遇"也不错。"三十年河东，三十年河西。"征方腊成功后，全家团圆，自己又从店小二恢复了太子党的身份。难道真应了"好人有好报"一说？顾大嫂应该感谢上苍给了她一个优秀的老公，不管自己是"顾大嫂"还是"顾大娘"，始终陪伴在身边的，还是自己的小尉迟。

莫道河东狮子吼，家中自有贤娇娘。

扈三娘为何是哑巴美人

如果问梁山好汉里最能打的女将是谁，估计大家会异口同声地回答：一丈青扈三娘。

没错，就是独龙冈扈家庄的千金小姐扈三娘。小说中是这么介绍她的：

> 蝉鬓金钗双压，凤鞋宝镫斜踏。连环铠甲衬红纱，绣带柳腰端跨。
>
> 霜刀把雄兵乱砍，玉纤将猛将生拿。天然美貌海棠花，一丈青当先出马。

由此可见，即便放在现代社会，扈美眉若参加什么"某市小姐""形象大使"之类的选美比赛，也能轻轻松松挺进三甲！

扈美眉绝对属于杨紫琼式的知名女打星，而不是花瓶美女。一丈青手段了得，能活捉军官彭玘、郝思文，与五虎之一呼延灼斗七八回合不分胜负。毫不夸张地说，72地煞星里面，武艺最高强的，除了孙立，非她莫属！

但是，扈三娘又排第几位呢？

第59位。

抛开重男轻女这种原因不谈，我们看看在她上面的第58位是谁——她丈夫矮脚虎王英。

王英，梁山上最最无耻、下三滥的江湖败类！

101

众好汉落草为寇，原因多种多样，方式五花八门：有被腐败官府逼上梁山的，代表人物林冲；有路见不平仗义执言的，如鲁智深；有为江湖朋友义气出头的，如史进；有被亲朋好友感召入伙的，如孙立……如此等等，不一而足。但是没有一个是像王英这般下流的！

王矮虎是怎么做强盗的？且看他的个人履历：

> 祖贯两淮人氏，姓王，名英，为他五短身材，江湖上叫他做矮脚虎。原是车家（按：即脚夫、车夫）出身，为因半路里见财起意，就势劫了客人，事发到官，越狱走了，上清风山，和燕顺占住此山，打家劫舍。

这种人，完全就是个车匪路霸！身为车夫，毫无职业道德，见财起意，顺势抢劫，进而越狱上山。而在结识宋江后，因为满足不了自己的性欲，竟然要和燕顺、宋江拼命！按照"替天行道"的宗旨，这绝对是个应该被林冲、鲁达等好汉结果的下流胚子！说他是混进革命队伍的投机分子，或者说是一锅汤中的老鼠屎，毫不为过。

一边是娇媚红颜，一边是猥琐中年，二人连身高都不成比例，真是不折不扣的"一朵鲜花插在牛粪上"！

他们的初次见面，没有任何温馨浪漫色彩！宋江攻打祝家庄，祝家庄眼见得不敌，急电盟友扈家庄帮忙。扈家庄不敢怠慢，由武艺最出色的扈三娘率队救援。书中写道：

> 宋江道："刚说扈家庄有这个女将，好生了得，想来正是此人，谁敢与他迎敌？"说犹未了，只见这王矮虎是个好色之徒，听得说是个女将，指望一合便捉得过来。当时喊了一声，骤马向前，挺手中枪，便出迎敌。两军呐喊，那扈三娘拍马舞刀，来战王矮虎，一个双刀的熟娴，一个单枪的出众。两个斗敌十数合之上，宋江在马上看时，见王矮虎枪法架隔不住。原来王矮虎初见一丈青，恨不得便捉过来，谁想斗过十合之上，看看的手颤

脚麻，枪法便都乱了。不是两个性命相扑时，王矮虎却要做光起来。那一丈青是个乖觉的人，心中道："这厮无理。"便将两把双刀，直上直下砍将入来，这王矮虎如何敌得过，拨回马，却待要走，被一丈青纵马赶上，把右手刀挂了，轻舒猿臂，将王矮虎提离雕鞍，活捉去了。众庄客齐上，把王矮虎横拖倒拽捉去了。

王矮虎这个色狼，生怕被人抢了女人，连宋江的命令都没说完就急吼吼冲了出去！而自己付出的代价是成为阶下之囚！其实扈三娘根本不必活捉对手的，只要当时一刀砍死这个败类，那就万事大吉了。

扈三娘活捉了王英，深谙"擒贼先擒王"的道理，懒得理会欧鹏、马麟等地煞级人物的骚扰，直接纵马长嘶，直对宋江而去！宋江脚一哆嗦，连忙记起看家本领——逃跑！

要说这宋江真应该好好向韦小宝学习，一样的武艺低微，一样的擅长逃跑，一样地窃居高位，一样地有妻有妾。但是韦大人多少还认真向九难师太好好学习了几天保命的"神行百变"，宋江放着功力更深厚的神行太保戴宗不用，弃甲马神功竟然如同敝帚！

话说一丈青正要活捉宋江的时候（此险一举奠定了宋江铁了心要找一匹千里追风的宝马愿望，从而引起后续的攻打曾头市战役），宋江的救命恩人出现了！林冲"以彼之道，还施彼身"，斗不过十合，轻舒猿臂，款扭狼腰，把一丈青只一拽，活挟过马来。

《天龙八部》里乔峰生擒了辽道宗耶律洪基，堂堂皇帝作为战俘，便要听从乔峰的任何命令。若按此例，这一丈青便应该成为林冲的附属品才对。如果是金庸来写，按照林冲的人品，想必会爽朗一笑大手一挥，从此两人化敌为友。一丈青自然内心感激，含情脉脉地看着眼前这个英气勃勃的伟岸好汉，芳心暗喜，依依不舍，一步三回头，如此这般，情苗深种，情难自已，最终挣脱封建家庭的束缚，从此柳梢月下，英雄美人相得益彰。而作为一丈青的战俘，王英便应该是个一辈子鞍前马后低眉顺目的家奴！

可施老夫子实在煞风景得很！笔锋由此一转，竟然转到了宋黑厮头上：

且说宋江收回大队人马，到村口下了寨栅，先教将一丈青过来，唤二十个老成的小喽啰，着四个头目，骑四匹快马，把一丈青拴了双手，也骑一匹马，"连夜与我送上梁山泊去，交与我父亲宋太公收管，便来回话。待我回山寨，自有发落。"众头领都只道宋江自要这个女子，尽皆小心送去。先把一辆车儿教欧鹏上山去将息。一行人都领了将令，连夜去了。宋江其夜在帐中纳闷，一夜不睡，坐而待旦。

我就奇怪了，这宋江打了个小胜仗，你还纳闷个啥？竟然"一夜不睡，坐而待旦"？你倒是琢磨啥琢磨不透？这般难以取舍？

原因有二。

其一：宋江大约是看上了一丈青！按照他的前科，娶了阎婆惜当小老婆为先例，难保他不看上更加漂亮的一丈青！竟然大做文章，委派二十四名心腹护送扈三娘回梁山，而不是作为人质战俘去交换被祝家庄俘虏的王英、秦明之流！可见这黑厮，美女当前，什么"江湖义气""兄弟情分"，全都抛到了九霄云外！

其二：宋江怕林冲向他要一丈青！

林冲是什么人？武功天下第一的禁军教头！大小近百战不曾折了半点威风，目前丧偶在家，人品端庄，无不良嗜好。

一丈青也是DNA非常优秀的女子，两人若是结合，从优生、优育角度来说，他们的子女将是梁山第二代传人中最出色的！如果这"小豹子头"深得乃父真传，将来也搞一出"水泊大火并"，做了山寨之王，他宋江或者宋江的钦定接班人如何下台？！

正是这两点顾虑，让宋江彻夜难眠！无论如何，不能让扈三娘成为林冲的老婆！

可惜人算不如天算！正当宋江想得快活的时候，后续的情节让他跺脚——他的铁杆小弟兼打手——李逵，在破了祝家庄以后，顺手将扈三娘全家，杀得只逃走一个哥哥扈成！而且将扈家庄全部动产、金银一古脑儿劫走！

这一情节实在让宋江有苦难言！"众头领都只道宋江自要这个女子，尽皆小心送去。"大家都看出来，宋江是要这女子的，但是和他有灭门之仇的扈三娘能对宋江关心爱护么？说不准洞房之夜便是宋江送命之时！所以宋江气得要死，对李逵破口大骂——你怎么有组织无纪律擅自行动？杀了已经屈服的扈家庄满门？！

李逵平时对老大唯唯诺诺、说一不二，今天竟然一反常态，脖子一梗，竟然破天荒地进行了顶撞："你便忘记了，我须不忘记。那厮（按：扈成）前日教那个鸟婆娘赶着哥哥要杀，你今却又做人情。你又不曾和他妹子成亲，便又思量阿舅、丈人？"也就是说，实际上，连李逵这个莽夫都看出宋江的小鬼肚肠！

宋江见阴谋不能瞒过大家的眼睛，连最愚鲁的打手都猜出来了，而扈三娘也决计不会和杀父仇人结婚，无奈之下，只好自我遮掩。"你这铁牛，休得胡说！我如何肯要这妇人？我自有个处置。你这黑厮，拿得活的有几个？"

宋江说话口风明显软了下来，而且顾左右而言他，将话头不动声色就转移到杀人的问题上！高，实在是高！

由此而来，宋江只得忍痛割爱，将扈三娘配给最最无耻的王英。我宋江得不到的东西，林冲，你个有造反前科的家伙也休想得到！

宋江这步棋，一来将自己的杀身之祸消于无形，二来间接破灭了林冲的幸福和未来的危险，三来实现了昔日对王英许的诺言，可谓一箭三雕。只可惜，英姿飒爽的一丈青，从此以后默默无闻，淹没在梁山众人中，再也不见丝毫光芒！

一丈青能上梁山，我一直以为是个极大的败笔，无论如何她都不应该和有灭门之仇的梁山群盗拉上关系。自从上山后，连话也不讲，虽然作为女兵部队的一把手，也丝毫没有主动冲锋陷阵的要求。在她心里，家破人亡之恨绝不会忘记。

这个哑巴美人全书中唯一骂的一句话是，"贼泼贱小淫妇儿"——骂的是田虎的郡主先锋琼英，只是因为两军交战，琼英一戟刺伤了心怀不轨的王英——如同多年前，她在两军阵前生擒了王英一样。

呜呼！可悲可怜的扈三娘，彻底被封建礼教洗脑！

扈三娘是个被时代吞噬的可怜女性，即便她有再漂亮的外表，再英武的手段，她只是个女人，只是个生活在不幸时代的女人。在崇尚男性的封建社会，女子若各项能力突出，始终要遭人嫉妒、打击。

宋江征方腊，王英死在会妖法的郑彪手里。郑彪口中念念有词，头上冒出一尊金甲天神，王英吃了一惊，被郑彪一枪戳死。换句话说，死得真可谓"人神共愤"！可惜扈三娘还是为报夫仇，同样死在郑彪手下。

又或许，一丈青早就期盼这一天的到来，死亡对她来讲，只是一种解脱，她的心早死了，活着对她来讲，找不出任何快乐的理由。

桃花无奈随流水，无端教人空怅然！

徐宁为何是个倒霉蛋

一提起金枪手，大家肯定自然而然想到"吴用使时迁盗甲""钩镰枪大破连环马"。可以说，徐宁是梁山好汉中装备最精良的人：钩镰枪法变幻莫测，雁翎宝甲刀枪不入。

《水浒传》不比新派武侠小说，能够出现那么多的神兵利器和秘籍宝典。书中能够称道的宝贝大约有：宋江的照夜玉狮子马、三卷天书，呼延灼的御赐踢雪乌骓马，徐宁的雁翎圈金甲，杨志的祖传宝刀，林冲买的惹祸宝刀等。至于关胜的青龙偃月刀，是否为其先祖关老爷所留，书中语焉不详，无法考证。

徐宁的钩镰枪，估计算不上什么特别锋利的兵器，无非是枪法比较另类，招式比较诡异，不仅可以上马擒敌，步战交兵也不落下风。八字口诀是"钩、拨、揌、缴、攒、分、斗、夺"，由此看来和打狗棒法的"绊、劈、缠、戳、挑、引、封、转"八字口诀有异曲同工之妙，讲究以巧破敌，四两拨千斤。

梁山好汉中使奇门兵器的不在少数，比如樊瑞之流星锤、项充之团牌飞刀、李衮之团牌标枪、丁得孙之飞叉、韩滔之枣木槊、彭玘之三尖两刃四窍八环刀、杨林之笔管枪、邓飞之铁链、吴用之铜链。最有意思的是陶宗旺，趁手的家伙是一把大号铁锹，不枉他"九尾龟"的绰号。

然而在这些兵器中，大出风头的还是钩镰枪，永远记载在《水浒传》兵器谱上。呼延灼率领韩滔、彭玘，加上增援的大宋第一炮手凌振，军容鼎盛，连环马无坚不摧，轰天雷无所不破，甫一出场，就将草寇杀得丢盔弃甲，溃不成军，宋江遭遇到出道以来最大的一个大败仗。

宋江束手无策，铁匠金钱豹子汤隆献计："哥哥，我有个表哥徐宁，是禁军金枪班教师，家传的钩镰枪法，对付区区连环马，不在话下！"林冲也在旁补充说明："不错，当年他是我的同僚，枪法天下独步！可是怎么才能把他叫来入伙呢？"汤隆说："只要把他们家祖传的宝贝雁翎甲偷来，其余我有办法！"这个偷东西的责任，自然落到时迁这个神偷的肩上，因为他专业对口、业务娴熟，梁山上无人能出其右。

雁翎圈金甲又叫"赛唐猊"，唐猊甲据说是三国第一猛将吕布的贴身宝甲，雁翎甲竟然犹胜三分，是徐家祖传四代之宝！徐宁自然爱逾性命，上司王太尉出三万贯钱购买，徐宁楞是不肯转让。要知道，林冲买惹祸宝刀，要价三千贯，实买一千贯；杨志卖刀，也只不过开价三千贯——由此可见雁翎甲完全符合"价值决定价格，价格是价值的货币表现"这一经济规律。

因为独一无二的绝技，徐宁达到了事业的巅峰：身份高贵，生活优越，妻子双全。但此人智商、情商都不高，导致了他后续的一连串霉运。

宝甲值钱，人人艳羡，徐宁如果乖觉点，老老实实把宝甲收起来，砌进墙壁不要张扬，低调一点岂不甚好？可惜此人实在鼠目寸光，为了防止失窃，竟然把宝甲装在盒子里，吊在屋梁下！莫说高手时迁一进门就发现目标，便是一般的小蟊贼，只要使用"迷香＋揭瓦"的办法，也可以轻轻松松得手！

再说宝甲失窃以后，汤隆来诈他表哥：

　　汤隆见了徐宁，纳头拜下，说道："哥哥一向安乐？"徐宁答道："闻知舅舅归天去了，一者官身羁绊，二乃路途遥远，不能前来吊问。并不知兄弟信息。一向在何处？今次自何而来？"汤隆道："言之不尽！自从父亲亡故之后，时乖运蹇，一向流落江湖。今从山东迳来京师探望兄长。"徐宁道："兄弟少坐。"便叫安排酒食相待。汤隆去包袱内取出两锭蒜条金，重有二十两，送与徐宁，说道："先父临终之日，留下这些东西，教寄与哥哥做遗念。为因无心腹之人，不曾捎来。今次兄弟持地到京师纳还哥哥。"徐宁道："感承舅舅如此挂念。我又不曾有半分孝顺处，怎么报答！"汤隆道："哥哥，休恁地说。先父在日之时，常是想念哥哥一身武艺，只恨山遥水远，不能够相见一面，因此留这些物与哥哥做遗念。"徐宁谢了汤隆，交收过了，且安排酒来管待。

由此可见，徐宁作为汤隆的表哥，心中恐怕没有多少亲戚情分。汤隆之父身为延安知寨，论职位，官卑职小，远不如徐宁显赫。汤隆之父逝世后，徐宁更是连最普通的吊唁也不曾有过！推脱"一者官身羁绊，二乃路途遥远"，实际上他根本没打算！延安在陕北，东京在河南，相隔能有多远？这徐宁毫无羞耻之心！而汤隆流落在武冈镇打铁谋生，年纪一把了还是光棍一条，也不见徐表哥有什么表示。再则汤隆初次拜访便送给表哥二十两金子，这可不是一笔小数目，徐宁假意推辞一下也就半推半就笑纳了，此人天性凉薄，贪婪无知，令人齿冷！所以汤隆刚上梁山，就能毫不犹豫地出卖了自己的这个白眼狼表兄！

汤隆、时迁等人设计，一步步引诱徐宁上套，终于将他骗上梁山，为了断他的后路，汤隆冒其名头抢劫客商财物。徐宁知道后，也惟有苦笑而已——上了贼船了！

和呼延灼、秦明等人不一样，徐宁是被骗上山的，不是朝廷的叛将；徐宁也不像林冲、杨志一般遭受官场打压，故而，他对招安一定很高兴。雁翎圈金甲宋江有没还他，书中未曾交代，但是可想而知，出于团结合作，应该是给了。徐宁其实是梁山好汉打仗时安全系数最高的一人，宝甲护身，刀枪箭矢皆不能进，再加上马匹的速度，枪法的诡异，如果运气不至于太背的话，应该能活到胜利的那一天。可惜在斗张清时，第一个出场，不知张清暗器了得，面门上挨一石子，翻身落马。无独有偶，在后来的征方腊途中，攻打杭州北门关，又是裸露在外的颈项上中了一药箭，调治半月无效，病死于秀州（今浙江嘉兴）。而就在他中箭前，神医安道全刚刚被皇帝召回！徐宁是失去军医后第一个阵亡的大将！可见徐宁运气之差!

因为徐宁"不谙世事",社会经验极其欠缺,所以稀里糊涂上了梁山,又稀里糊涂受了招安,最后死得也稀里糊涂——这个情商低、智商低的人物,最终运气也差劲,不是偶然,而是必然。

徐宁身上,有无数当时官僚主义作风,贪婪、凉薄、畏缩,和林冲交情尚可,却也不敢为之雪冤。此人人格魅力方面也极低,丢失宝物后表现出来,完全不是一个正常人的行为。徐宁身上有很多现代小人物的影子,比较势利和世侩,个人只扫门前雪,哪管他人瓦上霜。他的上山,完全是为了照顾情节和凑足人数需要,假如世界上没有呼延灼,徐宁就不会上山。徐宁如果不战死在内战前线,一定会在后续的真实金宋东京攻城战中出场——或许,那样的死法,才不愧他的武将本色。

李忠、周通为何被人看不起

写下这个题目，我就不停摇头叹息：打虎将李忠、小霸王周通，这两人绰号绝对磅礴大气啊！然而人品却和外号天差地远，这两人属于不折不扣的投机分子，上梁山的革命目的性相当可疑。因为在这两人身上，融合了好色、虚伪、吝啬、精于算计、毫无义气、小偷小摸等令人鄙视的毛病，说他们混进革命队伍，丝毫没有半点冤枉的成分。

先说李忠。第一次看《水浒传》，我心中先入为主，将他当作顶天立地的英雄，但事实却令人大跌眼镜。

如果说《水浒传》是最早的武侠小说的话，打虎将李忠可能和病大虫薛永是最标准的武林人士，因为他们都是走江湖卖艺的，顺便卖点枪棒膏药谋生。有趣的是，他们的绰号相生相克，一个号"打虎"，一个名"大虫"。不过倘若真起纷争，安徽定远人李忠恐怕不是河南洛阳人薛永对手——李忠是史进的启蒙武术老师，一贯花拳绣腿，中看不中用；薛永却是朝廷军官子孙，揭阳镇上轻轻松松一招摆平恶霸小遮拦穆春。（而耐人寻味的是，三人最终排名先后分别是：穆春、薛永、李忠，由此可见，地主身份确实大占便宜。）

"打虎将"这个绰号不知道是谁率先叫开的，书中未曾交代。我推测最大的可能源于"李存孝打虎"这个典故，李忠和李存孝是本家，自古忠孝要求两全，所以人送外号"打虎将"的可能性很大。

若按照真正实力，漫说打只老虎，哪怕是打只老狼，都够李忠喝一壶的——此人武艺低微，险些耽误史进的前途。

李忠是小说中最彻底的江湖骗子，四处流窜卖假药。小说中他就先后在华州、渭州和青州卖艺，在华州教青春少年史进武术基本功，数年后在渭州认识鲁达和青年史进，并且在青州桃花山完成"从量变到质变"的过程，从小流浪者进化（退化？）成强盗头子，而他的落草引路人便是梁山上为数不多的色狼之一——小霸王周通。

这两人的组合，可谓是臭味相投！

小霸王周通原本在桃花山剪径，李忠游荡到此，二人大战三百回合，最终李忠技高一筹，成为桃花山的新老大。

大哥武艺尚且如此，这二弟真是可想而知！

"桃之夭夭，灼灼其华。"这是《诗经》中的名句，仅此八字，就把桃花的姿态、色调、风韵写透了。而我们看见，李忠胆小爱"逃"，周通好色如"花"，这"桃花山"的名字莫非紧扣两人生性？

桃花山在所有依附梁山的小集团山头里面，恐怕也是档次最差的一个！

正是无巧不成书，鲁达由于出了人命官司，不得不出家来逃难，从山西五台山文殊院转换到东京大相国寺的途中，竟然经过桃花山脚下的桃花村。村中刘太公因为周通强娶女儿一事正在烦恼，鲁智深好管闲事的脾气又发作了。

鲁智深采用"番犬伏窝"之计，痛快殴打了周通，并且和增援部队李忠的人马交上了手。李忠一见是他，顿时气馁，顺坡下驴，借口是熟人，两下化敌为友。

由此而来刘老汉顺利将"亲事"退掉，可谓皆大欢喜。

鲁智深留在山上住了几天，见二人不是个慷慨之人，生性吝啬，因此铁了心要走。李周二人又好面子，又舍不得钱财，放着大把的金银不给鲁智深当路费，竟然说："我两个下山取点钱财，与哥哥送行。"鲁智深暗暗冷笑，大是不耐，等两人下山，自作主张卷了大堆金银，一走了之。二人气个半死，可又无可奈何：一来鲁智深早去远了，二来两人联手也不是他的对手。只能学阿Q，骂两句"贼秃"解恨。可见两人人前一套，背后一套，虚伪之至。

正是"祸兮福所倚"，成也鲁达，败也鲁达。这件事情，直接导致了桃花山和二龙山的老死不相往来。

桃花山的领导人品差劲，手下的小啰喽也好不到哪里去——呼延灼征讨梁山失利，路经桃花山，桃花山的小兵竟然虎口拔牙，偷走宝马踢雪乌骓。

呼延灼输给梁山，对付桃花山那可是绰绰有余，轻松打败李周二人后，两人慌了手脚，这才想起向邻居二龙山求救——二龙山里有先后落草的鲁智深、杨志、武松、张青、孙二娘、曹正、施恩七人，实力强大。李忠给予的"优惠价"是"投托大寨，按月进俸"，换句话说就是成为附属品，每个月交一定数额的保护费。

同为强盗，竟然开出这么丧失原则的卖"山"条约，李周二人真可谓活得失败之极。而义气的鲁智深不计前嫌，也没要李忠的"好意"，带领兄弟和呼延灼相斗，鲁杨二人手段高强，呼延灼不能取胜，只好暂且回避到青州。

梁山要降服呼延灼；呼延灼要降服二龙山、桃花山、白虎山，自然而然，四个山头为了共同的目标走到了一起。

招降呼延灼以后，因为梁山的实力超然，二龙山、白虎山、桃花山自然都被兼并收购了。宋江的主要目标是二龙山，鲁智深、杨志、武松都是不可多得的人才，哪怕是张青孙二娘，也有"核心竞争力"。

白虎山的孔明、孔亮兄弟，原本就是宋江的挂名弟子，白虎山归顺梁山是早晚的事。

至于桃花山，麻烦是他们引起的，本事也很差劲，首领各啬虚伪，搁谁能看得起？

所以我们看见，对于桃花山的归顺，宋江是相当不以为然的，上山后分派给李忠、周通的任务，也是不咸不淡的。这两人本就是可有可无凑数之人，桃花山在梁山上基本失去了话语权。

可笑的是，李忠、周通二人，貌似铁杆兄弟，其实也经不起推敲。征方腊途中，李周二人归拨卢俊义——宋江不要他们。攻打独松关，周通被厉天闰一刀砍作两段，李忠撒腿就跑，侥幸留了性命；后续又随同史进攻打昱岭关，史进中了神箭手庞万春的利箭英勇牺牲，这李忠竟然又撒丫子就跑——可惜庞万春设下数百伏兵，两边千弓齐发，箭落如雨，将李忠射得像一只刺猬——终于没能再次逃掉。

连自家兄弟、徒弟都不顾及，这种人活着，也不过是具行尸走肉而已。

李忠、周通二人，是梁山好汉中革命目的性最不明确的人。他们上山完全是为了逃避危险，所以他们并没有将梁山当作一个大家庭。在他们心中，桃花山虽小，却是逍遥自在的好去处。所以我们看见"宁为鸡首，勿为牛后"的他们，兄弟感情相当淡薄——即便两人之间，也没有坚定不移的友谊存在。

这两人，优点几乎没有，缺点一大串，而国人所有不齿的坏毛病，全部在他们身上体现完毕：好色、虚伪、吝啬、精于算计、毫无义气、小偷小摸。这样的人，不管在什么社会，不管在什么群体中，都是不受人尊重的。而命运也相当公平，两人投机"革命"，最终也没有品尝到胜利的果实。

李忠、周通的故事告诉我们：不管在正常的社会中，还是在特定的环境中，如果身上有不容于时代的劣根性，不管在哪里都吃不开，都会被鄙视。而这种不良影响，需要很长时间才能使他人转变看法，但是这往往需要付出十倍的代价，比如生命。

卢俊义为何只能当二把手

　　水泊梁山副寨主玉麒麟卢俊义，号称"棍棒天下无双"，是一个文武双全的人物。关于卢俊义的概括，宋江说得很全面：堂堂一表、凛凛一躯，有贵人之相；豪杰之子；力敌万人，博古通今——这是从软硬件各方面给卢俊义打满分了。

　　这样的一个完美人物，竟然也抛家舍业上了梁山，完成了梁山"对外宣传"的需要——卢俊义成为梁山的"名片"。

　　卢俊义上山之前，都是什么人投奔梁山？主要是罪犯、降将、流民、小贩、山贼、小地主，对于大宋朝廷来讲，这些人的"号召力"显然不够，他们要聚集造反，朝廷是不以为意的。但是，连"长于豪富之家，祖宗无犯法之男，亲族无再婚之女"的大地主、大商人、大员外都上山落草的时候，朝廷便再也坐不住了，且看，石碣受天文、英雄排座次之后，卢俊义当上了二把手，朝廷招安不成，立刻委派童贯、高俅讨伐梁山。要知道，童贯是枢密使，类似于"国防部长"；高俅是太尉，类似于"公安部长"。

　　两位一品大员来亲征剿匪，宋江、卢俊义的面子够大。

　　宋江看中卢俊义，不是因为卢俊义的出色英才，而是出于政治需要！这个政治需要分两方面：一是对外宣传，上文已述；二是对内宣传——晁盖的遗嘱。

　　宋江上山后，立刻开始暗中夺权，晁盖早看出宋江的投降之心，因此才会力排众议去打曾头市！借此挽回日渐凋零的威望！但不幸的是，晁天王出师不利，首战告负，面部中箭。晁天王知道自己命不久矣，回光返照之际，布下一个遏制宋江阴谋的绝命书——"贤弟（按：指宋江）休怪，哪个捉住射死我的，便立他为梁山之主！"

能够活捉史文恭的，梁山上也不过林冲、秦明、花荣、呼延灼等区区十数人，宋江要想亲手活捉史文恭，无异于痴人说梦。所以晁盖能够坦然自若说出遗言。好一个"贤弟休怪"！便这一句话，晁天王便可放心撒手西去！

晁天王虽然死了，但是作为梁山精神领袖人物，他的话还是相当有份量的！宋江哪怕心底里嫉妒得发狂，出于表面文章，晁天王的命令还是要遵照不误。所以我们看到，晁盖一死，宋江立马把"聚义厅"改成"忠义堂"，但是堂中的正厅，他是不敢擅居的，里面供奉的正是神坛上的领袖——晁盖的灵位。

这时候，找一个"局外人"来活捉史文恭，就显得十分必要——一个局外人，就算立下大功，众兄弟能心服口服遵照遗嘱吗？

答案不言而喻！

事实也正是如此，卢俊义活捉了史文恭后，梁山人众在忠义堂生祭晁天王。祭祀典礼完毕，宋江商议重立梁山泊主，吴用不待众人发言，第一个跳出来发话："兄长为尊，卢员外为次，其余众弟兄各依旧位。"为了增强说话效果，吴用还用眼角暗示大家，于是李逵第一个附和，武松、刘唐、鲁智深先后表态。

群情汹汹，民意难违，卢俊义当然心里有数，绝不肯坐在火山口上——就算宋江不拈阄攻打东平、东昌两府。

有趣的是，金庸小说《鹿鼎记》里也有类似情节。天地会青木堂尹香主刺杀鳌拜不成，反而送了性命，青木堂的众兄弟在万云龙大哥灵前发誓：谁杀了鳌拜，谁就是青木堂的新香主。结果，这个任务由真正的局外人韦小宝阴差阳错实现了！

天地会上下很尴尬，好在陈近南总舵主看到韦小宝是可造之材，又是皇帝的心腹，于是让韦小宝紧急入会，自己又当了韦小宝的师父，这才"名正言顺"地让韦小宝担任青木堂新香主，干反清复明的大事业！

梁山不是天地会，梁山反贪官不反皇帝，天地会正好相反，不反韦小宝这个大贪官，反的是康熙小皇帝。

所以说，卢俊义的上梁山，纯粹是被宋江、吴用坑了！因为"政治需要"，所以身不由己。

书中描写卢老板，最常用的评语就是"文武双全"。其实我一直觉得，"武"字尚可，"文"字大大不然。就说那首著名的"反诗"吧：

芦花滩上有扁舟，
俊杰黄昏独自游。
义到尽头原是命，
反躬逃难必无忧。

这首诗涵义浅显，藏头意境昭然若揭，但是"文武双全"的卢老板却看不出来！一意孤行要去泰安"避难"，由此彻底中了吴用的拙劣计策，被软禁在梁山上长达四月之久！

被放回故土的卢员外频遭剧变，管家李固私通主母，谋取了卢家万贯家财。更有甚者，李固还告发官府，将卢俊义陷入大牢，要谋财害命！

看不透反诗，看不透管家，看不透妻子，还不相信燕青，这样的"俊杰"，真是叫人感慨万分。

因为梁山的金银打点，卢俊义捡回一条命，判了个"脊杖四十，刺配沙门岛"。押解卢俊义的公差是我们的老熟人：董超、薛霸。

送林冲上梁山的，是董超、薛霸；送卢俊义上梁山的，还是董超、薛霸。这两个公人似乎是个信号：眼看着梁山发展壮大直至成熟。

在发配沙门岛（今山东长岛县）途中，董薛二贼将陷害林教头的一幕原封不动地照搬不误，一路喝骂，烧水烫脚，借口小睡，绳索加身，下手杀人。而情节竟然也有异曲同工之妙：救林冲的是鲁智深，救卢俊义的是燕青！要卢俊义对付数百如狼似虎的公差自然勉为其难，但面对这两个猥琐小男人，难道也要委曲求全么？要知道武松在发配恩州途中，一路大摇大摆，头枷上还吊着两只熟鹅，边走边吃，吃完将两名防送公人踢入飞云浦，那是何等威风！

如此自大、麻痹、无知和懦弱的卢老板，也敢担上"文武双全"的评语？在下实在不敢苟同！

梁山大军破了大名府，救卢俊义上山，此时卢俊义可谓家破人亡，又能有什么别的出路？只能和燕青一起降了梁山。宋江要打大名府，表面上看是为了救卢俊义，实际上更深层次的涵义却是：晁盖最大的功劳就是黄泥冈劫梁中书的生辰纲，而我宋江要立的最大功劳，就是破梁中书的北京城！两下一对比，难度如天壤之别！只要北京一破，梁山老大的位置就是我的，哪怕卢俊义能够生擒史文恭！

是的，这就是真相。

卢俊义最终落定在副寨主位置，皆大欢喜，人人满意。

卢俊义上了梁山后，多数情况唯宋江马首是瞻，几乎没有自己独立的见解，逐渐沦落成一个傀儡大王的可悲地位。征方腊回来后，卢俊义大蠢蛋本色彻底表露无余，竟然不理会心腹小弟燕青的"避祸论"，铁了心要去"光宗耀祖"当大官。由于前科是触犯蔡京的女婿梁中书，因此哪怕他是无奈被迫上梁山的，在官场中身为鱼肉的他也必须要死，这是注定的结局。

无端遭横祸，无端上梁山，无端下大狱，无端当大官，或许，一团和气的富家翁生涯才真正符合卢俊义的命运。但是，当他的命运发生巨变的时候，既不能顺应时势，又缺乏远见目光，卢俊义第一次毁在梁山手里，第二次毁在朝廷手里，这是毫不意外的。

性格决定命运啊！

燕青为何人见人爱

如果说《水浒传》前半本最出彩的人物是天神一般的武二郎，那么小说后期最夺人眼球的便是燕青。燕青几乎参与了所有的重大事件：劝阻卢俊义"避难"、放冷箭救主、擒中箭虎丁得孙、捉无良管家李固、四柳村辅助李逵捉"鬼"、荆门镇见证假冒宋江、泰安智扑擎天柱、一招之间败高俅、救回人质萧让和乐和、随同柴进卧底方腊、最终功成身退浪迹天涯。而最最重要的一点是，正是他的出手，借助李师师之力，使梁山最终被朝廷顺利招安。

施老先生对燕青这个人物相当厚爱，不惜花费大量笔墨来渲染描述。书中有两段经典评论：

> 为见他一身雪练也似白肉，卢员外叫一个高手匠人与他却了这身遍体花绣，却似玉亭柱上铺著阮翠。若赛锦体，由你是谁，都输与他。不止一身好花绣，更兼吹得弹得，唱得舞得，拆白道字，顶真续麻，无有不能，无有不会；亦是说得诸路乡谈，省得诸行百艺的市语。更且一身本事，无人比得，拿著一张川弩，只用三枝短箭，郊外落生，并不放空，箭到物落；晚间入城，少杀也有百十虫蚁。

> ——第六十一回

话说这燕青，他虽是三十六星之末，却机巧心灵，多见广识，了身达命，都强似那三十五个。

——第七十四回

用今天的流行词来讲，燕青是不折不扣的"小鲜肉"。

我一直以为，北京龙华寺大圆和尚恐怕和卢俊义有什么梁子解不开，正是他那貌似无意的大力推荐："头领如何不闻河北玉麒麟之名？"才使宋江如梦初醒："山寨中若得此人，何愁官兵缉捕？"于是小学老师吴用开始毛遂自荐："小生凭三寸不烂之舌，说动此人来上山！"

吴用的拙劣"反诗"只能骗得卢俊义，骗不得浪子燕青，燕青从一开始就看得清清楚楚："主人休信那个算命的先生，怕是要赚主人在梁山落草。可惜夜来我不在家，若我在家，三言两语，盘倒那先生。"

虽然燕青提出了预警，但卢俊义置若罔闻，卢俊义为他的傲慢付出不小的代价，以至于被梁山软禁了将近四个月之久。当他再次回到家乡的时候，在吴用教唆下的李固已经侵吞了卢家财产——李固实现了筹谋已久的阴谋，占人家产，夺人妻子。

卢俊义刚回到大名府，就见到了衣衫褴褛的燕青——被李固赶出家门，流落街头乞讨度日。书中写道：

> 卢俊义喝道："我的娘子不是这般人，你这厮休来放屁！"燕青又道："主人脑后无眼，怎知就里？主人平昔只顾打熬气力，不亲女色；娘子旧日和李固原有私情；今日推门相就，做了夫妻，主人回去，必遭毒手！"卢俊义大怒，喝骂燕青道："我家五代在北京住，谁不识得！量李固有几颗头，敢做恁勾当！莫不是你歹事来，今日到来反说明！我到家中问出虚实，必不和你干休！"燕青痛哭，爬倒地下，拖住员外衣服。卢俊义一脚踢倒燕青，大踏步，便入城来。奔到城内，迳入家中，只见大小主管都吃一惊。李固慌忙前来迎接，请到堂上，纳头便拜。卢俊义便问："燕青安在？"李固答道："主人且休问，端的一言难尽！

辛苦风霜，待歇息定了却说。"贾氏从屏风后哭将出来。

　　短短数段对话，将小说的矛盾顿时激化开来。当卢俊义厉声斥责说"我的娘子不是这般人，你这厮休来放屁！"的时候，他的内心世界是万分惊慌失措的！卢俊义和燕青名为主仆，实如兄弟。在燕青心目中，甚至把主人当作父亲来看待，因为自小父母双亡的燕青对于有养育之恩的卢员外，心中感激难以言表。所以他对于卢俊义的暴怒，没有像一般的奴仆一样鸦雀无声，而是选择"痛哭，爬倒地下，拖住员外衣服"，不让有如父兄的卢员外身赴险地。

　　每每看到这一段，心中总是感慨莫名，燕青的深情重义，在这里表现得何其淋漓尽致！

　　卢俊义一回到家，第一句话就是问："燕青安在？"很明显卢俊义刚刚还在城外见过燕青。他这么问，一来是恫吓李固，二来是试探口风，表明自己的立场——"我，河北玉麒麟，回来了！看你们能背着我弄什么玄虚？！"

　　面对旧主，李固和贾氏心怀鬼胎，支支吾吾，顾左右而言他。这是多么明显的做贼心虚先兆啊！可笑那卢俊义依旧没有半点防备之心，而正是他这无知托大和愚蠢麻木，直接导致了自己吃冤枉官司。

　　发配沙门岛途中，还是燕青有先见之明，埋伏在密林中结果了董超、薛霸。卢俊义落到这般田地，唯一能报仇的方式也只有上梁山落草，徐图后计。燕青开始收拾行囊，他取了盘缠（这和梁山好汉每战必将金银搜刮来当战利品性质大大不同），拿了武器（连取弓、刀、棍三种不同攻击范围的防身器具，大智大勇！），然后将无法行走的主人背负在背上艰难行进。燕青又要背包裹，又要拿武器，还要背一个身高九尺的大汉！回回看到这里，忍不住热泪盈眶！燕小乙的忠诚仁义，智勇双全，一览无遗！

　　对比卢俊义的毫无主见，燕青却是思路清晰。

　　上了梁山后，作为卢二当家的贴身心腹，燕青以奴仆之位列天罡星最后一位。燕青也很争气，上山后的功劳有声有色，比如泰安智扑擎天柱。

　　擎天柱任原两年设擂无敌手，心高气傲，目中无人，燕青以巧取胜，打败了任原，灭了官府的威风。这一段故事不是闲笔，整本《水浒传》中，与官方人物一对一放对的案例有四处，分别是青面兽北京斗武、武松醉打蒋门神、泰安智扑擎天柱以及燕青扑倒高太尉，四个案例燕青一个人就占了两个，可见施耐庵对他的钟爱。

有趣的是，身为赛事主席的泰安太守——应该是个中年男子，看到燕青一身白肉花绣，心中大爱，还没比赛就劝说燕青弃权——他倒是好心，生怕燕青输了性命。

太守希望燕青留在自己身边当个亲随，可惜他这个愿望落空了。

由此可见，相貌英俊、一身花绣、能歌善舞、机智灵敏的燕青，能得到各个阶层人士的喜爱，这是燕青的独有特长，其他107人都自叹不如。

正因为如此，宋江曲线救国，想以名妓李师师那里作为招安突破口，唯一的合适的突破人选就是燕青，唯有燕青。

自古美人爱英雄，李师师当然也不例外。当李师师对这个英俊聪明的小乙哥产生难得的风尘真情的时候，燕青还深刻地记着首领交代的任务，不敢越雷池一步。

这就叫大局观。

燕青卧底方腊成功破敌后，卢俊义要燕青衣锦还乡，图个封妻荫子。燕青却建议"今大事已毕，欲同主人纳还官诰，私去隐迹埋名，以终天年"。可叹卢俊义尚冥顽不灵，完全不相信鸟尽弓藏的真理，铁了心要做官去。

燕青无法说动主人，只能自己收拾了一担金珠宝贝挑着，从此不知所踪。

央视的《水浒传》做了大胆变革，征方腊胜利后，燕青、李师师效仿范蠡、西施荡舟五湖，做一对神仙眷侣，一生逍遥快活去也！窃以为这是个相当不错的变动！

是的，面对真爱，为何要逃避？

燕青很幸运地躲过了一劫。燕青归隐后，并未荒废武功，著名的"燕青拳"流传至今，影响深远。作为《水浒传》中一个地位低下的奴仆，燕青能够做到深入人心，影响力数百年经久不息，算得上是个"成功人物"。

身旁自有君王赦，淡茶香酒话当年。

蔡福、蔡庆为何不愿上梁山

　　封建社会落草为寇，总归不是什么光彩的事情。李逵、王英、焦挺、段景住之流百分之百愿意，史进、杨志、朱仝、雷横等人就观望再三，卢俊义、李应、徐宁、萧让可能还极为抵触。这就带来了一个问题：社会地位决定上山态度。

　　一般而言，罪犯、文盲、流民拥戴上山，地主、官员、文人并不热衷。

　　罪犯因为生存需要，文盲因为目光短浅，流民因为生活艰辛，这三类人是造反的主力；而地主、官员、文人，因为生活无忧、见识深远、思想独立，不爱趟这趟浑水——杀官造反，那是要掉脑袋的！

　　当然也有例外，文人吴用是因为家境贫寒，地主穆弘是因为脑子一热，这些暂且撇开不提。

　　大名府的行刑刽子手蔡福、蔡庆兄弟，也属于第三种人。

　　二蔡兄弟既不是地主，也不是官员，更不是文人，他们只是底层小吏，但权限很大，能够掌握囚犯的生杀予夺大权。

　　卢俊义吃了冤枉官司，被管家李固陷害进大牢，这件事情，仅仅源于一首反诗。换个正常人的角度来想，这件事情极度有悖常理：首先，堂堂卢员外，五代良民，有家有业，怎么平白无故舍得放弃万贯家产去做为人所不齿的下三滥强盗？其次，既然提了反诗，怎么不星夜举家外逃？反而留下大批人质在家？最后，既然铁了心要做强盗，为什么不将家中金银细软打包外送？卢员外去山东，可是没带多少金银。

正是上述这些疑点，久在公门的蔡福才对事实真相一目了然！蔡福不是君子，这种无端枉死的黑暗诉讼案例在那个年代，实在是多如牛毛，因此他不想管，也不愿意管——因为事不关己。但是蔡福又多少有那么一点未泯的良心，加上他一贯患得患失的侥幸心理作祟，直接导致了他上山的传奇经历！

卢俊义关进大牢，负责看守他的就是蔡福。蔡福人如其名，果然福气万分，不久就有三批人陆续找上门来。

首先来的是浪子燕青，燕青这时候很落魄，被李固赶出家门，看见主人陷入大牢，乞讨得半罐饭送给卢俊义充饥。如我所说，蔡福这人良知未泯，因此看见泪如雨下的燕青，略一沉思也就同意了——与人方便，自己方便。倘若把事情做绝了，燕青脾气上来，杀机四起，自己可会首当其冲，虽然后来同列梁山兄弟，但燕青的武艺比蔡福可高得太多。

送走燕青，接着来的就是本案的原告李固。李固前来，是为了防止夜长梦多，先下手为强。书中写道：

（两人）各施礼罢，蔡福道："主管有何见教？"李固道："奸不厮瞒，俏不厮欺，小人的事，都在节级肚里。今夜晚间，只要光前绝后。无甚孝顺，五十两蒜条金在此，送与节级。厅上官吏，小人自去打点。"蔡福笑道："你不见正厅戒石上，刻着'下民易虐，上苍难欺'。你那瞒心昧己勾当，怕我不知！你又占了他家私，谋了他老婆，如今把五十两金子与我，结果了他性命。日后提刑官下马，我吃不的这等官司。"李固道："只是节级嫌少，小人再添五十两。"蔡福道："李固，你割猫儿尾，拌猫儿饭！北京有名恁地一个卢员外，只值得这一百两金子？你若要我倒地他，不是我诈你，只把五百两金子与我。"李固便道："金子有在这里，便都送与节级，只要今夜晚些成事。"蔡福收了金子，藏在身边，起身道："明日早来扛尸。"李固拜谢，欢喜去了。

这一段描写相当精彩！蔡福对李固的称谓，刚开始不是"李员外"而是"主管"，进而疾言厉色地直呼"李固"其名！说明蔡福一开始只是揣摩事实真相，而随后在他和李固的对话中坚定了自己的判断！并且很好地利用了这个强力心理武器，为自己争取了最大的利益！对于李固的行贿，他能心安理得地讨价还价，最终在他的软硬兼施下，两人以五百两金子达成了一笔肮脏的交易。

由此可见，蔡福对于这种以权谋私的举动，相当熟稔。图财害命的勾当，估计他也不是偶尔为之，如果不是梁山的插手，卢俊义会看不到明天的太阳。

李固充其量只不过是个小肚鸡肠的小人，梁山宋哥哥可是带领大伙创事业的，手笔之宏大，目光之远见，岂是李固这厮能够望其项背的？梁山的讨价还价手段，那可比李固高明得太多！

梁山派遣的谈判代表，身份相当尊贵，是地位和皇帝平起平坐的贵族柴进。蔡福只不过是小小押牢节级，平生所见最大的官儿也不过是府尹梁中书，两人一对比，蔡福气魄上便落了一大截。

柴进一进门，先把话挑明了，卢俊义吃的是冤枉官司，所谓"有理走遍天下"，梁山好汉这次，可是站在正义的立场。进而威胁蔡福：如果杀了卢俊义，当心玉石俱焚！如果保留卢俊义的生命，好处我们记得，将来会加倍回报，现在先付定金——黄金一千两。

梁山这一手，比李固可漂亮太多了！蔡福曾说："李固，你割猫儿尾，拌猫儿饭！北京有名恁地一个卢员外，只值得这一百两金子？"梁山比李固出手阔绰十倍，一甩手就是整整一千两！并且还远远超出了蔡福的心理承受价——五百两。

梁山这一招，可谓恩威并施。不由得蔡福不考虑：钱重要，还是命重要？蔡福权衡利弊再三，最终选择了双向诱惑的梁山。

三拨人前来，燕青无钱无力，李固有钱无力，柴进有钱有力。这里的"力"不是武力，而是威慑力，是专门针对蔡福的"权"的。蔡福不笨，自然知道该选什么。

在这件事情中，很难说蔡福有什么"正义感"在里面，他能做的，只不过是最大限度地争取自己的利益，但是当利益和生命产生矛盾的时候，保障性命才是当务之急。蔡福一举三得：既得到了更大数目的油水，又向梁山传递了"顺民"的信号，同时保障了自己仅存的"正义感"。

蔡福将自己的决定和兄弟蔡庆说了，蔡庆也完全赞同哥哥的选择，而且更上一层楼帮哥哥出了主意：用这一千五百两金子上下行贿，保全了卢俊义的性命。书中写道：

> 蔡庆道："哥哥生平最会断决，量这些小事，有何难哉？常言道：'杀人须见血，救人须救彻。'既然有一千两金子在此，我和你替他上下使用。梁中书、张孔目，都是好利之徒，接了贿赂，必然周全卢俊义性命。葫芦提配将出去，救得救不得，自有他梁山泊好汉，俺们干的事便了也。"蔡福道："兄弟这一论，正合我意。你且把卢员外安顿好处，早晚把些好酒食将息他，传个消息与他。"蔡福、蔡庆两个商议定了，暗地里把金子买上告下，关节已定。

蔡家兄弟果然深谙公门内幕，知道这些钱颇为烫手，只能花钱消灾。而事实也和他们意料的一样，得到好处的梁中书"吃完原告吃被告"，中饱私囊，大手一挥，爽快地将死刑改判为刺配。

蔡家兄弟利用了自己的权力，为自己谋取了一个最优化结果。对于梁山，他们是有所交代了，但是他们并没有跟随上山的念头——能在油水这么丰富的工作场所工作，强似"大块吃肉"千倍，所以他们只希望"救得救不得，自有他梁山泊好汉，俺们干的事便了也"，而对于本案原告李固，他们连招呼也不打——一个理屈的有钱无权的管家，这五百两金子不就是给二蔡的"精神损失费"么？

李固的阴谋被破坏了，只好将希望寄托在押送卢俊义的防送公人董超、薛霸身上。要说这李固，果然是宵小鼠辈，开的价竟然还是一百两金子——每人五十两，而且还不是先付钱，要取得卢俊义脸上金印回来才给钱。董薛二贼只不过是小小押送人员,哪有二蔡这般聪明?忙不迭答应了,但是随后却将自己的生命送在一路跟踪的燕青手里。而卢俊义,最终还是被再次关押进了大名府大牢。

梁山大军在元宵节兵临城下,先派遣大批内应进城,在时迁的放火信号下,大军里应外合,大名府顿时一片汪洋火海。早已提前进入北京的柴进、乐和,威逼二蔡将自己带进监狱准备劫牢。

二蔡此时已经处于势如骑虎之势,"不由他弟兄两个肯与不肯",事到如今,如果再提出反对意见,恐怕会立马遭受池鱼之殃。从二蔡内心来讲,哪怕是此时此刻,他们还是不愿意上梁山的,但是当生命权受到威胁时,其他一切条件都可以让步。

宋江大军打进北京,不仅杀了梁中书、王太守几乎满门,而且将前番仇恨尽数发泄在无辜的赏灯百姓身上。蔡福不忍见同城百姓死于非命,央求柴进、吴用放大家一马,而正是他的一念之仁,北京的百姓才能保留一半,但即便如此,已经遭殃的无辜百姓,也"将及伤损一半"。

蔡福以他的微量未泯天良,挽救了半城百姓,但正是他这一举动,直接导致了日后他在梁山上的低微地位——作为卢俊义的恩人,排名却相当靠后,只是第94位而已。

二蔡上了梁山,干的还是老本行——行刑刽子手,但是这个职位可谓徒有其表,百八兄弟,能对谁真下狠手?即便是面对李逵这种屡教不改的顽固顶嘴分子,宋江也不过是大声呵斥,赶他下堂而已——他可舍不得杀了这么好的小弟。不过二蔡也无所谓,只要能保全生命,将来会有翻盘的机会,而事实也证明了他们的远见,当宋江受了招安以后,二蔡都顺利翻身,对于这两个惯于以权谋私的小人物来讲,这都不啻是场黑色幽默。

蔡福接受的一千五百两金子,是否全部打点光,书中未曾交代。以蔡福的为人,恐怕总要给自己留下一星半点。而他在上了梁山之后,也丝毫不见把私吞的金子再"捐献"出来。蔡福在保障了自己性命以后,老习惯把老本行作风发扬光大,完全没有"我们是一家人"的先进概念,竟然又打起自己的小九九。梁山让这样的人来行刑执法,也不由得不让人喟然长叹了。

　　二蔡的上山，完全是为了保护自己的宝贵生命。蔡庆运气不错，活到了最后；而隐形富豪蔡福，命运就不那么顺利，在与方腊的最后大决战中丧生——要这一千五百两黄金何用？

关胜为何得益于血统论

梁山好汉排名次,大刀关胜可谓是最大的赢家——第63回末出场,到71回聚义的时候,已经坐到第五把交椅的位置,仅次于宋、卢、吴、公孙四大天王,是所有中高层干部中的NO.1!豹子头林冲即使开创了梁山新局面,最后还必须屈身其下!

关胜的血统,估计在一百零八将中可以排第二位——也只有小旋风柴进可能比他更尊贵。关胜为什么排第二位而不是第一位,主要因为北宋距离三国年代,足足相差了八百年。而这八百年的沧桑岁月变迁,足以冲淡一个人的DNA纯度。但幸运的是,身为战神关羽嫡系后裔的关胜,竟然外貌像极了其尊贵先祖,须发外形,衣着打扮,莫不如此。

关羽是一个被极度推崇的人物,其在中国民间的影响,无人能出其右。关羽生为大臣,死后一路追封,从北宋末的"武安王"到元代的"武安英济王"再到明代的"关圣帝君",终于在清代顺治年间达到事业的巅峰时刻——被封为"忠义神武关圣大帝"。

关胜形象高大威风,像足关羽,所以他得到了人生最大的机遇——三十二岁那年,被太师蔡京破格提升为"剿匪总司令"。而在此之前,关胜可谓生不逢时,努力奋斗半辈子,只不过官居小小蒲东巡检。

"巡检"这个官有多大?小说第19回"林冲水寨大并火,晁盖梁山小夺泊"中说到,济州府尹安排观察何涛、捕盗巡检两人去征剿黄泥冈七雄,可见"巡检"是受州县节制的低级武官,大约类似今日乡派出所所长级别。

也就是说，关胜当时的仕途相当落魄。

关胜的发达，要感谢一个人：丑郡马宣赞。

宣赞可能是所有好汉中感情生活最郁闷的人，仅仅只是因为长得难看，导致包办婚姻的高干子弟妻子心情落寞而亡。死者已逝，这生者可更郁闷无比。别人"事业、爱情双丰收"，他宣赞却是"事业、爱情双失利"！

不过宣赞总算心态不错，没有性格扭曲、精神分裂，他大力推荐了故人关胜。而关胜，总算等来了人生中最重要的变革！

关所长带上结义兄弟井木犴郝思文，跟随宣赞来到京城，并且在太师蔡京面前夸下海口，"先取梁山，后拿贼寇"。

关胜为他的傲慢付出了沉重的代价。关大刀比起先祖，那可差得太远：论武，比不过林冲、秦明联手，且被后文的水火将军杀得焦头烂额；论智，看不穿呼延灼的诈降计，并且为杂兵施挠钩所捉，可谓"智勇双不全"也。

关胜和林冲武功到底谁更胜一筹？我们尝试分析一下：

①论相貌，关胜是"像关羽"，林冲号称"小张飞"。

②论年纪，关胜此时32岁，而林冲肯定不止34岁。

③论职位，关胜是巡检，林冲是八十万禁军教头。

宋代军队分禁军、厢军、乡兵、蕃兵四种，另有弓手、土兵等地方治安力量。其中禁军指正规军，而不是特指保卫皇帝的御林军，禁军不完全驻守京师，还防护地方重镇，既防止中央兵变，又防备边疆敌人。厢军属于地方部队，地位低下，平时不加训练，充当杂役任务。乡兵大约就是民兵性质的防卫武装。而蕃兵是由边疆的少数民族战士组建而成。宋代军队，以禁军为主力，北宋末期一般都有百万之众。

由此可见，百万雄师，不可能只有一位教头，林冲虽名为八十万禁军教头，但是经他亲手教授的士兵，绝不会有八十万之巨。林冲最大的可能是京城内皇家禁军的枪棒总教头，也就是御林军的教练，所以他能够认识纨绔子弟高衙内，而高衙内也认识他。

话虽如此，林冲的昔日官职比"派出所所长"那可强得太多了！

关胜领兵挑战，秦明、林冲都想抢头功，三人战成一团——如果不是宋江及时叫停，关胜被生擒的可能性很大。

林冲武艺，当胜过关胜！

而宋江此时，已经打定主意——"吾看关胜英勇之将，世本忠臣，乃祖为神，若得此人上山，宋江情愿让位"。正是宋江这番想法，直接导致了关胜将来的尊贵地位！

关胜是关羽嫡系后代，连貌似关羽的"赝品"朱仝都能坐第十二把交椅，"正品"自然非同小可！林冲别说是"小张飞"，哪怕他是正统的张飞后人，也必须在关胜之下！

关胜被梁山捉了，和其他降将一样，在宋江的苦苦哀求下，坐了一把至高无上的金交椅。关胜上山后，唯一拿得出手的战绩就是降服凌州团练圣水将军单廷圭、神火将军魏定国，但是这场小小战役，关胜也胜得相当艰苦和侥幸。

关胜和水火二将，交情匪浅。三人同在凌州附近，平时朋友关系相当不错，这也预示着，不管哪方，都不可能对对方下辣手！这也是关胜的聪明之处——找熟人，纵然胜不了，也没有性命攸关之虞。

初次交手，关胜便陷了副手宣赞、郝思文，而关胜自己也被水火二将杀得"大败输亏，望后便退"。次战伊始，关胜决定使用自己的看家绝招——拖刀计来背水一战！

绝招往往都是绝处逢生的时候才兵行险招，关胜很好地运用了这一点，将毫无防备的单廷圭砍于马下。估计关胜平日里和单廷圭的热身比赛中，一直藏私不用，这才一举成功！而正是这石破天惊的惊艳一刀，将关胜从危险的悬崖绝壁边拉了回来——如果此战失利，哪怕关羽附身关胜，估计也只能去地煞群体搬小板凳。

关胜收了单廷圭，又效仿先祖单刀赴会，说服了魏定国投诚。关胜，在收伏水火二将的战役中，终于展示出他的武力和人格魅力，从而加固了自己梁山老五、五虎之首的位置！

关胜的排位，源于血统、武力、魅力，其中血统占据重要因素。关胜像他所有的前辈一样，出生时都是含着金钥匙的，而这把金钥匙，没有打开大宋政府的青云之门，却打开了草寇团体的发达之路！

关胜身上，有仁义一面，而这正是宋江拼命宣扬的，所以哪怕他的武力、智力均在林冲之下，他都能位居林冲之上。

关胜征方腊后，终于实现了自己的生平目标，光宗耀祖，升任北京大名府兵马总管。《水浒传》中介绍他的最终结局是："一日，操练军马回来，因大醉失脚落马，得病身亡"。

关胜作为马上骁勇大将，竟然"落马得病身亡"，想想有点不可思议，可见他也如同玉麒麟卢俊义一样，被四大奸臣下了水银药酒！

大刀关胜，以小小巡检的身份飞黄腾达，却违背了朝廷的青眼有加，临阵不敌进而叛变，枪头掉转反戈一击，这种人是不值得信任的。他和呼延灼不一样，呼延灼是本朝功臣之后，而关胜，虽是三国武圣后代，但和本朝没有任何联系！所以关胜必须要死，哪怕不死在方腊手里，也要死在大宋政府手里！

关胜的绰号"大刀"，和北京兵马前都监闻达的外号一模一样。试问，同在大名府，一山岂容二虎？卧榻之侧岂容他人酣睡？而懵懂的关胜，最终死在这些上下级贪官的联手阴谋下！

关胜人生最辉煌的时刻，就是宣赞的那声举荐。而关胜在他有限的辉煌岁月中，他的大刀，能够斩断战场上的明枪暗箭，却不能防备官场上的口蜜腹剑。对于勇冠三军的关胜来说，这无疑是一种悲哀。

宝刀百炼生玄光，不胜人生一场醉。

张清为何广受欢迎

没羽箭张清，这是一个绰号发音有歧义的名字。这个"没"字到底是念"mei"（第二声），还是念"mo"（第四声）？

一般人大约都会念"梅"音，因为很显然，张清的武器，手中一杆梨花枪，囊中无数石子。《水浒传》中赞他的"水调歌"云：

> 头巾掩映茜红缨，狼腰猿臂体彪形。锦衣绣袄，袍中微露透深青；雕鞍侧坐，青骢玉勒马轻迎。葵花宝镫，振响熟铜铃；倒拖雉尾，飞走四蹄轻。
>
> 金环摇动，飘飘玉蟒撒朱缨；锦袋石子，轻轻飞动似流星。不用强弓硬弩，何须打弹飞铃，但着处命须倾。东昌马骑将，没羽箭张清。

由此看来，这位骑兵出身的河南安阳彰德府好汉，论体型，恐怕堪比名模，所谓"人靠衣装马靠鞍"，这一身惊艳打扮，绝不在号称"英勇双枪将，风流万户侯"的董平之下。

然而若念作"末"音，也解释得通。《史记》中记载飞将军李广夜猎时，见到草丛中的一块虎形巨石，一时看花了眼，急忙射箭自保，这一箭用尽全力，箭支竟然深深地插进石头里面！李广等天亮时再次射箭，却再也射不进去了。根据这个典故，唐代诗人卢纶有感而发，慨然作了《塞下曲》，其中千古传诵的诗句"平明寻白羽，没在石棱中"，就是描述这一经典场景。也就是说，当一个人臂力和意志力到了极致，便可以产生巨大的破坏力，能够没羽而入！

没羽箭张清、双枪将董平，是最后上梁山的一批人。这两个将军，一个有飞石绝技，一个是万夫不当，故而排位很靠前：董平第15位，是五虎将之一；张清第16位，是八骠骑之一。

宋江和卢俊义抓阄攻打东平、东昌二府，张清用飞石绝技先后打伤金枪手徐宁、锦毛虎燕顺、百胜将韩滔、天目将彭玘、双鞭呼延灼、赤发鬼刘唐、青面兽杨志、美髯公朱仝、插翅虎雷横、大刀关胜等十五员战将，成为梁山上"男子单打"成绩最好的选手。最为有趣的是丑郡马宣赞，刚刚阵前夸下海口："你近得么？"话音刚落就被张清一石子打在嘴边，翻身落马，可谓报应不爽。（从此以后宣赞上阵再也没说过满话，不知道是否受了教训。）

没羽箭连败梁山好汉一十五条是英雄排座次前最后一次高潮，我们看见，不论是善使奇门兵器的徐宁，还是有祖传绝学的呼延灼、杨志、关胜，不论是号称"万夫不当之勇"的董平、索超，还是以二敌一的郓城都头朱仝、雷横，张清都是毫不畏惧，独力进行车轮战，以近乎完胜的骄人战绩班师。

董平战张清，这个细节相当有意思，值得大书特书！

董平、张清共同防御梁山，两人不仅是同僚，而且是朋友。宋江提前一步打下东平府，收服了董平，随即带上董平去挑战张清。

张清打败徐宁、燕顺等人，都十分轻而易举，唯独对阵董平，着实花了点时间精力——董平不仅和张清实力相当，而且还两次躲过石子偷袭。要知道，其他人一次都躲不了。

由此可见，董张二人平时就互相切磋过，打过热身赛，所以15位"选手"中，董平"个人得分"最高。

这样一来，董平、张清在梁山上的排位自然低不了。

宋江设计在水中擒获张清，张清终于上了梁山。小说中有一句非常人性化的交代：（东昌）太守平日清廉，饶了不杀。

张清的上司是《水浒传》中难得的好官、清官，但我对此表示怀疑态度。宋江一改以往作风，不杀太守是有原因的，一来在自己投降之前向朝廷传递友好信号，二来便是收买张清的人心。假如杀了太守一家，性格刚烈的张清说不准就会脖子一挺"杀了我一个，还有后来人"！至于什么"天罡星义气相合"，自然是施老先生满口胡柴。

张清上了山后，唯一的功劳就是引荐兽医皇甫端，从而凑满一百零八人之数。可以说，作为最后的天罡星和地煞星，他们两个没有任何犯罪前科，身份应该是完全清白无辜的。作为战俘，张清完全可以获得大宋政府的宽容；而兽医皇甫端更是冤枉——我一医生能和你们一大群强盗死掐么？——这天下又不是只有一个兽医。

张清无疑是幸福的，他的放暗器绝招是江湖上独一无二本领，哪怕是善射的小李广花荣、浪子燕青，也不能与之匹敌。张清是最接近武侠小说人物的好汉，我甚至怀疑金庸《书剑恩仇录》中的千手如来赵半山、古龙《小李飞刀》中的李寻欢就是以张清作为原型参照。

张清无疑是快乐的，一旦打仗，公明哥哥都是把他放在前线上：著名的"九宫八卦阵"破童贯，张清就闪亮登场了，十万正规军楞是不敢与其交锋！征大辽俘获第一个敌将阿里奇的，是他；将敌人檀州太守洞仙侍郎耳朵皮擦破的，是他；打败皇侄耶律国宝的，还是他。

张清无疑是感性的，张清后来在随军征讨田虎时，与"精灵女射手"琼英结下一段传奇的"网络爱情"——两人在梦中相识，在现实中结成夫妻，最终夫妻联袂合作，亲手捉住了田虎，张清从此达到了人生的最高峰，事业、爱情双丰收！

征田虎、王庆，是不知名的文人补充的《水浒传》"同人作品"。深感庆幸的是，同样是矮脚虎王英色迷心窍抢先出马，同样是琼英打败王英，但幸福的是，琼英没成为王英的"小老婆"，而是美女配英雄，嫁给了张清，这才是门当户对、郎才女貌！这才是"正能量"！

张清归顺梁山后，很快就受招安，打方腊，走向了南方战场。独松关一役，张清、董平双双战死，马革裹尸。

张清终于死在"义气"二字上。张清死了，名震大江南北的没羽箭死了，死在了自己的弱项上。正所谓人过留名，雁过留声，将军虎风，千载之下，兀自满心钦佩！

张清戎马一生，轰轰烈烈。"无情未必真豪杰"，张清跟琼英的那一段爱情故事，大约可以算是《水浒传》中最完美无缺的婚姻了。他们在演武厅上对掷而出的鹅卵石，那刹那间四处溅射的火花，像璀璨的烟火，映亮了张清英俊的面庞，打动了琼英少女的芳心。

张清战死独松关的噩耗传来，琼英哀恸不已，悲痛欲绝，随后亲临独松关，扶枢回张清故乡彰德府安葬。张清虽然死了，但留下了自己的遗腹子。琼英怀胎十月，产下一个面方耳大，像足张清的儿子，取名叫作张节。

琼英苦守孤儿，将其抚养成人。张节长大后，传承父风，精忠报国，大败金兀术，杀得金兵望风而逃，得封官爵后，归家养母，以终天年。张清虽然牺牲了，但是他的英雄故事得以子子孙孙永远流传下去，算是个不错的结局。

一百五十年后，襄阳城外，蒙古大军在大汗蒙哥的率领下，向南宋边陲重镇襄阳发起最后的总攻，宋军在大侠郭靖的统领下，虽然拼死护卫，却眼见得要城破人亡。好在神雕侠杨过横空出世，使用飞石击毙敌酋。

是的，同样的小说家，同样的帅哥角色，同样的绝技，同样受到读者的广泛喜欢！

技术人才为何命好

随着兽医皇甫端的上山，《水浒传》一百零八将的大拼图终告完成。

梁山好汉中，除了领导人，大多数是冲锋陷阵的骠勇战士，范围覆盖水陆两军，然而也有这么十六位好汉，属于技术人才范畴。他们是：

掌管监造诸事头领一十六员：

行文走檄调兵遣将一员	圣手书生萧让
定功赏罚军政司一员	铁面孔目裴宣
考算钱粮支出纳入一员	神算子蒋敬
监造大小战船一员	玉幡竿孟康
专造一应兵符印信一员	玉臂匠金大坚
专造一应旌旗袍袄一员	通臂猿侯健
专攻医兽一应马匹一员	紫髯伯皇甫端
专治诸疾内外科医士一员	神医安道全
监督打造一应军器铁甲一员	金钱豹子汤隆
专造一应大小号炮一员	轰天雷凌振
起造修缉房舍一员	青眼虎李云
屠宰牛马猪羊牲口一员	操刀鬼曹正
排设筵宴一员	铁扇子宋清
监造供应一切酒醋一员	笑面虎朱富
监筑梁山泊一应城垣一员	九尾龟陶宗旺

金庸在他的处女作《书剑恩仇录》中曾经透露，写这本小说，一来源于自己故乡浙江海宁的美丽传说"乾隆是汉人陈阁老的儿子"，二来也是基于四大名著中，《西游记》人物太少，而《水浒传》人物又太多，所以折衷取了红花会十四位当家的轰轰烈烈兴汉反满故事来架构。事实证明，金庸颇具战略眼光，这十四位英雄个个都有相当出彩的表现，连总舵主陈家洛的书僮心砚，由于表现出色，最后也进入了领导人团体。

所以也有不少读者对《水浒传》人物过于繁多表示不解，认为一百多人的团体，很多都是凑数的。大家口诛笔伐的头号对象，便是这十六位看似混迹其中的头领。

然而我不得不为他们分辩几句！我承认梁山好汉中，一些人物确实应该剔除，譬如色狼王英、周通，小混混孔明、孔亮，伪君子董平等，他们完全是混进"革命"队伍的投机倒把分子。但是这十六人，却是万万少不得！

没有识文断字的先生，怎么发布通告？没有雕刻印章的匠师，怎么签押认证？没有妙手回春的医生，怎么恢复健康？没有心灵手巧的裁缝，怎么统一战袍？没有铁面无私的法官，怎么令行禁止？没有身材挺拔的旗手，怎么显出主帅宋江的威风？

更何况，营建屋舍、规划城垣、制造船只、打造兵器、财物出纳、号炮管理乃至杀猪宰羊、腌制酒醋，这些苦活、脏活、累活，都要有人去干，说这十六位头领是幕后英雄、技术人才，应该无人反对。

我简略地将这十六位好汉分成军用人才、民用人才和共需人才三大类。

所谓军用人才，主要指为了军队作战而提供后勤服务的人，包括装宣、孟康、侯建、汤隆、凌振、陶宗旺和郁保四，共七人。

民用人才，主要指服务梁山基础建设的人，包括蒋敬、李云、曹正、宋清和朱富，共五人。

共需人才，他们的工作范围涉及军用和民用两方面，单独放在哪一区域都不太合适，因此单独列出，包括萧让、金大坚、安道全、皇甫端四人。

应该说，这十六人里，绝大多数是人尽其才，才尽其用的，所谓"专业的人做专业的事"。但也有两个人，比较微妙。

第一个是李云。

李云原本是山东沂水县都头，武艺出色，因为绑了李逵，被徒弟朱富、徒弟的哥哥朱贵设计下了蒙汗药，失了囚犯后在朱富的劝降下上了梁山。

这怎么看也应该是个步军将校之类的人物，然而最终梁山给他安排的职业却是给大伙造房子。想想有点匪夷所思，但是李云身上有和他人完全不同的一个优点——不会饮酒。梁山一百零八将，唯一不饮酒的便是他，正是这个特点，使宋江对他的为人处事完全放心。不会饮酒，就不会如李逵一般误事，房屋建设，事关大局，不能有半点马虎，这个任务，交给李云算是人尽其才！

第二个是宋清。

作为宋江的亲弟弟，宋清是梁山名正言顺的"太子党"，但此人文不能安邦，武不能定国，最拿手的是——种地。

宋清是梁山上最不像强盗的"强盗"，他的上山，完全是跟随哥哥而已，没有任何理由。试问，他的特长也只是种田，而梁山根本就不需要农民——他们的衣食住行都是靠掠夺而来，根本不需要生产建设。作为农民，宋清无疑很尴尬，好在他是老大的亲弟弟，一直勤俭持家，中国人是很在乎"吃"的方式和内涵的，那么就让他发挥特长——处理酒宴人员位置。

这也是十六人中最轻松的一个职位。

梁山就像一个成熟的社区，所以理所当然需要各项服务措施。正是技术人才的勤勤恳恳辛劳工作，信奉"人人为我，我为人人"的精神，梁山才能保持其正确的发展方向不断前进。

梁山义军受了招安后，就要去打方腊。我们惊讶地看到：征方腊前，所有的共需人才都被大宋朝廷以各种理由挽留。蔡京要萧让代笔，宋徽宗留金大坚、皇甫端驾前听用，半道上又要了安道全治病。

蔡京为官虽然贪污腐败，但书法造诣确实不凡！苏、黄、米、蔡四大家，独步天下！有什么样的主子就有什么样的大臣，皇帝整天填词绘画，这大臣也必须要有点墨水才能迎合上意。蔡京本身如此才华，又怎么可能需要"赝品"萧让？再说蔡太师要办点什么机密事宜，能告诉你这"梁山贼寇"么？说白了，就是要拆开梁山兄弟而已！而萧让的结局也很让人寒心，做奸臣蔡京的门馆先生终老一生，于梁山兄弟结义之情来说，这都是个不大不小的讽刺。

宋徽宗要金大坚、皇甫端两人，倒确实出于一片爱才之心。虽然宋徽宗本身就是一浪荡子皇帝，斗鸡走马，踢球打弹，诸般杂耍，无一不通。但他对金石学、医学、数学等学科也确实倾注了不少心血。

据史料记载，宋代对中国金石学的发展起到了极其重要的作用。金石学发端于宋真宗，壮大于仁宗，到了徽宗时期达到鼎盛。宋徽宗不仅喜欢刻章，而且对刻章的原料——各种质地的石头也爱不释手。由此而来，兴趣扩大到各种奇形怪状的石头上，这才派朱勔下江南四处搜索，即臭名昭著的"花石纲"之祸。而正是"花石纲"，使江南百姓民不聊生，浙江淳安漆农方腊才能振臂一呼，引起震动天下的农民大起义。

对于医学方面，宋徽宗曾亲自组织医官编撰《圣济经》十卷，并诏告天下学校以为课试命题的依据。与此同时，他还集中医官集前人大成，编成《圣济总录》两百卷，计六十门不同科目，医方近两万个，集宋前之大成！可惜编撰完成未及刊发，汴梁便城破，两本鸿篇巨著均被女真人掠走。

对于金大坚、皇甫端两人，我相信皇帝出于爱好而扣留，但是对于安道全，我保持怀疑态度——太医院里良医如云，一定需要安军医吗？

看来，还是高俅等人进了谗言，破坏宋江的南征计划。所以我们看到，安道全刚走，有宝甲赛唐猊护身的金枪手徐宁立马颈项中了药箭，调理半月后不治身亡。

当然更重要的理由是：他们四人，相对于杀人放火的梁山其他群盗来说，罪证相对较轻：皇甫端是最后一个上山的，身份完全清白；萧让、金大坚合作造了一回假文书，还被人认了出来，间接地破坏了梁山的阴谋；

140

安道全只是有沾花惹草的毛病，并没有杀人，而在宋朝，逛窑子那可都是文化人才干的风韵事！

共需人才由于他们的才华、罪行获得提前释放，然而军用人才和民用人才就没那么幸运了，他们全部舍弃了本职工作，被推上了前线！

这十二位好汉，阵亡八人，生还四人，比例高达一半！

南征不久就身亡的计有陶宗旺、曹正两人。陶宗旺在攻打润州城时，中乱箭马踏身亡，他是首批牺牲的将领之一；曹正随卢俊义攻打宣州，中药箭身亡。

宋江南征，一共有两次分兵攻打州县，我觉得简直是昏招连连！一方面，宋江大军一共六万兵将，而方腊控制八州二十五县，每州守兵至少五万！这宋江不学会"集中优势兵力"，反而和敌人进行以寡敌众的血肉对抗战，也难怪梁山好汉一路伤亡不断！真真应了一句话，"一将无能，累死三军"！另一方面，神医只有一位，战斗难怪挂彩，难道安道全背插双翼分身有术？有趣的是，安道全"恰好"被裴宣抽到宋江一组！所以跟随卢俊义出征的曹正，死得委实有点冤！

而对于宋江的"精妙战术"，我们的吴用军师却没提出任何反对意见！

其实施老先生这么写是深有内涵的！这些技术人才中，谁该死、谁该活他早已内定指标！有着只可意会，不可言传的深刻意义！陶宗旺的工作是梁山城垣监筑，曹正是专业的屠宰户，两人跟随大部队受了招安，已经完全失去了作用，所以设计在前期阵亡是蓄谋已久——因为已经没有了利用价值。

战斗中期阵亡的有侯健、朱富两人。侯建落水而死，朱富照顾传染病人，被感染而死，两人都属于非战斗性减员。这两人的作用，都类同陶曹二人，下了山后就失去作用，安排他们非正常死亡，来嘲讽梁山水泊中人竟然还有不会游泳的，宋江不懂"未雨绸缪"的道理。而在失去神医后，传染病肆虐，梁山大军只能束手无策！

而在最后的清溪大决战中，一共有孟康、汤隆、李云、郁保四四人同时战死。这就很有点看头了：孟康、汤隆二人，一造船舶，一造兵器，对于大宋政府来说，是不可或缺的好帮手，一路打进决赛才让他们捐躯，榨取完他们全部的剩余价值；李云在梁山的任务是建造房屋，梁山军破了方腊，已经七零八落不成气候，即便再反上梁山也力不从心，试问李云生还又有什么意义？建了房子又给谁住？至于郁保四，那简直就是对梁山好汉结局的一种隐喻：连专门掌旗的掌旗使都死了。这面杏黄色的梁山帅旗在如血的残阳中轰然倒塌，再也不复往日风姿。旗帜的倒下，不就是暗示梁山好汉最终的悲剧色彩命运么？

从前线九死一生的好汉有四位：宋清、蒋敬、裴宣、凌振，其中军用人才两名，民用人才两名。宋清作为老大的亲弟弟，自然颇受照顾；梁山已成为明日黄花，风流总被雨打风吹去，试问留下账目和刑法又有何用？所以宋、蒋、裴三人不约而同选择返乡为民。凌振生还很大程度上得益于他的降将身份，他可是唯一的技术性降将！而凌振恰好又是最可惜的人才，作为热兵器的专家，最终依旧回东京继续研究小小鞭炮，一生不过是个仓库保管员！一位可以改变历史的英才，命运却三次和他擦肩而过，让人扼腕叹息造化竟然如此不公！

梁山技术人才，由于各自的特长，获得了不同的最终结局，死的死，隐的隐，教人感慨不已！

又要说到宋清，宋清一直默默无闻，从不仗势欺人，对于他的存在，不管是梁山还是大宋政府，都采用了认可的态度。所以宋清一直得到统治阶级的关照，宋江死后，朝廷让他接任哥哥的位置，宋清也很认得清形势，借口风疾不能为官；宋清的儿子宋安平应过科举考试，官至秘书学士。大宋政府也看准了宋清属于标准的老实孩子，和他哥哥的机关权谋完全不同，所以也一直对他照顾有加。

其实宋清比宋江看得开，稀里糊涂落草，稀里糊涂招安，稀里糊涂功成，却不能稀里糊涂当官。自己的强项是种田，所以最后也很理智地选择辞官返乡务农——正是他清醒地归隐身退，才能保证宋家后裔开枝散叶。说起来，宋家两兄弟，真正做到"光宗耀祖"的正是宋清。

方腊为何是草头天子

在中国两千年的封建历史中，从陈胜、吴广大泽乡起义以来，历代皇朝的更替总有农民起义的影响，比如刘秀曾委身绿林军，朱元璋发迹于红巾军等。但是农民起义，不管规模大小，鉴于其本身的时代局限性，从来没有建立过一个长久的稳定政权，最辉煌的莫过于李闯王建立的大顺短命王朝，但最终还是在叛徒吴三桂和满清政权的双重进攻下，大厦土崩瓦解，大顺朝并不顺，只存活了区区三十天。

宋代被看作是一个相对平稳的朝代，虽然国内史学界对宋朝向来冠以"积贫积弱""三冗严重"的特征称号，但是对于内政措施，大多还是持肯定态度。因为宋代是所有朝代中农民起义影响最小的。

有宋三百多年，大大小小爆发的农民起义有几百次之多，几乎一年一次，"遍满天下之渐"，这是历朝历代都不曾有过的。但宋代的农民起义始终未形成全国性规模，活动范围只限于当地一隅，参加的人数也有限，人员成分复杂，不乏大量投机分子滥竽充数，持续的时间很短，长者不过几年，短者区区数月。加之宋代统治者一贯奉行"攘外必先安内"的政策，对外可以割地赔款，但是对内可毫不含糊。

北宋只有两次农民起义比较具有规模，初期的四川王小波、李顺起义，末期的浙江方腊起义。宋江领导的梁山泊起义，真正的规模其实相当小，被海州知州张叔夜率领千余官兵，即行剿灭和收编。

方腊起义不同于王小波起义，王小波起义发生在北宋建国初期宋太宗赵光义执政期间，当时大宋政府正处于一种强劲上升的良好势头，因此可以在稳定外交的情况下，全力镇压农民起义。而事实也证明了宋太宗战略的正确性，历时三年的王小波起义，最终被颠覆了。方腊起义发生在北宋末期，大宋政府内外交困，风雨飘摇，可以说，起义的时间选择得非常好。但是一贯"内战内行，外战外行"的大宋政府军，最终还是镇压了方腊起义，方腊起义规模虽然没有王小波起义大，时间也只维持了区区一年，但是在《水浒传》的侧面宣扬下，名闻天下，无人不知。

王小波给后人留下了一笔宝贵的财富——他在中国农民起义史上第一个明确提出了"均贫富"的政治口号！这可是封建国家建制一千年以来最了不起的进步！王小波的继任者方腊，就很好地运用了这一点。他任命丞相方肥，提出类似的革命纲领"法分贵贱贫富，非善法也，我行法，当等贵贱，均贫富"，这是农民阶级第一次从政治和经济上提出理想主张，标志着农民起义进入成熟阶段。

历史上的方腊，本是浙江淳安的一个漆园主，宋徽宗的花石纲把东南一带闹得昏天黑地，富者败家，贫者卖儿，矛盾激化到不可调和的地步。方腊借助"摩尼教"的宗教信仰，"食菜事魔，以相赈恤"，召集大批贫苦农民，打响了宣战的第一枪。而这刺破黑暗的第一枪，激发了数十万受压迫人民的斗志，起义席卷浙江大部、江苏南部、皖赣东部地区，渐成星火燎原之势。方腊至此自号"圣公"，建元永乐，正式拉起队伍。

警报传到东京，把宋徽宗吓坏了，宋徽宗连忙委派枢密使童贯带领十五万官军到东南去镇压起义。童贯到了苏州，知道花石纲引起的民愤太大，立刻用宋徽宗的名义下了一道诏书，承认错误，并且撤销了专办花石纲的"应奉局"，把罪魁祸首朱勔撤职查办。善良的江南百姓看到朝廷取消了花石纲，罢免了朱勔，总算出了一口气。哪知道童贯正在这时候，磨刀霍霍，加紧部署镇压起义的兵力！

童贯等到时机成熟，立刻撕下伪装，扬起屠刀，集中各路大军进攻方腊义军。初始双方各有胜负，处于战略相持状态，但是随着战斗的旷日持久，起义军由于没有经受系统的正规训练，各部队又缺乏统一的指挥，各自为战，因此损失惨重，胜负的天平逐渐向大宋政府军倾斜。为保持实力，方腊不得不退回青溪，据守在山谷深处的帮源洞坚持战斗。官军不知道山路，没法进攻。但就在这个节骨眼上，起义军里出了叛徒，给官军引路，官军终于摸到帮源洞，方腊没有防备，被俘虏了，没多久被押解到东京，惨遭杀害。

历史上的方腊，绝对是个项羽式的人物。他很好地利用了宗教信仰的传播效果，提出明确的革命口号，领导了轰轰烈烈的江南大起义，给予腐朽的大宋政府有力一击。方腊虽然牺牲了，但是六年后，国力衰弱的大宋政府，终于没能抵挡得住女真铁骑的凌辱，徽、钦二帝被掳往黑龙江五国城，最终坐井观天郁郁而亡。宋政府的继任者高宗赵构，偏安一隅，国都竟然还是选择了方腊起义的重镇杭州。

然而小说中的方腊，人品就没那么高尚了。方腊辖八州二十五县，雄兵约四十万，最终竟然覆灭在区区六万兵马的宋江手里，可谓失败之极。

小说中的方腊，丝毫没有半点英明果敢的农民起义军领袖模样，全然就是一个昏庸无能的地方割据小诸侯。他在革命刚刚有点起色的时候，便着手大肆起造宝殿、内苑、宫阙等生活设施，不仅在"首都"大兴土木，而且在下辖的睦州、歙州也各有行宫多处。不仅如此，他自己也是一副皇帝派头，模仿大宋政府机制，同设文武职台、省院官僚、内相外将、一应大臣。将宝贵的原始资金挪作他用，让人不禁大摇其头。

方腊任人唯亲。我们看到，他不停将自己的亲戚安排到重要的工作岗位上：苏州太守是三弟方貌，歙州太守是叔叔方垕，杭州太守是儿子方天定，清溪防御总指挥是侄儿方杰。而这些"皇亲国戚"，个个手握军政重权，俨然就是掌管生杀予夺的地方小皇帝，试问如此的裙带关系，又怎能谈到发展壮大？

方腊目光短浅。宋江兵临关隘乌龙岭，方腊国师邓元觉死命戍守，双方一时僵持不下。邓元觉急书方腊乞求增兵，方腊却轻描淡写地说："各处兵马已都调尽，只有御林军，寡人要防卫大内，如何调配得开？"这种目光短浅的自私自利行为，连左丞相娄敏中都看不下去了，上奏方腊"御林军有三万，可分一万助国师破敌"，但方腊还是动用了他的一票否决权。娄敏中无法可想，只能瞒着方腊从睦州调兵五千助守乌龙岭。可见方腊连"皮之不存，毛将焉附"的道理都不明白！真是让人扼腕叹息！

方腊的目光短浅，还表现在他识人不明上。

宋江部下柴进，带领燕青依靠马屁功夫，竟然能够顺利打入敌人内部，而且一个成了方腊驸马，一个成为云璧奉尉！这方腊，未免托大到幼稚的地步了吧？

李俊、阮小五等水军五杰，施展出拙劣的诈降计，混入方腊大本营清溪县中作内应。按常理说，宋江逐次消灭了方腊军的各个有生力量，方腊伪政权的覆灭已经是时间问题，然而对于这么明显的诈降计，方腊竟然坦然不疑，顺口开下空头支票——"待寡人破了宋江，别有赏赐"，遂成为千古笑柄。

如果说检阅外人，方腊大失水准的话，对待自己的下属，方腊也未见得高明。

秀州太守段恺临敌不战而降；常州大将金节里通外敌；宋江破了乌龙岭，大将伍应星率领三千兵马，一哄而散，竟走得不知所踪，从此人间蒸发！

知己知彼，才能百战百胜。方腊不仅料敌不明，而且连自己人也侦察不清，他的起义，也注定了失败的结局。

方腊的军事才能，也表现得相当差劲。宋江远道而来，而且只带了区区六万流寇兵马，方腊四十万大军，不去长江前线严阵以待，反而各自拥兵自重互不统属，导致宋江在丹徒分兵、杭州分兵两次重大昏招之下，竟然还能够做到"集中优势兵力逐个击破"，创下"以少胜多"的军事奇迹。可以说，如果方腊能够审时度势正确指挥，或者在前线给予迎头痛击，一举奠定胜局，或者诱敌深入，等宋江大军深入腹地缺乏给养，方腊大军再四面合围，以四十万消灭六万，那都是举手之劳，易如反掌！

然而方腊一条都没有做到！当他把最后一支御林军防守武装交给"女婿"柴进的时候，实际上已经把自己送上了断头台。可笑的是，到了最后，他相信的人，依旧是自己的"贴心人"！而正是自己的女婿，终结了自己的历史使命。

方腊眼见得大势已去，"三军溃乱，情知事急，一脚踢翻了金交椅，便望深山中奔走"。这一脚很有意思，他一脚踢翻的，不仅仅是区区一把金交椅，而是整个农民起义的成果。龙椅散架了，整个农民起义，也终于散架了，烟消云散，一去不复返。而最终，方腊被鲁智深一禅杖撂倒，将他的运动生涯画上了一个不怎么圆满的句号。

小说家为了维护封建统治需要，刻意丑化方腊，歌颂"受招安"的"顺民宋江"，所以我们在小说中见到一个自私自利、目光短浅、昏庸无能、任人唯亲的草头天子。方腊的失败告诉我们：干任何一件事情，要本着全心全意的态度去完成，即便失败了，也问心无愧。如果存在私心，任人唯亲而不是唯贤，不管能造就多少华丽的面子工程，最后终将灭亡，成为一段尘封的回忆。

历史上的方腊虽然失败了，但是他虽败犹荣，他比宋江更关心百姓疾苦，而且为广大贫苦农民开创了一个辉煌的新局面。方腊起义，有自己的革命纲领和口号，代表了绝大多数农民的意愿，为推翻北宋王朝起到了重要的作用。而宋江，只是目光短浅的小吏，他的人生理想就是升官发财，和方腊"拯救苍生"的目的完全不同，宋江只是利用了人类原始的生存愿望"大碗喝酒，大块吃肉"来拉拢人心。当宋江在劫掳了梁山周边所有的富裕城市的时候，梁山已经和大宋政府一样，冗兵、冗官、冗费严重，没有持续经济来源的宋江，只能在半推半就之下投降了大宋政府。正是由于宋江的历史局限性，梁山泊起义，始终只是影响很小的小市民暴动，远不能和波澜壮阔的方腊起义相提并论。

方腊牺牲的时候，宋江正得意洋洋地跨马游街。而事实也证明了"鸟尽弓藏"这一千古良句。方腊前脚走，宋江后脚就跟来了，不知他们泉下相见，又会作何感想！

牛二、李鬼为何上不得梁山

牛二、李鬼，算是《水浒传》里最出名的两个小混混了。这两个家伙，一个被杨志一刀捅死，一个被李逵一刀斩首（是的，用的是腰刀，不是大斧），命丧黄泉，呜呼哀哉。

扪心自问，梁山好汉里，有混混出身的吗？

当然有！不仅有，还有不少！

穆弘、穆春兄弟，孔明、孔亮兄弟，王英、周通，邓飞、邹渊，白胜、段景住，这批人，谁不是混混？

闲汉（无业游民）自然容易发展成混混，但有钱的地主少爷，终日饱食无所用心，寻衅滋事，斗鸡走狗，这也是一种混混。

和他们相比，当街耍赖的牛二、拦路抢劫的李鬼，就一定品格低下吗？尤其是李鬼，干的是剪径活计，这和梁山好汉"专业对口"啊！凭什么瞧不起人家？

先说牛二。

牛二并不是一般的小混混，而是开封府有名有号的市井人物！

牛二的外号是没毛大虫，这个外号和跳涧虎、锦毛虎相比，好像是差点意思，但和母大虫、病大虫相比如何？半斤八两吧。

《水浒传》中只要是个"实力派"人物，都有外号，比如郑屠叫镇关西，蒋忠叫蒋门神，崔道成叫生铁佛。你再看看高俅、西门庆、殷天锡，这些文化混混，因为武力值欠缺，自然"实力"不够，所以哪怕他们非富即贵，都没有外号。

故而，牛二是有一定实力的！

小说中介绍，牛二外形是"黑凛凛一条大汉"，战绩也还可以，"满城人见那厮来都躲"——要知道，这可是在东京汴梁城啊！大宋的首都、京师、首善之区，牛二能够"打遍天下无敌手"，连开封府——执法单位，都拿他没办法。

按照牛二的实力，能不能在梁山上混一把交椅坐坐？

当然可以！施恩、王定六、孔亮、周通，我看这些人还未必是牛二的对手。

牛二因为眼里没水，又赶上杨志心情不好，在杨志两次严重警告后依然抢刀，这才一个大意被一刀捅死。

注意：牛二是因为大意而丧命，他对自己过于自信，根本想不到杨志这个外乡人会当街动手，结果死得很意外。

大胆想象一下，如果当时牛二乖觉一些，看到苗头不对，立马"托"地一声跳出圈子，双手抱拳说道："这位好汉且住！我看你相貌堂堂，绝非寻常人物，咱们两下罢手，去前面酒楼喝上三杯如何？"

我想杨志纵然不去喝酒，也不会动了杀心吧？

牛二如果多拍杨志马屁，介绍一些买刀的潜在客户给杨志，我想杨志收他做小弟的可能性不是没有。

牛二，死在了自己眼里没水这一点。

李鬼和牛二不一样！李鬼眼里有水，而且，脑子还灵活。

李鬼剪径遇到李逵，一招被打翻，可见这个人物没有外号是实力使然。

李逵不反感剪径，反感的是冒名顶替——而且还是假冒自己——最可恨的是，假货实力还这么差劲！这简直忍无可忍！

李逵当时就要杀死李鬼，但是，李鬼聪明啊，马上编造一段"九十老母无人送终"的谎言，骗取了李逵的信任，自己不仅死里逃生，而且，还受赠十两纹银——李逵给他的养家费。

如果不是李鬼夫妻还想谋财害命，李鬼还能保住一条性命，但因为李鬼太贪婪，欲壑难填，最终也只能成为李逵的刀下亡灵。

对比牛二和李鬼就能发现，小混混要上梁山，首先要眼里有水，要识数，能分清好歹；其次，武功不能太次，要有点实力。牛二有实力没眼光，所以他死了；李鬼有眼光没实力，所以他也死了——出来混，迟早是要还的。

有趣的是，在小说的后期，还有类似的案例，当事人还是李逵。

好汉韩伯龙投奔梁山，先在朱贵的分店里当了"挂名头领"——尚未在宋江处正式注册，只是预备队人选。李逵来店里吃白食，韩伯龙说："老爷是梁山泊好汉韩伯龙。"言外之意是你最好识相点，把饭钱掏出来。

非常合理、合法的要求，但是李逵顿时想起了李鬼，以为这也是个假冒名头的，于是把大斧递过去，说："你拿这个当抵押品吧。"

不开眼的韩伯龙，也不看看大斧是谁的标志性兵器，真的伸手去接，结果，被李逵一斧砍死。

韩伯龙又是一个有实力、没眼光的人物。

李逵杀死韩伯龙后，路上又遇到了没面目焦挺。两人互相对视，各自不服，于是动手，焦挺擅长相扑，轻易扑倒李逵。这时候，李逵特别垂头丧气，报出自己的名号，且看焦挺的表现：那汉听了，纳头便拜——是的，原著就这八个字。

李逵是谁？宋江的心腹！焦挺连梁山的门都不敢摸，只敢去投什么枯树山鲍旭入伙，突然天上掉下一块"敲门砖"，能不欣喜若狂吗？

所以，虽然焦挺打败了李逵，但他很识相，"纳头便拜"。这一拜，将自己拜上了梁山，坐了第98把交椅，尚在石勇、孙新等人之前。

焦挺有实力、有眼光，所以他能顺利上梁山当头领，这就是小混混达不到的境界。

更有意思的是，焦挺是征方腊第一批战死的好汉之一，他和宋万、陶宗旺一起被乱箭射死，马踏身亡——可见焦挺的实力，也挺有限。

人性与世情

【综合篇】

梁山最终排名技巧

《水浒传》全书，最高潮的部分在哪里？不是林教头风雪山神庙，不是武二郎景阳冈打虎，不是宋公明三打祝家庄，也不是没羽箭独力抗强敌，全书最高潮的情节除却"石碣受天文英雄排座次"不作第二选。

这次排名是梁山好汉身份、地位的最终拍板，在这之前，宋江也曾策划了数次局部排位，但是由于后续加盟的战友越来越多，因此显得前期排名的时效性和准确性相当不足。当梁山聚集了百八英雄后，宋江和吴用知道，高层管理人员已经相当充足，各部门的职能也十分完善，如果再不加限制吸纳四方头领，一来人数太多不便管理，二来容易出现"冗官"现象，三来恐怕鱼龙混杂，因此当兽医皇甫端上山后，宋江知道，梁山集团已经彻底成熟，可以打包规划了。

"文无第一，武无第二"是一句至理名言，自古以来没有哪个文士敢大言不惭号称"天下第一"的。相反，赳赳武夫除却个别老江湖相信"山外有山，人外有人"外，绝大多数人都自诩"老子武功天下第一"，自信是件好事，但是自信过头便未必了。

梁山好汉，一点武功不会的，大约只有萧让、安道全等寥寥数人，绝大多数人都会两下子。刀口上舔血的汉子轻生死而重名节，追求生命中那一霎那间的辉煌，所以排名高低会直接影响众好汉的情绪和思维，稍有不当，不仅日后不能精诚合作，反有后院起火之虞，有句滥得不能再滥的话叫"人最可怕的敌人就是自己"，其实梁山又何尝不是如此呢？

梁山好汉的排名，估计全程暗箱操作的只有宋江和吴用两人。卢俊义和公孙胜虽然同列四大天王，但是这等机密大事也只有梁山的"董事长"和"秘书长"才有资格密谋。但即便是宋、吴二人这般老狐狸，恐怕也绞尽脑汁策划了整整七天七夜！因为众好汉不仅人数众多，而且关系错综复杂，要尽量照顾到各方面的利益，取得最大的收获，难度可想而知！

金圣叹说："三十六人便有三十六种面目。"梁山好汉百八人，上山理由各不相同，除却四大天王外，我粗略将梁山好汉分成降将、心腹、恩人、元老、结盟、特技和散客七大阵营。

1. 降将系列

这一系列一共十六人，分别是：关胜、秦明、呼延灼、董平、张清、索超、黄信、宣赞、郝思文、韩滔、彭玘、单廷圭、魏定国、凌振、龚旺、丁得孙。其中关胜、秦明、呼延灼、张清四人是降将头目。

2. 心腹系列

顾名思义，这个系列的人全部是四大天王的铁杆跟班，具体地说只是宋江、卢俊义两人的。包括花荣、戴宗、李逵和燕青四人，其中前三人属于宋派，而燕青是硕果仅存的卢俊义手下。

3. 恩人系列

这一系列全是由对梁山的发展壮大有不可磨灭贡献的人物组成，共十八人，包括：柴进、李应、朱仝、徐宁、雷横、杨雄、石秀、解珍、解宝、孙立、乐和、杜兴、邹渊、邹润、朱富、孙新、顾大嫂、郁保四。

4. 元老系列

这个系列只有九人，属于耳熟能详的人物：林冲、刘唐、三阮、宋万、杜迁、朱贵、白胜。

5. 结盟系列

这是人数最多的一个系列，高达四十人，占全部人数的三分之一强。结盟者指的是梁山先后收纳的大大小小附属强盗公司的头领，包括：

二龙山：鲁智深、武松、杨志、曹正、施恩、张青、孙二娘

少华山：史进、朱武、陈达、杨春

揭阳镇：穆弘、李俊、张横、张顺、童威、童猛、穆春、李立

饮马川：裴宣、邓飞、孟康

黄门山：欧鹏、蒋敬、马麟、陶宗旺

清风山：燕顺、王英（妻扈三娘）、郑天寿

对影山：吕方、郭盛

枯树山：鲍旭

芒砀山：樊瑞、项充、李衮

白虎山：孔明、孔亮

桃花山：李忠、周通

6. 特技系列

这个系列指的是有一技之长的专用人才，一共五人，包括：萧让、安道全、皇甫端、金大坚、宋清。

7. 散客系列

这个系列全部由形单影只的单身好汉构成，没有强硬后台，共十二人，包括：杨林、侯健、薛永、汤隆、蔡福、蔡庆、李云、焦挺、石勇、王定六、时迁、段景住。

当然这种七分法，只是个大致的分类，并不算十分严谨。譬如林冲，既可算梁山元老，也可算梁山的恩人；而时迁，既可算散客系列，也可以算入恩人系列。但是这一切对排位的影响，几乎没有，因此可以忽略不计。

梁山的排位，说白了就是七大板块切割利益蛋糕，不仅要分得多（排名靠前），而且要分得好（进入天罡群体），有点像七大洲争夺世界杯足球赛的参赛名额。而最终我们发现，获得利益的多寡，也完全同上述的七分法一样，降将系列是最大的赢家，其下分别是心腹系列、恩人系列、元老系列、结盟系列和特技系列，而没有社会背景的散客系列成为最可怜的政治牺牲品。

降将十六人，进入天罡星的有六人，全部是降将中的头目，分别是关胜、秦明、呼延灼、董平、张清和索超。其中关胜是四人之下，百人之上，列梁山好汉第5位，天罡武将第一人，同时还是五虎上将之首，竟然将林冲压制在下！关胜上梁山非常晚，第63回才姗姗出场，但是第71回大团圆，竟然能坐到这个位置，不得不佩服"老子英雄儿好汉"的道理！关胜引以为傲的是他的尊贵血统，作为三国关老爷的嫡系后代，相貌也和其祖如出一辙，因此哪怕林冲上山再早，功劳再大，外貌再"小张飞"，也只能屈居其下！关胜是血统论的最大受益者。

秦明排第7位，霹雳火人如其名，冲锋陷阵勇不可当，是梁山早期的功臣之一，正是他和大舅花荣的组合，才能使梁山攻击力由弱到强，成为一支令人望而生畏的地方武装力量。秦明能够越过花荣，和花荣的谦逊温和有莫大干连。

呼延灼排第8位，他的排名，不仅得益于他的连环马阵、双鞭绝学，而且也和血统不无关系。呼延灼是宋朝开国元勋、河东名将呼延赞之后，属于功臣之子，因此哪怕他曾经将宋江杀得大败亏输，宋江不敢也不能将他排除在五虎将之外，即使呼延灼的武艺是五虎中较弱的，和地煞孙立半斤八两，连扈三娘都能和他对打七八回合不落下风。

董平、张清分列第15、16位。这两人是最后上梁山的将领之一，可谓无尺寸功劳。他们的排名仅仅是倚重两人的杰出战斗力，双枪将董平又称"董一撞"有万夫不敌之勇；张清暗器功夫了得，飞石取人，百发百中，此外没有其他原因。

索超排第19位，原因和董张二位相同，索超如同秦明，性格暴躁，战斗奋不顾身异常勇猛，武艺和杨志、秦明不相上下，原本可以排得再高些，不过由于他属于有勇无谋的类型，上山时间又短，所谓"将在谋而不在勇""论资排辈"，因此他只能排在天罡星的中段。

而黄信、宣赞、郝思文、韩滔、彭玘、单廷圭、魏定国、凌振、龚旺和丁得孙十人分别作为关胜、秦明、呼延灼和张清四人的副手，虽然没有进入天罡星群体，但也多少获得了不错的地煞位置。黄信是秦明的徒弟，上山很早，是宋派最早的手下之一，虽然说本领相当平凡，但是出于平衡艺术的需要，秦明已经落在关胜之下了，秦明唯一的徒弟却成为72地煞武将之首，算是对秦明的变相补偿。

宣赞、郝思文作为关胜的副手，主荣仆贵，紧跟第38位的黄信之后，分列第40、41位，而关胜俘虏的水火二将，只是由于是被关胜抓获的，因此排名竟然也十分不错，单廷圭第44位，魏定国第45位。围绕在关胜周围的降将，都获得了不错的利益。

韩滔、彭玘和凌振是呼延灼的副手，韩、彭二人在宣、郝二人之下，水火二将之上，分列第42和43位，这几位降将水平相差无几，所以位置十分紧凑。但是凌振就比较委屈了，作为热兵器的专家，由于和冷兵器格格不入，而且是后来增援的将领，不是呼延灼的嫡系部队，所以排名落到第52位，甚至还在散客杨林之下！当然这和宋江的轻视有关，堂堂造火炮的人才，宋江竟然让他去放鞭炮！凌振得不到好位置，也不难理解了。

凌振惨，龚旺和丁得孙更惨！作为张清的副手，主将都是侥幸排到前面，这两个身无寸功的偏将比那些地煞同僚要可怜得多！两人位置一落千丈，一是第78位，一是第79位，混迹在说唱歌手乐和、地痞混混穆春之间，成为降将中最落魄的人物，远远被前同事甩开。只能怪他们自己上山实在太迟，根本没有拿得出手的骄人战绩，而且两人遍体伤疤，恐怕以往战绩也是输多胜少。梁山虽然管理不科学，但是至少还是相当看重成绩的，靠事实说话。龚、丁二人想必是十分郁闷的，以至于征方腊时，丁得孙竟然被草丛里的毒蛇咬死，成为死得最没有价值的成员。

梁山降将系列，天罡六人，地煞十人，除了凌振、龚旺和丁得孙之外，全部在前45位，而且均处于集团中的靠前位置，得到了最大的一块蛋糕。梁山降将能够成为既得利益最丰者，和宋江的政策有关，降将都是前政府官员，深谙官场内幕，他们是梁山和大宋政府交流的中间平台，所以作用相当明显。再则梁山如果全是由江湖汉子构成，草台班子也根本得不到朝廷的重视，只有拥有正规化部队和军队将领，大宋政府才能对梁山另眼相看。正是这些因素的复合作用，给予了梁山降将无限风光。

再说心腹系列。拥有心腹是每个社团组织者都客观存在的事实，因为只要有人的地方，就有拉帮结伙的现象。梁山宋江和卢俊义作为最高层领导，一些机密事宜只有委托自己的心腹去完成。心腹由于其重要的地位，都获得了相当不错的排名——他们全部进入了天罡星团体。

花荣、戴宗和李逵作为宋江的心腹，分别坐上第9、20、22把交椅。花荣昔日职位是清风寨副知寨，知寨是个很小的武官，和巡检不相上下，更何况还是副的，但是花荣最终却能够进入梁山十大元帅之列！这多少和宋江的抬爱有关，当然花荣的神箭绝学也是其重要的敲门砖之一。

戴宗是江州节级，比知寨更不如，金圣叹点评他"除却神行，一件不足取"。事实也确实如此，作为梁山间谍系统的老大，本领十分平常，甚至不如鸡鸣狗盗的时迁之流出色，但作为宋江、吴用两人的好朋友，戴宗窃居高位，占了个大便宜。

李逵比戴宗更不如，只是江州小小狱警，生性鲁莽，梁山最没头脑的人就是此公。作为宋江最忠心的小弟和打手，虽然说战斗力"遇强不强，遇弱不弱"，属于专门捡软柿子捏的欺软怕硬角色，但是由于其重要的作用，因此紧随前任领导戴宗之后，列少华山老大史进之前。

宋氏三心腹，由于昔日职位的高低，排名也顺延了这个官场定律。宋江潜意识里面，还是不自觉地将梁山的排名参考了昔日的官衔。正是他这一恐怕自己也意识不到的理念，才能一直维续其招安的计划和决心。

燕青是唯一的卢俊义心腹，卢俊义和燕青的关系，不像主仆，更像兄弟，甚至父子。燕青名义上是仆人，但是梁山上没有谁敢把他当作下人来看待，不仅仅因为他是卢二哥的仆从。而燕青自己也十分争气，表现可圈可点，有目共睹，所以燕青能成为三十六天罡星之末，这完全是靠他自身能力取得的，货真价实，实至名归。而另一名仆人，李应的心腹杜兴就不那么幸运了，仅仅排第89位，和燕青一比，地位相差十万八千里。

燕青和朱武的排名只差一位，但是燕青的待遇就是比朱武好！因为燕青是一道分水岭，是天罡星的"孙山"。朱武虽然是地煞之首，但是就整整差了一个级别！所以燕青穿红袍，朱武就只能穿绿袍；燕青系金带，朱武就只能系银带，梁山好汉号称兄弟平等，但"天罡"和"地煞"的人为划分，却将这个美丽的肥皂泡击得粉碎。

心腹系列由于其重要的作用，也取得了很好的利益，全部进入高层领导班子，和领导能够天天零距离亲密接触。只是由于心腹人数太少（真正的心腹自然不可能很多），因此既得利益在降将之下。但即便如此，相对其他系列，心腹系列还是可以掩嘴偷笑了。

恩人系列：这十八人严格意义上来说，主要由对宋江有极大帮助的人士组成。其中柴进仗义疏财，先后资助了王伦、宋江、武松、林冲等大腕；李应、杜兴、杨雄、石秀、解珍、解宝、孙立、乐和、邹渊、邹润、孙新、顾大嫂成就了宋江初出茅庐第一功；朱仝、雷横先后以权谋私释放了梁山两位带头大哥晁盖和宋江；徐宁大破连环马；朱富营救黑旋风；郁保四作为双面间谍破了曾头市，一举确立了宋江梁山新领导人的地位。

柴进由于其贵族身份，成为继关胜后又一血统论既得利益者。柴进唯一的长处就是好客，当然这些花销都是大宋政府买单，柴进乐得做好人，柴进获得了第10把交椅的好位置。

李应、杜兴、杨雄、石秀、解珍、解宝、孙立、乐和、邹渊、邹润、孙新、顾大嫂是攻破祝家庄的首席功臣，李应、杨雄、石秀、二解都如愿以偿地进入天罡星。扑天雕李应如我在《李应篇》所述，是个了不得的人才，同时也是大地主，宋江为了拉拢他，给予第11把交椅的厚爱，和柴进同掌梁山钱粮。但是宋江不得不防备李应，所以派遣的只是虚衔，副手永远不能和正职相比。

杨雄因为杀老婆，风格和宋江很接近，所以和帮凶石秀一起攀上高枝。两人一是第32位，一是第33位。作为挑起梁山和祝家庄战斗的导火索，宋江没有忘记他们的点火功能。杨雄的武艺，尚不如石秀，但由于有"杀妻"成绩，所以还在石秀之上。

二解唯一能拿得出手的就是杀死老虎，虽然说这老虎是自己踩窝弓上，和武松、李逵的打虎不能相提并论，但这就是成绩，谁也抹煞不了！所以二解分别占据第34、35位的位置，幸运地和宋江等人齐身而坐。

孙立比较背，作为登州派的老大，还在小兄弟二解之下！只能怪他为了邀功请赏，杀了自己的师兄栾廷玉。江湖好汉什么都能做，就是唯独不能做叛徒，所以孙立即便和呼延灼本领相当，也只能郁闷地坐在地煞群体里，尚在朱武、黄信之流之下。但是孙立比郁保四和白胜强，郁白二人出卖的竟然是自己的老大，所以他们只能到最后去列席旁听。

乐和、邹渊、邹润、孙新、顾大嫂几位作为登州派的附属品，排名已经靠后了。说唱歌手乐和是办事小吏，同时作为孙立的妻舅，列第77位，其实很大程度上还是看在孙立的面子上；二邹作为唯一的叔侄组合，是前登云山的头领，但是登云山的实力几乎可以忽略，一共才八九十人，心腹也不过二十人左右，属于标准的"十几个人来七八条枪"，两人实力一般，因此一个是第90位，一个第91位；孙新顾大嫂相对比较委屈，这两人是维系登州派的纽带，但是重男轻女的古代，也只能安排他们到后面的位置，孙新第100位，顾大嫂第101位，夫妻俩"妻唱夫随"开起夫妻老婆店。孙新是个很不错的男子汉，作为孙立的亲弟弟，和哥哥地位相差悬殊，但也没有什么怨言，是个服从组织分配的好同志。

朱仝和雷横是梁山老大的最正宗恩人，没有他们，梁山早更新换代了，所以两人哪怕实力一般，也能成为高层领导。朱仝是关胜的特型演员，人品相对较正直。基于这两点，朱都头竟然能够超过武都头，列第12位；雷都头就略差点，心胸有些狭窄，喜欢吃拿卡要，所以离昔日搭档远了些，第25位。

徐宁是被表弟汤隆欺骗上山的，作为有特殊技能的专家，大破呼延灼的连环马阵，功莫大焉！而且金枪手徐宁的战斗力和董平、张清不分上下，所以靠实力给自己谋了个好位置，第18位。

朱富是朱贵的弟弟，李云的徒弟，由于设计解救了宋江的小弟李逵，所以也一跃成为梁山的恩人，虽然只是第93位，但是已经在师傅李云的第97位之上了！同样的案例还有侯健、薛永，侯健是薛永的徒弟，但侯健是第71名，而一招之间能够掀翻穆春（第80位）的薛师傅，最终的排名却是区区第84位，相当不公。此无他，唯利益驱使耳。

郁保四真应该郁闷，正是他的反水，导致宋江破了生死大敌曾头市，但是最终只是落到扛大旗的尴尬局面，第105位。但江湖有江湖的生存法则，出来混迟早要还的，做了叛徒，就一辈子别想翻身，想想白胜吧，他比你还郁闷。

梁山恩人系列一半在天罡，一半在地煞，但两极分化严重，天罡群体待遇尚算不错。但是地煞群体排名相当靠后，从这一点看出，恩人系列没有得到"涌泉相报"，地位还在心腹系列之下，也就是说，即便是恩人，也要分个三六九等，相时而动。

梁山元老系列虽然只有九人，但是影响力深远。林冲、刘唐、三阮、宋万、杜迁、朱贵、白胜开创了梁山基本格局！

林冲的功劳自不必表，大伙都看在眼里。老实说，他排第5位是无人可以非议的，但是由于DNA的不足，无奈屈居第6位；刘唐和三阮是黄泥冈七雄战友，没有他们，就没有梁山发展壮大的资金，因此全部顺理成章地进入天罡星，分列第21、27、29和31位；值得一表的是三阮，他们是梁山水军的奠基人，没有三阮，梁山始终只能干些投机取巧的勾当。

宋万、杜迁、朱贵是梁山公司工龄最最悠久的成员，但是地位十分靠后，分别是第82、83和92位。只能说作为王伦时代的产物，宋江对他们完全不信任。不过由于他们的先天能力不足，宋江倒不至于寝食难安。

白胜是黄泥冈事件穿针引线的关键人物，作为一个优秀的表演天才，牵动了情节的顺利发展，哪怕实力再不济，应该也可以取得较好的位置。但是白胜千算万算，算错了一件事，悔不该出卖证据已经确凿的晁天王！而正是他这一污点行为，成为人人鄙视的叛徒代表，梁山地位当然不高，排倒数第三。

梁山元老如同恩人系列，两极分化严重，人数又较恩人系列少，而且出现了可耻的叛徒，所以吃的蛋糕比恩人们还少，这也是理所当然之事。

结盟系列是人数最多的一个系列，高达四十人，占全部人数的三分之一还多。结盟者指的是梁山先后收纳的大大小小附属联营山头的头领，这个系列就比较复杂一点了。

这四十人，分属十一座山头，分别是：

二龙山：鲁智深、武松、杨志、曹正、施恩、张青、孙二娘

少华山：史进、朱武、陈达、杨春

揭阳镇：穆弘、李俊、张横、张顺、童威、童猛、穆春、李立

饮马川：裴宣、邓飞、孟康

黄门山：欧鹏、蒋敬、马麟、陶宗旺

清风山：燕顺、王英（妻扈三娘）、郑天寿

对影山：吕方、郭盛

枯树山：鲍旭

芒砀山：樊瑞、项充、李衮

白虎山：孔明、孔亮

桃花山：李忠、周通

这些联营山头的领导当中，天罡只有鲁智深、武松、杨志、史进、穆弘、李俊、二张八人，仅仅占据全部人员的20%！算是比较吃亏的群体。

十一座山头里面，二龙山实力最强，得到的蛋糕也最大。三个大领导鲁智深、武松、杨志都曾经是官府中人，而且武松还是宋江的结义兄弟，三人手段高强，所以三人分别排第13、14、17位。曹正、施恩、张青、孙二娘四人武艺一般，所以比较靠后。曹正作为林冲的徒弟，没学会师傅这般本事，竟然只会杀猪宰羊，只能列第81位；施恩由于其地方小恶霸身份，武艺低微，连蒋门神都可以轻松搞定他，排第85位；孙二娘夫妻原本就是开夫妻老婆店的，业务娴熟，但由于卖人肉不是什么正当职业，因此排顾大嫂夫妻之下，分列102、103位。这也是平衡艺术的需要，不能把二龙山七雄全部拔得太高，否则会引起其他人的不满，况且二龙山有说话作用的只是鲁武杨，其他人可以不予考虑。

有趣的是，二龙山上，杨志坐第二把交椅，在武松之上，但在梁山上却倒了个个儿。不过杨志无所谓，他是一心等待招安，区区排名对于杨家将后代来说，看得并不是那么重要。

少华山也取得不错的利益。史进是出场最早的好汉，朱武三人是最早的强盗，引导了《水浒传》的发展。四人里面，史进作为禁军教头大武术家王进的徒弟，加上和鲁智深的铁杆朋友关系，坐第23把交椅；朱武由于是替补军师，成为地煞之首，同样出于平衡需要，陈达、杨春这暗扣第一回出场的猛虎、毒蛇的人物，一个排第72位，一个排第73位。

揭阳镇有八人：穆弘、李俊、张横、张顺、童威、童猛、穆春、李立。其中穆弘、李俊、张横、张顺是天罡星。穆弘是揭阳镇大地主，由于白龙庙英雄救了宋江，在他家召开黑帮大会，再次大闹江州，活捉黄文炳，穆弘属于基地组织的老大，因此他作为无良地主，能够狠心烧自家房屋的辣手角色，得到了宋江的赏识，成为揭阳镇一派中地位最高的人，第24位。

李俊、张横、张顺三人是宋系水军头目，严格来讲张顺不应该属于揭阳镇一脉，但是由于哥哥张横的关系，所以也归入这一派。晁系水军有三阮，宋系水军当然不能比他少，不多不少也正好是三位，而且有趣的是，李俊"正好"在阮小二之前。张横"正好"在阮小五之前，张顺"正好"在阮小七之前。这就很有点意思了，恐怕不仅仅是用"巧合"二字来解释那么简单！

不得不说说李俊这人，李俊能成为水军八杰的领导，源于两方面：一是他有二童作为跟班，这是水军将领中独一无二的现象；二是他先后两次从李立和张横手上救了宋江性命。正是李俊这两个重磅炸弹，使他能成为水军将领的NO.1。而二童作为他的副手，和降将副手一样，理所当然地落到地煞群体里去，一个列第68位，一个是列第69位，说高不高，说低不低，毕竟梁山水军是梁山的第一道屏障，不能不重视。宋江虽然这么重视李俊，李俊最后也没有为他尽了愚忠，征方腊后，和二童远走海外，当了泰国国王，一生逍遥快活去了。

穆春作为穆弘的弟弟，没有分享到胜利的果实，只是由于他武功露了底，被病大虫薛永轻松放倒，所以他只能靠后站了，第80位，和哥哥待遇相差很大。穆弘比他聪明，始终没有动手，所以他能隐藏自己的真正实力，得到好待遇。穆家兄弟的故事告诉我们一个道理：不如藏拙。

李立仅仅是第96名，这个就相对较低了。如孙二娘一样，李立也是卖人肉发家的，梁山好汉始终鄙视这种下三滥的生意，所以哪怕李立资格再老，也只能去做酒店接待。

以上三个山头都有天罡星出现，但其他的山头就没那么运气了——他们全部是地煞群体，流寇就是流寇，和降将不能比的。

裴宣、欧鹏、邓飞、燕顺分别作为饮马川、黄门山和清风山的领导核心，分列第47、48、49、50位。要说这清风山出场很早，对宋江又有救命之恩，怎么着也不至于落到其他两山之下啊。只不过裴宣、欧鹏两人一为孔目出身，一是军官落草，所以能够超过羊马贩子燕顺，而具有讽刺意味的是，喜欢赌博的邓飞（小说中说他好"关扑"，关扑是宋代流行的一种赌博活动，而不是相扑），将全部家当押上，让文人裴宣为尊，而自己也收到相应回报，压过燕顺的风头。

数学家蒋敬是梁山集团的总账会计，梁山好汉需要一个任劳任怨的黄牛级人员，蒋敬首当其冲，排第53位。接下来就是宋江最喜欢的两位男花瓶，小白脸吕方、郭盛。这两人名义上是宋江的贴身保镖，实际上纯粹就是做做样子而已。作为小商人出身的他们，虽然不能和官员比，但比大多数的联营山头头领，位置要高很多，一个是第54位，一个是第55位，可惜了郭盛还是大侠郭靖的先辈。

矮脚虎王英纯粹是沾了老婆大人的光，扈三娘是难得能和呼延灼交手场面好看的女英雄，自然不能如同孙、顾二女一样排那么后面，而流氓王英作为她丈夫，压过妻子，侥幸能够排到第58位，扈三娘这般英雄，竟然还要排在他下面。

枯树山的鲍旭出场很晚，而且是唯一的光杆司令，身份十分可笑。但是由于是李逵招募的，所以位置也不错，第60位。

第61位的樊瑞是个人才！梁山的其他小联营山头，人员大多三五百人，稍微大点的二龙山也不过七八百人，少点的对影山只有一百多人，都是些小打小闹的角色。但是芒砀山的樊道士不一样！他召集了整整三千人马，而且妄图吞并梁山！气魄、胸襟都够大的，可惜实力和梁山比，还有不少差距，因此不仅没有实现理想，反而被梁山吞并了。所以我们看见，作为最大的一个子公司的老总，排在那么多的子公司老总下面，仅仅比花拳绣腿的白虎、桃花二山略高。只能说你太不识时务，别人看见宋江都来不及下跪叫哥哥，你怎么胆敢让老大叫你老大呢？不给你穿小鞋，真正没有道理了。而且樊瑞上了梁山后，立刻被架空，成为公孙胜的徒弟，两名小弟项充、李衮随即被安排到李逵的帐下听命。

紧跟樊瑞的是宋江的"得意高足"孔明、孔亮。这俩地主少爷就是草包两个，师傅这点三脚猫水平，徒弟如何可想而知。而且落草原因只是邻里纠纷，这才杀人上山，人品十分低下，排第62、63位真便宜了他们。

排第64、65位的是樊瑞的小弟项充、李衮，由于后来转跟李逵，所以排名不上不下，若是两人紧跟前老大之后，樊瑞脸上真下不来。

排在再后面的全部是联营山头的小弟：马麟、孟康、郑天寿、陶宗旺，这四人处于中间偏后的位置，恰如其分。

最有意思的就是李忠和周通，如我在李忠、周通篇所说，这两人优点乏善可陈，缺点数不胜数：吝啬、好色、小偷小摸、没有义气，是所有联营山头中人格魅力最低的，所以成为联营山头中的凑数之人。身为桃花山的老大，竟然还不如其他山头的小弟来得显赫！两人一排第86位，一排第87位，仅仅比卖人肉的李立、孙二娘夫妻好点。

结盟系列人数虽然最多，但是由于出身不好，因此即便他们对宋江毕恭毕敬，也难以获得什么好位置，算是个比较失败的团体。

特技系列：这个系列指的是有一技之长的专用人才，一共五人，包括：萧让、安道全、皇甫端、金大坚、宋清。这个系列有三大特点：第一，全部都由手无缚鸡之力的人士组成；第二，没有一个天罡星；第三，和心腹系列一样，是全部生还的团体。

专有人才好比当今的技术骨干，因此梁山上再崇尚武力，却也离开不了他们。五人当中，萧让排第46位，两位医生安道全、皇甫端分列第56、57位，金大坚排第66位，宋清排第76位，相差几乎十名一位，相当巧合。

萧让的主要工作就是写写布告，发发通知，相当清闲。如果把宋江比作皇帝，萧让就类似翰林院的中书舍人，专门为皇帝起草各类文书。两位医生一位看人，一位看马，分工明确，秩序井然，合作相当愉快。金大坚的工作还要清闲，萧让要不停写每月工作报告，金大坚只要刻一次印章就够永久使用了，所以虽然他和萧让同时上山，名次却差了二十位。宋清是老大的亲弟弟，唯一的太子党，虽然说铁扇子就是废物的意思，但是看在老大的面子上，还真不能不把他当回事，宋清捏惯锄头的双手改成掌大勺，成全了专门排宴席这个奇怪的职业。

这五人由于自身特长，因此萧让、皇甫端、金大坚三人征方腊前就被朝廷留用，神医安道全也半路返回，顺利保住性命。宋清没什么花头，朝廷不需要农民，所以一直留在宋江身边，因此安然无恙。特技系列和倍受照顾的心腹系列一起，创建了七大系列中没有阵亡人员的"奇迹"。

特技系列由于战斗力低下，所以不可能有天罡星的存在，宋清即便是老大的弟弟，宋江也不敢徇私。表面上看起来，这个系列比较失败，但是实际上，最终快乐一生的，也就是他们几人。比方萧让，做蔡京的门馆先生一辈子，悠然自得，对于宋江来说，无疑是个极大的讽刺。

但是由于没有任何一名高层领导，所以我还是把他们归纳在结盟系列之后。

　　最后就剩下散客系列了。这个系列人如其名，全部都是由四方游客加盟梁山的，属于鸡鸣狗盗之辈，包括：杨林、侯健、薛永、汤隆、蔡福、蔡庆、李云、焦挺、石勇、王定六、时迁、段景住。其中名次最高的是杨林，排第51位，其次是排第71位的侯健、第84位的薛永、第88位的汤隆，至于二蔡、李云、焦挺、石勇、王定六、时迁、段景住，全部落到90名以外去了，时迁、段景住两位小偷，成为排名最后的人物。

　　这个系列是最可怜的群体，由于没有强硬后台，也根本得不到说话的资格。杨林是他们当中地位最高的人，但也不是看在杨林的自身本领上，而是杨林的社会关系相对较好：公孙胜是他的引路人，戴宗是他的结拜大哥，他自己又是饮马川邓飞、登州派邹渊的好朋友。正是这四条关系绳，使杨林成为这个群体中的幸运儿。

　　侯健和薛永是师徒俩，但是师傅不如徒弟。由于徒弟侯健是天下第一针织高手，所以专门给梁山军队缝制战袍旌旗，而且在捉拿宋江最咬牙切齿的仇人黄文炳一役中，侯健是卧底眼线，正是这两个作用使他超过走江湖卖药的老师薛永。

　　汤隆是军官后代，又是徐宁的表弟，同时又是著名的铁匠，引路人是李逵，所以他的排名在散客系列中较靠前，也很吉利：第88名，换成现代，他的号码可以卖个大价钱。

　　二蔡是最不愿意上梁山的，也很难说是卢俊义的心腹，所以只能再靠后；李云是唯一不喝酒的好汉，因此和大家显得格格不入，舍弃了武术，主抓房屋建筑去了；焦挺擅长的只是相扑，况且也未必是燕青对手；石勇唯一的功劳就是送了一封家书，属于邮递员性质；王定六还不如石勇，和郁保四两人雄赳赳气昂昂去东平府董平处下战书，结果被打得皮开肉绽、屁股开花，丢尽了梁山的脸；时迁是个好手，如我《时迁篇》所赞，但是他曾经是盗墓贼兼偷鸡贼，所以被强盗们看不起，排倒数第二；段景住不仅是盗马贼，而且是超级菜鸟，两次贩马都失手了，而且栽在同一敌人曾头市之下，他不最后一位谁最后一位？

　　散客系列战绩相当差劲，几乎全部人员的名次都十分靠后，当之无愧地成为分蛋糕活动中最失败的一伙。他们没有后台，所以出现这种结局完全在情理之中。

　　梁山最终的座位排名，虽然存在个别不合理之处，但是已经尽量照顾到了所有人员的利益。这份名单，凝聚了宋江和吴用好几天的心血，两人苦思冥想，死了无数脑细胞才得出了一份比较圆满的答卷。

　　但是宋、吴两人苦心经营的文案，如果直接宣布最终结果，势必会引起轩然大波，因为这不是一个十全十美的策划。假如谁不满了，拉起队伍下了山，刚团圆的局面就立马破坏了，哪怕表面团圆，但是内部未必团圆，有内讧的团队是不容易合作的。宋江毕竟是厚黑专家，一记"乾坤大挪移"轻松将难题化解于无形，他的计划就是：利用陨石这个难得的天文现象，预先埋下石碣，由此计划天衣无缝！

　　当宋江、吴用挖掘出这块"天上掉下的大石碑"的时候，哪怕这份最终名单再有不合理之处，当事人也只能默默咽下这口气，因为这是"上天旨意"，信奉"替天行道"的梁山好汉自然不能"逆天行事"，否则要被"天打雷劈"。且看宋江的恩威并施：

　　　　当时何道士辨验天书，教萧让写录出来。读罢，众人看了，俱惊讶不已。宋江与众头领道："鄙猥小吏，原来上应星魁，众多弟兄也原来都是一会之人。上天显应，合当聚义。今已数足，上苍分定位数，为大小二等。天罡、地煞星辰，都已分定次序，众头领各守其位，各休争执，不可逆了天言。"众人皆道："天地之意，物理数定，谁敢违拗？"宋江遂取黄金五十两，酬谢何道士。

　　好一个"都已分定次序，众头领各守其位，各休争执"！好一个拉大旗作虎皮的勾当！宋江顺利解决了梁山最难的人事关系，从此一路顺风，拥有了自己升官发财的强大资本！

　　宋江、吴用、道士何玄通三人相互勾结，顺利将梁山成立以来最棘手的问题解决掉，可谓费尽心机。道士何玄通的名字很有寓意：哪里来的玄妙神通！从这个茅山道士一出场装模作样辨认"天书"开始，这就注定了宋江和方腊的相同之处：借口宗教愚弄百姓，只不过方腊托辞西域摩尼教，而宋江借口中国传统的鬼神学说，仅此分别而已！

宋江没有亏待何道士，给予双簧演出的报酬很丰厚，黄金整整五十两，这个红利是小霸王周通讨"老婆"聘礼的两倍多！何道士大发一注横财后，相信可以好好干一番事业了。

《水浒传》的故事起始于石碣，聚义于石碣，当宋江死后，他的墓前，照样也会立一块石碣，而有趣的是，三阮老家，竟然也叫石碣村，阮小七最终还在石碣村打渔为生。整本《水浒传》，严格地讲，可以别名《石碣记》，和号称《石头记》的《红楼梦》交相辉映。

梁山的排名技巧，凸显了人事管理的精髓，成为历来管理者学习的典范！

精妙绝伦的梁山招安艺术

宋江主导的受招安计划，成为古今中外读者声讨、诟病其人的最大口实，正是他的这一最大昏招，直接导致了梁山好汉的悲惨命运。

平心而论，宋江受招安计划的目的没有错。宋代教育，视"男盗女娼"最为侮辱门庭，所以为了死后的名誉，宋江于公于私都坚决要改变其强盗的身份。错的是招安结果和目的背道而驰，梁山好汉受招安后，随即和同盟起义军同室操戈，最终二虎相争，两败俱伤。宋家军付出极大代价惨胜后，能够侥幸生还的，大多辞官归隐，部分顽固不化妄想飞黄腾达的，也多数被朝廷以卑劣手段暗杀。梁山好汉不仅没几个能"光宗耀祖"的，而且连顺利活下去，也成为一种奢望。

封建统治者面对农民起义，一般通过四步走的方针：诚饬、法律惩治、镇压和招安。宋江的受招安，全程也符合上述的流程。当梁山势力越来越大的时候，朝廷派遣秦明、呼延灼、关胜等征讨，不仅没有实现预期目标，反而更加发展壮大梁山势力；当宋江反客为主，从被迫应战到主动出击时（关胜收服水火二将；拈阄分打东平、东昌），实际上已经宣告了此时梁山的实力非同小可不得不防了。朝廷镇压无效，只能去招安；而宋江已经将周围富裕的城市洗劫一空，坐吃山空的局面岌岌可危，所以也只能接受招安。双方周瑜、黄盖你情我愿，眉来眼去暗通款曲，只是为了保证利益分配最优化，所以才进行了旷日持久的讨价还价工作。

宋江的招安，用个成语形容叫"一波三折"。

梁山泊英雄排座次发生在宣和二年孟夏四月，而发生招安事件的导火索是来年的元宵灯会，即宋代传统的上元节。

从夏天到新春，这半年多时间里，宋江策划了良久。宋江不像方腊那样有雄心壮志，他只不过指望捞个一官半职，去除脸上两行金印而已。

宋江喜欢看热闹，尤其喜欢看灯会，譬如当年在清风寨就和花荣一起看小鳌山灯火晚会，结果险些命丧刘高之手。都说"吃一堑长一智"，这宋江怎么就不长记性呢？竟然要深入虎穴，去京师看灯火晚会。

宋江看灯只是借口！本意是亲自出马刺探朝廷的动向！所以我们看到，对于此次间谍活动，宋江一共派遣了十位头领随同他下山赏灯：柴进、史进、穆弘、鲁智深、武松、朱仝、刘唐、李逵、燕青和戴宗，军师吴用也心领神会，大拍领导马屁，安排五虎将率领一千马军作后应，而后续发生的故事也验证了吴用的眼光确实有独到之处——宋江的单边行动，总要闹点花絮才符合其一贯风格。这个看灯阵容全部是天罡星大集合，相当豪华，堪比"银河舰队"。

宋江原本只打算带柴进、史进、穆弘、鲁智深、武松、朱仝、刘唐七人出行。其中柴进的贵族气息是独一无二的，而其余六人都是彪悍勇猛之士，作为防卫武装力量，保护宋江一个人的人身安全，绰绰有余。但是由于铁杆小弟李逵也闹情绪要去，宋江无奈，只有再安排燕、戴这两个能镇住李逵的人物随同。由此强大的梁山旅游团浩浩荡荡地出发了！

北宋末年，政治腐败，管理松弛，即便对于宋江这样的危险分子，也没有严格的流动人口审查制度，所以在元宵佳节前期，宋江等人能够大摇大摆走进汴梁，这对于京城守卫系统来说，也算是个莫大的讽刺。

宋江本意绝非看灯这么简单。元月十四日晚八点，宋江、柴进、戴宗、燕青四人结伴出行，独独留下李逵看房，四人看了一会灯火，宋江果然展露其英雄"本色"，对燕青低声道："我要见李师师一面，暗里取事。"

李师师是谁？大宋徽宗朝第一艺伎！皇帝的相好！顶级夜总会第一牌子！宋江要走她的关节，"暗中取事"是什么了不得的事？无他，唯招安耳。

不得不佩服宋江的高瞻远瞩！宋江知道"枕头上的关节最快捷"！而事实也印证了宋江的计划是相当成功的，梁山受招安有两大功臣：李师师和宿元景，两人中李师师是出力最大的。都说"美人一笑千金买"，这李小姐的回眸一笑，撮合了大宋政府和梁山之间的一切恩恩怨怨，又岂是区区一千两黄金能够买卖的？！

梁山和李师师的非正式单方面会晤一共有三次，这是第一次。这种高档娱乐场所，门脸吓人，其实也不过是贪图钱财而已。当燕青向老鸨许诺赠与千百两金银时，宋江终于如愿以偿地见到了传说中的花魁小姐。但是宋江运气很不好，宾主双方刚互致节日的问候，还没来得及切入主题——皇帝来了。

正主到了，宋江等人只能落荒而逃。此次会晤虽然没有取得实质性进展，但给双方都留下了不可磨灭的深刻印象。宋江念念不忘的是李师师的貌，而李师师刻骨铭心的是燕青的才。

宋江出了李师师家大门，突然建议再去隔壁的赵元奴家拜访——这赵元奴是皇帝的民间另一相好，李师师的对手兼同行，也是风月场所的著名交际花。与其说宋江好色兼好奇，不如说他是处心积虑再攀关系户，给自己尽量宽阔的沟通桥梁。

燕青这次却没有盲目听从，对赵老鸨开价银子一百两作为见面礼，赵老鸨回复很干脆："女儿（赵元奴）不快在床，相见不得。"其实赵元奴的身体好得很，吃嘛嘛香，只是这区区一百两银子实在寒酸，老鸨根本不屑一顾而已！

相对李、赵二女，燕青开出的会面代价相差悬殊，而正是燕青这一临时私自变动，成就了李师师的千秋大业。所以说机遇对人很重要，名垂青史的机会就这样和赵元奴擦肩而过了。李师师和燕青的故事成为千古风流佳话，连央视《水浒传》最后都将他们结局设计为泛舟归隐在一起，成为"只羡鸳鸯不羡仙"的典型代表，但赵元奴下场如何，史料记载不详。

宋江没有见到赵元奴，只好失魂落魄继续逛街，途经一座酒楼，无意间听见假扮客商的史进、穆弘两人在里面大声唱歌。书中写道：

> 只听得隔壁阁子内有人作歌道：
> 浩气冲天贯斗牛，英雄事业未曾酬。
> 手提三尺龙泉剑，不斩奸邪誓不休！

宋江听得，慌忙过来看时，却是九纹龙史进、没遮拦穆弘，在阁子内吃得大醉，口出狂言。宋江走近前去喝道："你这两个兄弟吓杀我也！快算还酒钱，连忙出去！早是遇着我，若是做公的听得，这场横祸不小。谁想你这两个兄弟也这般无知粗糙！快出城，不可迟滞。明日看了正灯，连夜便回，只此十分好了，莫要弄得撇撒了！"史进、穆弘默默无言，便叫酒保算还了酒钱。两个下楼，取路先投城外去了。

宋江为什么大发雷霆？表面上看，宋江气的是自己带的下属，竟然这般鲁莽，在人群拥挤之处高喊"惩治腐败，振兴大宋"的口号，泄露自己行踪；但是实际上，宋江气的是，现在梁山的最大目标是招安，是投降，而不是以前的"反贪官不反皇帝"！那个已经过时了！不新鲜了！你再喊挑刺口号，这不是给对方难堪么？况且这史进、穆弘两人不是没有文化的人啊，我选他们同行正是由于两人都是地主少爷出身，多少读过书的，怎么这般不明白我的良苦用心呢？太让我失望了！虽然这诗的内容很好，没有任何和大宋现行政策相抵触的地方，而且音律优美、琅琅上口，简洁明了、磅礴大气，但是不管怎么样，和我宋江的土政策不吻合了，就必须终止！所以史进、穆弘两人，也只能"默默无言"买单走人！

过了一夜就是元宵佳节，宋江依旧进行他的招安计划——再次拜访李师师。但这次的效果也不理想，宋江刚刚暗示了自己的身份和目的，李师师还没看明白，皇帝又来了，这次随同前来的还有四大奸臣之一的太尉杨戬。

宋江等人闪在黑暗里寻觅时机：

宋江在黑地里说道："今番错过（和皇帝见面），后次难逢，俺三个（宋江、柴进、燕青）就此告一道招安赦书，有何不好！"柴进道："如何使得？便是应允了，后来也有翻变。"

宋江的确是被功利熏昏了头，作为朝廷最大的造反头子，竟然妄图用这么异想天开的方法去沟通交流！柴进毕竟是贵族出身，一听说这么赤裸裸的计划，当场一口否决。

梁山主动联系大宋政府的一号计划被宋江的心腹李逵破坏殆尽！宋江的个人阴谋彻底宣告流产。宋江虽然很生气，后果也很严重，但是没有办法，梁山主动向朝廷抛去的橄榄枝，被自己最心腹的小弟狠狠掐断，现下唯一的机会就是等待大宋朝廷来下书修好了。

而另一方面，朝廷也无时无刻不关心梁山的动向。大宋政府一贯重文轻武，不到迫不得已不会擅动刀兵。所以在御史大夫崔靖的建议下，第一次招安开始了！这一次招安，朝廷对自己的定位很不准确，而且事实也证明了一条菜场铁律：漫天要价，着地还钱。

梁山作为卖家，自忖奇货可居，待价而沽；大宋政府作为买家，暗思自己家财万贯，身份、地位尊崇，对于弱势群体的梁山小贩，象征性地给两个就可以了。

所以陈宗善作为此次招安的首席长官，一开始就注定了他的悲剧结尾——朝廷给的资本实在太少了！

朝廷给的代价是诏书一份、御酒十瓶。怎么看都是相当低廉的资本——阮小七一个人就能喝四瓶，区区十瓶对于百八英雄来说，当得甚事？一人难道喝一口？再说这诏书，完全就是一份训斥警告书：

萧让展开诏书，高声读道：

制曰：文能安邦，武能定国。五帝凭礼乐而有疆封，三皇用杀伐而定天下。事从顺逆，人有贤愚。朕承祖宗之大业，开日月之光辉，普天率土，罔不臣伏。近为尔宋江等啸聚山林，劫掳郡邑，本欲用彰天讨，诚恐劳我生民。今差太尉陈宗善前来招安，诏书到日，即将应有钱粮、军器、马匹、船只，目下纳官，拆毁巢穴，率领赴京，原免本罪。倘或仍昧良心，违庚诏制，天兵一至，龆龀不留。故兹诏示，想宜知悉。

宣和三年孟夏四月　　　日诏示

172

这份诏书，完全就是当面骂人！买家将自己摆在高高在上的地位，肆意侮辱卖家尊严。可以说，除了宋江，梁山没有一个人是满意的！所以哪怕是文盲黑旋风李逵，也第一时间听明白了，按捺不住一把扯碎了诏书，要不是宋江百般维护，陈宗善凶多吉少。

风波表面上看，好像暂时平息了，然而由于带来的御酒被阮小七掉了包，皇家御酒变成了村酿白酒，这是一种多么大的侮辱！就好像做生意，卖家本来就不太高兴，买家再故意给假币，谁能忍下心头的腾腾怒火？

由此而来第一次招安以双方价钱谈不拢而告吹。买家吝啬，毫无诚意，陈宗善下属的两名谈判代表蔡太师府张干办、高殿帅府李虞候人品又相当低下，飞扬跋扈，骄横无礼，梁山没有杀了他们三个，已经相当客气。

生意没有谈成，却没有"生意不成仁义在"，大宋政府脸上挂不住，开始"强买强卖"——童贯童枢密，大宋最高国防部长，亲自率领十万天兵前来镇压！妄图以雷霆万钧之势一口吃掉这个胆敢藐视天威的水泊团体。

童贯率领的十万正规军，其中东京管辖的八路军州，各起兵一万，由各州兵马都监分管；另选点两万御林军守护中军帐，大将酆美、毕胜统领。这支军队，汇集了当时禁军的精华。

可以说，这八万兵马全部是护卫京师汴梁的外围精锐部队，加上皇帝的两万近卫队和无限量供应的武器、辎重、粮草，童贯有理由相信这支"虎狼之师"能够给他带来胜利。

童贯只看见了表面，但是深层的隐患他没有发觉。北宋军队分禁军、厢军、蕃兵和乡兵四种，其中禁军是正规化部队，担任主要战斗任务，不完全驻守京师，另出戍地方重镇，这样既能防止中央兵变，又防备地方割据，保证了整个封建统治的有序进行。宋代禁军实行招募制，士兵入伍要付予安家费和生活费，而且宋代文强武弱，要保证和北方的敌人开仗效果，只有招募大量的士兵，往往数目都能达到百万之巨。但即便如此，以步兵为主要兵种、弓弩枪棒作为主要武器的北宋军队，人数虽多，攻击力却远远不是以马军为主的辽、金、西夏等国军队的对手。所以我们看见，宋军内战内行，外战外行，屡战屡败后，只有继续招募士兵，从而形成一种恶性循环：招募士兵，要钱；打仗输了，赔钱；继续招兵，要钱；继续战败，继续赔钱……不停地赔钱下去。

都说有宋一代，三冗严重。三冗指冗官、冗兵、冗费。其中冗官是宋太祖赵匡胤定下的规矩：誓不杀大臣，宋代历朝皇帝奉为祖训，不敢违背。一旦为官，终生免死，最大惩罚也不过是流放谪居，譬如著名的大文豪苏东坡就曾被贬儋州、谪居惠州。有了这样的优待条件，宋代官员不仅高薪，而且人数高达数万，至于下属的办事小吏，如宋江之流，更是多达数十万之众！而冗兵正是由于四方敌国虎视眈眈造成，虽然也知道不妥，却也不得不"明知不可为而为之"，正是这内忧外患造成支付冗官、冗兵的费用年年增长，形成摆不脱的怪圈，最终形成第三冗：冗费。宋代的积贫积弱，相当大的原因正是这三冗。

宋代军队，如果实行退役制度，倒还好说，可叹禁军部队，一直养着那些士兵终老，以至于军队中老弱羸兵大量充斥其间，其战斗力如何，可想而知；另一方面，北宋的最高统治者，实行"皇帝集权、地方分权"政策，而对于军制，枢密院和三衙（殿前司、侍卫马军司、侍卫步军司）相互制约，互不统属，枢密院以文官为最高领导，相当于如今的国防部长，有兵权但无军队；三衙则恰恰相反，以武将为首席高层，有军队却无兵权，他们全部听命于最高领导——皇帝。一般来说，枢密院权力稍大，因为宋代一直以文制武。枢密院是真正的军事核心。

但正是这种人浮于事的制度，导致了打仗时，往往出现调兵遣将乱成一锅粥，"将不知兵，兵不知将"的现象，管理混乱，战斗力十分低下。以至于西夏军队得知自己的对手是宋代禁军而不是其他地方军，竟然高兴得以手加额、奔走相告，算是个黑色幽默。

说点题外话，林冲昔日官职是"八十万禁军枪棒教头"，可以肯定，禁军教头不止一位。因为小说中借陆谦之口曾说："几位禁军教头，哪个比得上兄长（林冲）？"而且林冲教授的军队人数不可能达到八十万之众，小说适当地夸张了人数范围。我们看到，王进是禁军教头，下文的丘岳、周昂两人也是禁军教头，他们很有可能都是林冲的当日同事。林冲的职位，最大可能是十万御林军（属于禁军精锐部队）的枪棒总教官，能够出入大内，所以高衙内认识他，而他也认识高衙内。

童贯率领十万"精锐"和宋江的十万草寇见面了，矛盾不可调和地产生，双方在梁山脚下，展开了大决战！

此役双方尽遣主力，宋江以逸待劳摆出九宫八卦阵，而禁军立足未稳，双方先锋官阵前交手，郑州兵马都监陈翥被秦明一棍打翻，禁军失了锐气，一溃千里，折了万余人马。第三日童贯听信酆美、毕胜二人建议，战线拉长，形成"一字长蛇阵"，结果又被吴用十面埋伏，大败输亏，其余七大都监全部丧命，酆美被活捉，童贯仅仅依靠毕胜的奋力帮忙才避免出现被生擒的尴尬局面，所带大军，只剩下四万有余，吃了个大败仗。

童贯两战损兵折将，高俅不服气！高俅比童贯聪明多了，作为殿前司太尉，鬼点子极多。童贯出征前，高俅就忠告过他："此寇潜伏水洼，只须先截四边粮草，坚固寨栅，诱此贼下山，然后进兵。"

高俅的政策是对的，敌人占据天时地利人和，自己劳师远征，只有步步为营、稳扎稳打才是正理。童贯嘴上一套，行动又是一套，和宋江展开硬碰硬的攻坚战，自然吃了大亏。

高俅生气啊，心想你童贯怎么把我的话当作耳边风呢？！只有自己亲自披挂上阵，去实现预期目标了。高俅远比童贯具有战略部署眼光：首先摈弃外强中干的正规军不用，改用招安过来的前草寇部队——十节度使。

十节度使每人领军一万，这就是十万大军。高俅同时召集金陵水军一万五千人，统制官刘梦龙率领；心腹牛邦喜专门调派大小船只；心腹党世英、党世雄兄弟率领最精锐的禁军——御林军一万五千人。剿匪部队人数达到十三万之多！

高家军实力远远强于童家军，不仅人数多，而且涵盖水陆两军，看起来可以和宋家水陆大军展开一场精彩的大战役！以至于宋江一听朝廷大军再次前来，兵力如此鼎盛，吓得手脚酸软。

平心而论，这次的政府军，确实能力相当突出：河南、河北节度使王焕能和林冲大战七八十回合不分胜负；云中雁门节度使韩存保能和呼延灼交手近百合不分上下；琅琊彭城节度使项元镇箭伤董平；中山安平节度使张开险胜张清，也难怪宋江内心恐慌。

但正是"一将无能，累死三军"。高俅虽然比童贯聪明，却也只是小聪明而已，此君治军混乱，军纪松弛，先是拖延时辰出发，而后带领歌女三十余人随军出征，一路纵容士兵为非作歹，滥报军功。试问这样的最高军队长官，又怎么能取得胜利？！

两军初次相遇，王焕和林冲斗个平手，荆忠死于呼延灼双鞭下，但项元镇箭伤董平，战绩各自一胜一平一负。但是在随即的士兵对攻战中，高家军还是压过宋家军的风头，挽回了些脸面。宋江一看不好，只有鸣金收兵，将全部希望押在梁山水军身上。

梁山水军如我在《水军篇》所赞，是一支每战必胜的威武之师、模范之师，面对高家水军的挑战，不慌不忙，先阻水路，再捉敌人，顺利实现了战前目标，而且活捉了高家军先锋党世雄。

第一次水战梁山军胜，高俅败退济州，终于见识到了梁山的厉害。下属徐京建议找个军师来抗衡吴用的鬼点子。十分巧合的是，最后找的这个军师也是一个小学教师，名叫闻焕章，在东京城外安仁村教学，当高俅去重金聘请闻军师的时候，梁山军趁热打铁，又捉走高俅手下大将韩存保。

高俅那个气啊，率领水军来复仇，但是吴用抄袭"火烧赤壁"片段，令刘唐放火烧战船，再次大败高家军，刘梦龙、牛邦喜、党世英三人尽皆丧命。

高俅这时候很尴尬，两战两负，进退两难。攻，未必奏效；和，心有不甘。恰好有个阴毒老吏王瑾，给高俅出了一道馊主意：在招安诏书上大玩文字游戏！

这份诏书，就是朝廷下的第二道诏书了：

制曰：

人之本心，本无二端；国之恒道，俱是一理。作善则为良民，造恶则为逆党。朕闻梁山泊聚众已久，不蒙善化，未复良心。今差天使颁降诏书，除宋江、卢俊义等大小人众所犯过恶，并与赦免。其为首者，诣京谢恩；协随助者，各归乡间。呜呼，速沾雨露，以就去邪归正之心；毋犯雷霆，当效革故鼎新之意。

故兹诏示，想宜悉知。

宣和　年　月　日

这份诏书，依旧浅显易懂，因为"之乎者也"满篇的骈四俪六文章，梁山好汉是看不明白的。这份诏书，言辞比第一次有很大改变，相当客气委婉，让人心中甚是受用。

高俅听了王瑾的话，将"除宋江、卢俊义等大小人众所犯过恶并与赦免"这一最关键的条件，故意篡改成"除了宋江（以外），（其余）卢俊义等大小人众所犯过恶并与赦免。"可以说，这一招相当损，一般人根本察觉不到！

但还是有两人看出端倪了，一个就是高家军随同军师闻焕章，他极力反对这种不厚道的行为，但是进谏无效；另一个就是著名的狗头军师吴用，吴老师大才没有，歪才一把，专门从细微处看人性，他不仅听出弦外之音，而且摇唇鼓舌，唆使花荣杀了念诏的官员。

由此第二次招安又宣告流产，高宋两军再次兵戎相见，得到数次侮辱的宋家军一鼓作气，三败高俅。

此战双方全部撕下伪装的面皮，杀得天昏地暗，宋家军不仅活捉了徐京、王文德等节度使，而且高家军后续增援的八十万禁军教头丘岳、周昂两人，一死一逃，所带人马，折损大半，连高俅也被张顺活捉上山。最后逃脱的，也只有武功最强的周昂、王焕、项元镇、张开四人而已。

连主帅都被俘虏了，标志着高家军彻底全军覆没！

在和朝廷讨价还价的过程中，梁山军以自己的实力给自己标了个好价钱。高俅虽然出尔反尔，言行不一，但是人质闻焕章是个相当重要的棋子——他是宋江的昔日旧相识太尉宿元景的老同学！

此时梁山和朝廷之间的关系，套用现下一句流行的词叫"政冷经热"，高层互不来往，但是私下的关系网还是很庞大的！梁山见朝廷再也没有兴趣主动沟通，只能曲线救国，一方面委派燕青打通李师师的关系；一方面利用闻焕章的关系，大量金银贿赂正气尚存的宿元景。

燕青虽然身份卑微，但是结拜李师师、贿赂宿元景、设计救萧让三件大事，全是他独立完成的。戴宗虽然也是秘密小分队队员之一，但没出半点力气。他的任务，就是监督燕青是否犯作风问题从而忘记招安大计——宋江还是要委派自己心腹去监督卢俊义的心腹。

梁山的"美男与金银齐飞，恩惠共威胁一色"得到全面开花。在李师师和宿元景两人的共同努力下，宋徽宗赵佶终于了解了事实的真相，万般感慨后，终于下了最后一道招安诏书：

> 制曰：
> 朕自即位以来，用仁义以治天下，公赏罚以定干戈，求贤未尝少息，爱民如恐不及，遐迩赤子，咸知朕心。切念宋江、卢俊义等，素怀忠义，不施暴虐，归顺之心已久，报效之志凛然。虽犯罪恶，各有所由，察其衷情，深可怜悯。朕今特差殿前太尉宿元景，赍捧诏书，亲到梁山水泊，将宋江等大小人员所犯罪恶，尽行赦免。给降金牌三十六面、红锦三十六匹，赐与宋江等上头领；银牌七十二面、绿锦七十二匹，赐与宋江部下头目。赦书到日，莫负朕心，早早归顺，必当重用。故兹诏敕，想宜悉知。
> 宣和四年春二月　日诏示

这份诏书，基本可以当作经典的表扬信来看，全文没有半句训斥，全是宽勉鼓励的话，而且通顺明了，不含歧义。

朝廷这次下的本钱，比之第一次不可同日而语：敕赐金牌三十六面，银牌七十二面，红锦三十六匹，绿锦七十二匹，黄封御酒一百八瓶，表里二十四匹。比之第一次的小气巴拉的十瓶御酒，简直是霄壤之别。

此次下诏的首席执行官，就是梁山的旧相识宿元景。老宿深谙绿林规矩，出手也很漂亮：第一口御酒由自己先行品尝，以表绝无二心。老宿绝对是个人才，知道"到什么山头说什么话"，我猜他大概也会两句"天王盖地虎，宝塔镇河妖"之类的江湖黑话。

这精神与物质双丰收的情况，符合了梁山大多数人士的虚荣心，虽然依旧有少部分人物不愿意招安，但历史的车轮滚滚而来，再也没有什么力量能够阻止它的前行。大宋政府和梁山集团各取所需，以一个合适的价格达成收购协议。

梁山终于得到了合法的身份。《水浒传》这本书其实已经真正结束了，当宋江委派梁山元老吴用、公孙胜、林冲、刘唐、杜迁、宋万、朱贵、三阮和弟弟宋清共同拆除梁山三关城垣、屋宇房舍的时候，梁山失去的，不仅仅是形式上的实体，精神上也不复存在了。"替天行道"的大旗，真正实现了"替"天行道。昔日风光，终成过眼云烟。

房子拆了，大伙也散了，梁山的宗旨也彻底散了。

宋江上梁山，属于造反，宋江受招安，属于归顺。造反，不仅可以带来黑道上的声誉，而且在史书上可以留下不同凡响的一笔；招安，能够改变臭名昭著的身份，获得比押司小吏丰厚得多的回报。宋江、吴用一起策划的招安计划，可圈可点，精彩绝伦！只可惜，比宋江更厉害的人物多的是，宋江虽然活着的时候享尽风光，但是寿命却委实短了点，所以说上帝对谁都是公平的。

正是：机关算尽太聪明，反误了卿卿性命！

从诗词看人性

　　梁山好汉，大多是草莽英雄，文化水准较低，多数人估计大字也不认识多少，像三阮、刘唐、李逵等不折不扣属于文盲一类，要他们冲锋陷阵自然专业对口，可若是要他们吟诗作对，恐怕勉为其难。

　　梁山百八好汉中文化水准最高的，大约是宋江。宋江虽然只是个押司小吏，但百回本的《水浒传》中，经宋氏出的诗词"作品"一共有九篇，其中不仅有诗，而且有词，算是文化素养最高的一位。其次可能是燕青燕小乙，有三首诗词留世。再次大约才轮到卢俊义、林冲、吴用等人。而武松不能算是文化人，他自小父母双亡，由哥哥抚养成人，接受教育的机会屈指可数。

　　都说"文如其人"，各人的诗词最能反映一个人的心境。这里面，宋江表现得最淋漓尽致！

　　宋江最著名的作品，无非在江州浔阳楼题的反诗：一阕《西江月》，一首七言绝句。

　　西江月
　　自幼曾攻经史，长成亦有权谋。
　　恰如猛虎卧荒丘，潜伏爪牙忍受。
　　不幸刺文双颊，那堪配在江州。
　　他年若得报冤仇，血染浔阳江口！

心在山东身在吴，飘蓬江海谩嗟吁。

他时若遂凌云志，敢笑黄巢不丈夫！

宋江虽然着了黄文炳的陷害，被安插了莫须有的造反罪名，但从严格意义上来讲，这两首作品本身，明眼人都能看出其对大宋政府的极端不满情绪！也难怪权欲熏心的黄文炳会浮想联翩。宋江是故意杀人犯，按照大宋律历，就应该一命偿一命，但是宋江依靠其复杂的关系网大肆行贿，而最终也不过是从轻发落、刺配江州而已，可以说，在这场官司中，宋江已经占了大便宜。然而宋江又是怎么想的？他想的完全是个人的复仇心态，而且这种心态已经扭曲，"他年若得报冤仇，血染浔阳江口！""他时若遂凌云志，敢笑黄巢不丈夫！"

宋江心胸狭窄，由此表露无余！相对比宋江，八十万禁军教头林冲也曾经在类似的心境下赋五言律诗一首：

仗义是林冲，为人最朴忠。

江湖驰誉望，京国显英雄。

身世悲浮梗，功名类转蓬。

他年若得志，威镇泰山东。

林冲和宋江不一样，宋江是阴谋戳穿这才故意杀人；林冲则完全是"人在家中坐，祸从天上来"，被黑暗的旧势力百般陷害，最终活生生地被逼上梁山。按常理说，林冲应该比宋江更有理由痛恨大宋政府才对！但林冲又写了什么？"他年若得志，威镇泰山东！"

同样是期冀将来，宋江想到的是以血还血，以牙还牙，百倍报复社会，诗词中充满戾气和阴狠。而这个目标他也顺利实现了，当李逵在浔阳江边大斧不管军民排头砍去的时候，确实"血染浔阳江口"，正是由于有宋江的"指导思想"，李逵才将无妄之灾变成事实。

林冲不一样，林冲是个悲剧英雄，他身上汇集了大多数中国人的特点：忍让、善良。即便对于这样令人发指的迫害，林冲也不过是杀了三个帮凶而已，对于真正的凶手高俅父子，林冲也没有如同武松一般转身回去灭他满门，即便梁山活捉高俅，林冲在宋江的恳求下，也放过了仇人性命。可以说，林冲是一个胸襟坦荡的好汉，一个顾全大局的英雄，所以他的目标，只不过是"威镇泰山东"而不是"仇家一扫空"！

再谈武松，武松的留言和他们又不一样！

武松之所以是好汉，得到绝大多数中国人的喜欢，和他的性格有莫大关联。同样是被官府迫害，宋江选择了花钱消灾，即便有万分不满，也只是深深埋藏在心底，只有大醉的情况下，才会表达出来；林冲选择逃避现实，借助酒精的力量麻醉自己的神经，他们两个，都选择了暂时忍让的策略。但是武松不一样，武松信奉的格言是"有恩报恩，有仇报仇"，张都监设下栽赃陷害之计，武松转身就灭了他满门，这个仇，虽然有滥杀无辜之嫌，却报得酣畅之至！

武松杀了人，一来出于自身文化水平的限制，写不出什么诗词；二来按照他的性格，估计也不会创作"景阳冈上曾打虎，都监府里也杀人。若问老爷名和姓，山东好汉武二郎"这样不伦不类的东西，所以我们看见：

武松拿起酒钟子，一饮而尽。连吃了三四钟，便去死尸身上割下一片衣襟来，蘸着血，去白粉壁上，大写下八字道："杀人者，打虎武松也。"

这八个字，简单扼要，绝不拖泥带水！力透纸背，直欲破壁而出。符合人物性格！武松之所以是好汉，正是由于他这明人不做暗事的作风和干净利落的性格！

再说燕青。燕青是所有好汉中"综合指数"最高的人物，如我在《燕青篇》所赞，燕小乙哥的聪明，那是真聪明！梁山的招安计划，如果没有燕青从中斡旋，恐怕还要再等几年，正是燕青对徽宗皇帝的两阙词，上达天听，才架设了梁山和朝廷之间的沟通桥梁！

渔家傲

一别家山音信杳，百种相思，肠断何时了。

燕子不来花又老，一春瘦的腰儿小。

薄幸郎君何日到，想自当初，莫要相逢好。

好梦欲成还又觉，绿窗但觉莺啼晓。

减字木兰花

听哀告，听哀告！

贱躯流落谁知道，谁知道！

极天罔地，罪恶难分颠倒。

有人提出火坑中，肝胆常存忠孝，常存忠孝。

有朝须把大恩人报！

　　燕青初次会面徽宗，自然不能上来就说："皇上明鉴，小人冤枉啊！"徽宗皇帝是个浪荡子皇帝，喜欢斗鸡走马，艺术水准极高，要想和他交流，必须要具有一定的共同语言才行，这一点，别说燕青明白，连高俅也深谙此道。

　　《渔家傲》是一阕相思艳词，这首倾诉男女感情的词一下子就俘虏了皇帝的心，使他顿时大起知遇之感。既然第一步顺利实现，接下来的"真情告白"也就顺理成章了。

　　燕青破了方腊，苦劝卢俊义未果，只好给宋江留言告辞。信中最后赋诗一首：

　　　　情愿自将官诰纳，不求富贵不求荣。

　　　　身边自有君王赦，淡饭黄斋过此生。

　　这首诗，不仅表明了事情原因和自己立场，而且涵义浅显，一望便知。对于皇帝，燕青要表述自己的才华，但对于宋江和广大战友，燕青只要说明情况即可，这首诗严格来讲已经近似山歌，接近三阮、白胜擅长的艺术表达形式，为梁山好汉所能够普遍接受。

说起山歌，小说中最喜欢唱山歌的人有三位：白胜、阮小五、阮小七。

白胜最著名的作品是黄泥冈上的悯农歌：

> 赤日炎炎似火烧，野田禾稻半枯焦。
>
> 农夫心内如汤煮，公子王孙把扇摇。

整本《水浒传》，唯一为农民阶级说话的也就是这首山歌了。白胜是什么人？一个无业的闲汉，他不像宋江等小官吏具有稳定的收入保障，也不像晁盖等地主老爷拥有大量固定资产，同时他也不是强盗可以不劳而获谋生，他只是一个最最平凡不过的普通人，一个被生活重担压迫的人，他要生活，要活下去，他知道农民劳动的勤勉辛苦，了解苛捐杂税的名目繁多，也痛恨这种不平等的现象，但是无力去改变。他唯一能做的就是将老百姓的心声以唱山歌的形式传播开来，希望统治阶级能够改善对社会最底层人员的政策。

白胜有美好的愿望，但是生活再次欺骗了他，当他走投无路的时候，这个一心等待政策调整的小老百姓，也只有上山落草实现理想了。

三阮严格来讲，唱的是渔歌而不是山歌。

小说中三阮共唱了五首歌，其中阮小二只唱了一首，而且还是照抄吴用陷害卢俊义的藏头诗，全无创意，抛开不谈；阮小五和阮小七可是有点即兴创作能力的文艺工作者。

在迎战缉捕巡检何涛的战役中，阮小五唱的是：

> 打鱼一世蓼儿洼，不种青苗不种麻。
>
> 酷吏赃官都杀尽，忠心报答赵官家。

阮小七唱的是：

> 老爷生长石碣村，禀性生来要杀人。
>
> 先斩何涛巡检首，京师献与赵王君。

这两首山歌，很多人都觉得不伦不类，尤其是最后一句话，完全就是宋江的口吻，一付投降派的作风，由此而来三阮招致无数口诛笔伐，什么"革命不彻底"云云。

其实这完全是个天大的冤案！从三阮一贯表现来看，他们是最最坚定的招安反对派之一，那么他们为什么要唱这么暧昧的歌？其实最后一句话，完全就是一种讽刺和挖苦！试想，"酷吏赃官都杀尽，忠心报答赵官家""先斩何涛巡检首，京师献与赵王君"这样的话，文中一种恐吓和威胁的意味不言而喻。

阮小五和阮小七不仅在这场遭遇战中表现了他们的"艺术人生"，而且在活捉二哥卢俊义的埋伏战中，再次展露了他们的即兴创作才华。

阮小五唱的是：

> 生来不会读诗书，且就梁山泊里居。
>
> 准备窝弓射猛虎，安排香饵钓鳌鱼。

阮小七唱的是：

> 乾坤生我泼皮身，赋性从来要杀人。
>
> 万两黄金浑不爱，一心要捉玉麒麟。

大哥阮小二比两个弟弟要差很多，此仗只唱了一首歌，而且还是抄袭吴用的，撇开不提。正是阮家兄弟这开门见山的直抒胸臆宣言，让卢俊义胆战心惊，从而达到未战先怯的预期效果。从以上不难看出，已经结婚的阮小二和未婚的两个弟弟是不同的，成家后的大哥哪来那么多闲情逸志唱歌解闷，倒是两个弟弟，作为快乐的单身汉，不仅歌声悠扬悦耳，而且涵义深刻，艺术水准极高。

有趣的是，梁山水军中不仅三阮喜欢唱歌，船火儿张横竟也喜欢唱歌。宋江当年误上张横的贼船，船到江心，张横开始展露歌喉：

老爷生长在江边，不怕官司不怕天。
昨夜华光来趁我，临行夺下一金砖。

张横是一个神仙路过也要抢一把的水匪，胆大包天，宋江听他表明身份，除了浑身酥软，别无出路。要不是混江龙李俊恰到好处的解围，宋江在"馄饨"和"板刀面"两种小吃中已选其一。

李俊是水军八杰中较有文化的人。征方腊，李俊二童一时大意，失手于太湖费保四人，误会消除后，李俊说动四人归降，其中引用唐朝国子博士李涉的诗：

井栏砂宿遇夜客
暮雨萧萧江上村，绿林豪客夜知闻。
他时不用相回避，世上如今半是君。

李涉昔年乘船去九江，路遇水盗，水盗头目听说他就是大名鼎鼎的李涉，不要钱财，只要李涉即兴赋诗一首，来考验他是不是浪得虚名。李涉内心大安，当场口占一绝，群盗折服，遂放过李涉。李涉趁热打铁，说动盗首弃恶从善，改过自新，而盗首也慨然应允，从而留下一段千古佳话。

平心而论，李涉这首诗，水准远不如他的其他作品传神，想必是心慌意乱情况下所作，最后一句话颇有拍马屁之嫌，但即便在那种情况下，他依然能够应景而作，不得不佩服李涉的文学素养确实高人一筹。

李俊不是李涉，他写不出这种风格的诗。但是李俊想必平时也爱看点《唐诗三百首》之类的书，能够恰到好处地引用说明，一举打动了费保四人的心。

李俊半世为盗，半世为官，当他把李涉这首应景诗讲述给同行听的时候，不仅保障了自己的生命，而且为破方腊重镇苏州立下汗马功劳。李俊影响了费保四人一生，同样，费保等人也影响了李俊二童后半生，七人在破了方腊后，作了化外之人，远离战火，一世逍遥快活去了。

李俊之所以能成为梁山水军第一人，不仅仅因为自己带小弟，更重要的是他曾经在李立和张横手上两度为宋江解围，对宋江忠心耿耿，而且本人识文断字，文化水平较高。宋江还是比较看中个人修养的。

李俊、三阮等人，都属于社会底层人员，没有接受什么教育，他们的诗，要么引用大贤，要么就类似打油诗。但是梁山上还有一个阶级，文化水准相对较高，那就是地主阶级。

梁山上地主不是很多，大约有卢俊义、李应、史进、穆弘、孔明等人，其中卢俊义文化较高，共创作了两首诗。

第一首是他踌躇满志下的产物，要凭一己之力生擒梁山群盗。

> 慷慨北京卢俊义，远驮货物离乡地。
> 一心只要捉强人，那时方表男儿志。

这首诗，表面上看，水平相当一般，和三阮的水准差不多，看不出这个世代大财主的真实水平。实际上，卢俊义这首诗是写给谁看的？梁山群盗！卢俊义知道"到什么山头唱什么歌"，既然是给粗鄙的强盗看的，自然不能过于深奥和文雅了。这首诗，表明了作者身份、目的、方式和理想，虽然平白，但是简练。

卢俊义真实的水平，显示在他被陷害去沙门岛的途中，正值深秋时节，身陷囹圄的他感慨身世凄凉，不禁悲从中来，即兴作诗一首：

> 那堪又值晚秋天气，纷纷黄叶坠，对对塞鸿飞，心怀四海三江闷，腹隐千辛万苦愁，忧闷之中，只听的横笛之声。俊义吟诗一首：
> 谁家玉笛弄秋清，撩乱无端恼客情。
> 自是断肠听不得，非干吹出断肠声。

这首诗才是卢俊义水平的真实体现！此时此刻卢员外可谓百感交集，心境堪比亡国词人李煜的千古名句"一江春水向东流"！在同样的境地下，卢俊义触景生情，写下了艺术水准极高的诗篇！

同样在征大辽后，燕青在双林渡射雁试技，宋江有感于心，口占一绝：

山岭崎岖水渺茫，横空雁阵两三行。

忽然失却双飞伴，月冷风清也断肠。

宋江的这首诗，和卢俊义的《断肠诗》颇有共通之处，一样地感伤遣怀，一样地对镜自怜。但与其说宋江哀悼亡雁，不如说是感叹未来梁山人众的命运。梁山此时正像归途的宾鸿，历尽磨难千里迢迢回来后，等待他们的却是另一场厮杀，一场看不见硝烟的战争！而最终也如同雁群一样，支离破碎，生离死别。

地主阶级里，有两个人合作写的一首诗相当不错，气势恢宏，波澜壮阔，那就是史进和穆弘两位地主少爷在东京城酒楼唱和的结晶：

浩气冲天贯斗牛，英雄事业未曾酬。

手提三尺龙泉剑，不斩奸邪誓不休！

这首诗，可以说是《水浒传》全书最传神的作品！和宋江一贯政策宗旨绝对吻合！远非那些酸不溜丢的感情诗、半通不通的打油诗所能比拟。只可惜，此时此刻，宋江已经处心积虑在准备招安，政策调整为"全盘投降"而不是当年的"惩治腐败"！所以哪怕史穆二人的作品再琅琅上口，再无懈可击，也不符合宋江的口味！在宋江的大声呵斥下，两位颇通文墨的地主少爷，也只能"默默无言"地投城外去了！宋江的这一声骂，骂走的不仅仅是两位下属，更是晁盖苦心经营的梁山无形资产。

梁山好汉身份多重，小说人物言谈举止要符合人物身份，所以我们看到，《水浒传》中的所有诗词，完全贴切人物行为，这一点也是《水浒传》能成为四大名著的重要原因之一。略通文墨的林教头能够写律诗；精于官道的宋江不仅能写诗，而且会填词；没多少文化的武松只能留言落款；而完全文盲的李逵充其量也只能骂两句脏话，叫两声可笑的口号"杀上东京，夺了鸟位"；至于小学老师吴用那首著名的藏头诗，我已经在《燕青篇》详细评论，在此不作重复说明。

诗词反映人性，结局注定主题。

梁山四大色狼和四大情种

"梁山好汉"资格证书上，大多写有这么两条——"好习枪棒""不近女色"，这两点几乎成了加盟梁山的必要条件。譬如说晁盖，四十多岁了依旧单身，即便上了梁山，也没有找个压寨夫人填补生命的另一半；再比如小说前期的九纹龙史进，得到亡父的大笔遗产，没有如同一般的纨绔地主子弟那样吃喝嫖赌，仍然终日射弓走马勤练不辍，青春期的朦胧爱情离他很远。

"不近女色"已经隐约成为梁山好汉对外宣扬道德的一种重要辅助手段，通过这种辞令，使梁山周边城市知道梁山的"盗亦有道"既定方针，从而将影响扩大到全国范围。梁山的宗旨是"替天行道"，政策是"只反贪官不反皇帝"，为了表明自己的正义立场，阐述被逼上梁山的无奈理由，必须要大力宣扬"不近女色"这一点。梁山好汉不能如同崔道成、王道人、王江、董海等一干下三滥的狗强盗般强抢民女，否则将声誉大跌，为人所不齿。

梁山一百零五个男人，当然也不是个个都是道学君子，好色的男人也有，只不过占了极少数，粗略统计，大约有四人。

梁山色狼第四名：小霸王周通

小霸王周通是个绝对无足轻重的小人物，他一出场是青州桃花山的老大，后来剪径遇见江湖汉子打虎将李忠，不敌之下让位，奉李忠为老大，自己退居老二的位置。李忠武艺已经相当低微，周通比他还不如，可见此人水平。

　　周通当强盗没有前途，但是对爱情却有着强烈的追求欲望。桃花山下桃花村，大地主刘太公有个漂亮女儿待字闺中，不知怎的被周通打听到了，"窈窕淑女，君子好逑"，其实只要是"窈窕淑女"，别说是"君子"，哪怕是色狼，也有追求的权利。

　　刘太公自然不能把女儿往火坑里推，断然拒绝，要说周通果然不是当强盗的料，换作王英，肯定是连夜点齐人马袭营。周通不一样，他毕竟还是受大宋教育多年，虽然吃了闭门羹，但是脸皮很厚，竟然进行"强买强卖"，丢下二十两黄金、一匹红帛作为"聘礼"，约下日子拜堂成亲。要不是鲁智深恰好路过，刘小姐难逃一劫。

　　当强盗当到注意舆论监督的份上，这强盗委实名不副实！这说明周通很注意自己的身份！周通就因为他这表现，远远不能称之为标准的"色狼"，因为他毕竟还是遵照世俗习惯来处理自己的终身大事，没有无耻到抹煞良心的地步，所以他只能是四大色狼里的老四，永远别想超越前辈。

　　周通对"丈人"一家还是相当体贴的，鲁智深躲在黑灯瞎火的洞房里等"新郎"，周通能够大发感慨："丈人家太会做人家（按：节约），明日叫小喽罗送两桶好（灯）油来。"可以说，周通已经全心全意将刘太公一家当作自己人，虽然求婚手段比较卑劣，但是从他内心来讲，相信他婚后会善待刘太公一家，进而会对桃花村一村另眼相看。

　　鲁智深"教育"了周通后，周通在李忠和鲁智深的劝说下，虽然舍不得，但也没有继续纠缠下去，折箭为誓，收回聘礼，解除婚约（虽然难免有小气之嫌，但总算是顾全大局）。而且后续的情节发展中，再也没有和刘小姐一家产生什么瓜葛，一心一意在梁山上做他那份有前途的职业，一直到征方腊阵亡。

　　周通这一点比猪八戒好，周通和猪八戒行事风格很相近，都是强盗之身娶妻，被强力因素破坏，从而踏上艰苦的锻炼路径。但是猪八戒取经路上，一旦师傅被捉，第一个想起的念头就是散伙分行李，回高老庄继续娶妻；周通比猪八戒好，中止婚约后，再也没有起任何"复兴"的念头。可以说，周通良知未泯，但正是这一点，决定了他永远无法成为一个合格的"色狼"。

梁山色狼第三名：矮脚虎王英

王英的故事在《扈三娘篇》已经讲述详尽，这个人物可能是梁山好汉中最露骨、最著名的色狼。在他的理念里，"性"远比"情"来得重要，他不需要"两情相悦"的灵魂沟通，他需要的，仅仅是肉体上的短暂快乐，仅此而已！

王英这人，思想品德十分低下，脚夫出身，由于没有职业操守，劫了客户的托付商品，越狱逃窜到清风山落草。梁山好汉多数是被黑暗的官府逼迫上山的，但这条色狼算是例外。王英为什么心理变态，我想重要原因是他的三等残废，小说中介绍他"五短身材"，可能是梁山中最矮的货色，"鸡立鹤群"的他无疑是自卑的，凭他的硬件，能够讨到美貌娇娘，无异于天方夜谭。

正是这样的真实情况，导致了王英的性格开始扭曲，甚至到了变态的边缘：只要是女人，就想去污辱。我们看到，清风寨文知寨刘高的老婆，一个年纪不算小的中年妇女，王英抢了上山后，第一件事情就是关门求欢。通过燕顺和宋江的对话我们还可以看出，这种事情王英做了不止一次两次。不管年纪大小，相貌如何，只要是女人，王英就有性的冲动！他通过污辱女性的行为，满足其无耻的占有欲！难怪连宋江也感慨："这个兄弟的手段（好色），不是好汉的行为。"

王英是色狼，但是没有真正色到家！真正的色狼敢于藐视任何外来阻挠力量，譬如《笑傲江湖》中臭名昭著的采花大盗田伯光，看中恒山小尼姑仪琳，那是费尽心机无论如何也想得逞，那才是本"色"！但是王英不是，他是个瞻前顾后的胆小鬼，当燕顺和宋江给他施加压力的时候，这条色狼略一抵抗，还是屈服了，尽管他内心有很多不满，并且也表露了出来，但是面对实力不敌的情况，他只能选择投降。所以他只是个无耻的肉欲主义者，没有自己的独立思想，处于色狼中的初级阶段，所以他只能排第三位。

当宋江将扈三娘作为商品"馈赠"给王英的时候，王色狼达到了"事业"的顶峰，王英得到了扈三娘的人，但是却永远得不到她的心，一丈青扈三娘的心，早在李逵灭其满门的时候就死了。

梁山色狼第二名：双枪将董平

周通、王英是梁山上的"明狼"，董平不一样！他不仅是色狼，而且是"暗狼"，同时还是一个彻头彻尾的伪君子！

董平的好色，小说中不曾过多交代，所以他伪装得很好，几乎为人所忽略。但是董平犯的过错，比周王二人严重得多！

董平原是东平府的兵马都监，地方最高防卫长官，和太守程万里协同处理东平府日常事务。两人一文一武，各负其责。程万里先生有个女儿，"大有颜色"，相貌很出众，董平自己也是英俊风流，帅哥一位，号称"风流双枪将，英勇万户侯"，看起来两家门当户对，结为秦晋之好的可能性很大。

董平"落花有意"，程万里却"流水无情"，程万里原是童贯的门馆先生，北宋官场，大官每年可以推荐自己的门人弟子、食客下僚充当小官吏，程万里正是这么一位幸运儿。程万里人品如何，小说中未曾交代。按照一般人的理解，奸臣门下，必然也是奸臣。但是我不这么认为：萧让最终结局是做奸臣蔡京的门馆先生终老，难道说圣手书生萧让人品也十分低劣？再则东平府紧靠梁山泊，属于剿匪前线，程万里能够将东平府管理得水泼不进，一直到最后才被攻击，恐怕为官口碑也不错。

宋江委派郁保四、王定六两人下战书，董平的第一反应是"大怒，叫推出去斩首"，程万里却阻止了他，说："两国交兵，不斩来使。"只是决定"各打二十军棍"而已。可以说，没有程万里的一念之仁，郁王二人人头不保，所以两人回到宋江面前，也只是"哭告董平那厮无礼"，对于程万里，没有提出任何埋怨之言。

所以说，程万里可能是个清官，正是由于他的信仰和童贯不合，所以才被当作替死鬼，推上前线。

程万里很了解董平的为人，董平平日里自诩风流，实际上权欲熏心，为求目的可以不择手段，属于金玉其外败絮其中的人物。这种人，怎么能将女儿托付给他？所以董平明里暗里数次托人说合，程万里只当不知，可以说，程万里是一个有责任心的人，目光也比较敏锐。

然而董平又是怎么对待他的？失手被梁山活捉后（注意：捉他的是一丈青和孙二娘两员女将），唯一的功劳就是施展反水计，混入东平府，里应外合破了城池，确保宋江比卢俊义提前立功。董平破了东平府，第一件事情就是杀进太守府，灭了程万里满门，夺了程小姐为妻。这种行径，比王英尤其恶劣三分！扈三娘全家，可不是王英杀的！

董平由于其重要的"战绩"，加上他过硬的本领，以最后降将的身份，竟然名列五虎之一！宋江给予他的待遇，比王英要丰厚得多！王英只要有女人即可，但董平，女人只是次要因素，权欲才是当之无愧的最大需求！而宋江，也很痛快地满足了他的愿望，两人朋比为奸。

董平最终战死在独松关，他死的时候，千里之外的程小姐，恐怕也很难有什么悲恸之心。

双枪将人如其名，掉花枪的本领出类拔萃，而且是"双枪"，做了可耻的两面派。其人好色，影响恶劣，因此毫无争议地成为梁山第二条色狼。

梁山色狼第一名：及时雨宋江

从严格意义上来讲，宋江好的是"男色"而不是"女色"。

宋江生理机能一切正常，曾经有外室，时刻注意自己身份，王江、董海冒充他的名头强抢民女，真正的宋江和柴进却是无辜的受害者，怎么看，宋江都不像是个色狼的模样。

宋江对于女色，远远不如对权欲的关心，但是这不代表宋江不好"色"！宋江在做了梁山土皇帝以后，作风、派头一向是皇帝风格，从他的人员安排、亲疏程度来看，帅哥成为他的最爱。

宋江最贴身的侍卫长小温侯吕方、赛仁贵郭盛，时刻围绕在宋江左右，朝廷下招安圣旨，吕、郭两人就是迎接代表之一。这两人伴随宋江常住忠义堂，关系亲密。

孔明、孔亮是宋江的徒弟，齿白唇红的英俊青年，难以想象，攻击力这么低下的宋江竟然也会课徒授业！这俩地主少爷，不文不武，论武力，被呼延灼、武松轻松打败；论智力，假扮乞丐都不像。但是这一切都不能改变他们受宠的现状！

双枪将董平，也是一名帅哥，宋江和他初次见面，不仅没有对他产生极大的敌意（此人是阻挠宋江成为梁山老大的唯一麻烦），反而"一见心喜"，正常么？而宋江提拔董平的步伐，快得令人难以置信！

梁山第一帅哥花荣和宋江的关系我就不说了。

以上种种迹象可以看出，宋江对帅哥，有着异乎寻常的癖好，让人不禁对他的性取向产生极大的怀疑。

不仅对英俊的帅哥，宋江对相貌堂堂、气宇轩昂的威武大胡子也情有独钟。美髯公朱仝是他的前任同事和现任下属，宋江和他的关系远比插翅虎雷横来得亲密，宋江杀人后，朱仝不顾一切也要放他一马，关系可谓铁杆；大刀关胜更是明显的例子，面对天神一般的人物，宋江心折难当，不惜呵斥林冲、秦明两人，以换取关胜的好感。

宋江为了笼络人心，所作所为这般过火，所以难免有遭人非议之处。宋江好的"色"，是梁山好汉对他的忠诚度的"成色"，他所重点扶持的对象，都对他忠心耿耿，征方腊回来后，幸存的天罡星里面有吴用、关胜、朱仝、花荣、戴宗、李逵等人，不能仅仅用"巧合"两字来解释。

宋江是梁山第一色狼，一条阴险狡诈的幕后豺狼。

梁山好汉百样人，就有百样不同性格，即便下流者如色狼，四人也有四种不同风格。好在周通、王英、董平全部都是结义前犯的过失，宋江好男色而非女色，而且一百零八人大团圆后，再也没有听说谁谁又故态复萌了，算起来，大约是"人以群聚"，大伙的力量改变了恶习。

梁山好汉是一群真实的人，所以他们身上有优点，也理所当然存在缺点。因好色而犯错误是男人的缺点，毋庸置疑，所以这四个人永远生活在好汉群体的阴影里，只因为他们身上有不容许于自然法则的弱点，所以永远低人一等，当然，相比西门庆、郑屠、高衙内等混蛋，梁山色狼还差了一个数量级。

再说梁山四大情种。这四大情种分别是：鲁智深、安道全、杨雄、史进。

梁山第四情种：花和尚鲁智深

鲁智深是梁山第一大侠。"无情未必真豪杰，怜子如何不丈夫"，大侠并不代表完全没有七情六欲，那只是冰冷的杀人机器！

鲁智深为弱女子金翠莲强行出头，从此踏上茫茫躲避路途；出家当了和尚，依旧为桃花村刘小姐出头，中止了一段不美满的婚姻；为兄弟林冲出头，最终连和尚也没得做，只好去做强盗。鲁智深的"军官——和尚——强盗"三部曲，不仅不是玷污祖先，恰恰相反正是为先祖扬眉吐气。

鲁智深是个外粗内细的好汉！为了弱势群体仗义执言，梁山上只有一个闪耀佛性的人，这个人，唯有鲁智深。

说鲁智深多情，难免有牵强附会之嫌，但外表粗犷、内心细腻的鲁大师，能够成为无数人的喜爱对象，鲁智深的感情世界，还是征服了相当比例的读者。

鲁智深只是略有表征，没有付出应有的行动，所以他只能算梁山好汉中的第四情种。

梁山第三情种：神医安道全

神医安道全在上梁山之前，小日子过得很舒坦，南京地面上，他算一号人物。但是不巧的是，宋江发背疮，遍看大夫均不得好，好在张顺认识安道全，大力推荐安神医的绝学，由此而来安道全欲不上梁山而不可得。

安道全根本不想赶这趟浑水，张顺好说歹说，恩威并施，方才应允。临行之前，安道全要和一个风尘知己告个别，这个女人就是艳妓李巧奴。

> 安道全对巧奴说道："我今晚就你这里宿歇，明日早，和这兄弟去山东地面走一遭，多则是一个月，少是二十余日，便回来望你。"那李巧奴道："我却不要你去。你若不依我口，再也休上我门！"安道全道："我药囊都已收拾了，只要动身，明日便去。你且宽心，我便去也，又不耽搁。"李巧奴撒娇撒痴，便倒

在安道全怀里，说道："你若还不依我，去了，我只咒得你肉片片儿飞！"张顺听了这话，恨不得一口水吞吃了这婆娘。看看天色晚了，安道全大醉倒了，揽去巧奴房里，睡在床上。巧奴却来发付张顺道："你自归去，我家又没睡处。"

宋代歌女分歌伎和娼妓两种，李巧奴属于后者，我猜测安道全是在治病救人的过程中结识她，恰好自己刚刚丧偶，因此两人打得火热。

安道全有医生职业道德，同时是一个感情比较丰富的人，他两面都不得罪，两边都讨好。但是可惜的是，梁山不需要脚踩两条船的人物，所以注定了安道全事业和女人之间，只能择一而选。

安道全不想选择，张顺替他选了。曾经对张顺谋杀未遂的水匪张旺恰好也是李巧奴的"顾客"，半夜摸进门来，被张顺正好看见，仇人相见分外眼红，张顺一怒之下，杀了老鸨、李巧奴一家，并且模仿武松的行径，四处留言"杀人者，安道全也"，栽赃陷害安道全。

安道全由此有家难归、有口难辩，只好卷起包裹上梁山。而侥幸逃走的张旺也没得意多久，天网恢恢，不久又被张顺一行人看见，这次他的运气不怎么好了，被抛入扬子江中，是死是活看运气。

安道全对李巧奴的感情，大约是真挚的，以他身份地位，能对一个妓女动真情，也算难能可贵，所以安道全能够成为梁山第三位情种。

梁山第二情种：病关索杨雄

杨雄的故事，我在《杨雄、石秀篇》已经表述得很清楚。杨雄是一个外来创业者，在蓟州人生事业达到顶峰，接替王押司，成为潘巧云的"接盘侠"。

潘小姐生命中一共有三个男人：第一任丈夫王押司、第二任丈夫杨雄、情夫裴如海。杨雄能够娶丧偶的潘巧云为妻，说明他胸襟还是比较宽广的，能够接受这种在封建社会看来比较"委屈"的事情。

杨雄其实相当爱潘巧云，很多人觉得杨雄这个人耳根子软，行事没有主见，属于人云亦云的跟风派：石秀初次禀告奸情，他马上相信了；潘巧云倒打一耙，他也马上回心转意了；石秀再次支招，他又同意了。毫无自己的原则。

杨雄这么做，其实正是他用情至深的表现！他的内心是深爱潘巧云的，所以他不愿意、也不希望石秀说的是真的。当潘巧云栽赃陷害的时候，按照杨雄对石秀人品的了解，他绝对应该相信石秀，但是为了家庭团结，他只能牺牲石秀。

所以说，其实杨雄很清楚他们两个孰是孰非，只不过为了爱情，他选择了忍气吞声，他只寄希望于潘巧云以后不要再犯错误了，对于之前的一时糊涂，他可以既往不咎。石秀虽然是铁哥们，说不得，也只有委屈一下了。

然而杨雄算错了一件事情：石秀是个认真严谨的偏执狂，认准的事十头牛也拉不回。他自己可以受委屈，但不能见大哥吃亏。所以石秀连夜杀了裴如海，表明自己的清白。

如此而来杨雄再也不能装糊涂，按照杨雄的本意，休了潘巧云便是。但是当三方会面的时候，杨雄架不住石秀的从中挑拨，"偷情已经是十分丢脸的事了，更何况偷的还是一个和尚"！杨雄再也无法包庇，只能将潘巧云和侍女迎儿杀了了事。

不知道杨雄下手的时候，心头有没有涌起一股悲哀。

梁山第一情种：九纹龙史进

史大郎是第一个出场的好汉，我对这个人物一直相当喜爱。史进不仅是个帅哥，而且武艺出色，诗词艺术也颇具水准。

史进是个热血青年，施耐庵没有将他当作主要人物来刻画，我一直深深引以为憾。小说前期的史进，只关心武术方面的事项，对于男女感情，几乎一片空白。这种情况，一直延续到他上了少华山、落草为寇为止。

史进上了少华山以后，可能受到朱武等人的影响，慢慢开始接触男欢女爱，和山东东平府一名叫作李瑞兰的娼妓产生了感情。

宋江攻打东平府，史进相当高兴，因为他可以和这个风尘知己长相厮守了。史进主动请缨，化装混进东平府，住进李瑞兰家随时当内应。

史进本想立功受奖，顺便将自己和李瑞兰的关系公布，所以他去得很开心。但是史进不是吴用，吴用知道，卖唱人家绝对靠不住！（不知道吴用是否有"前车之鉴"，按照他的地位，一直没有结婚，是否在"情"字上吃过大亏？此事无从考证，遂成疑案。）

史进是个至诚君子，一进李家大门，就一五一十交代了来龙去脉。史进不知道人性险恶！他以为凭自己的关系、礼物和感情，可以打动李瑞兰的心，但是老狐狸吴用才是真正的聪明人，他预料的结果丝毫不差：史进被李瑞兰一家告发，关进大牢。

史进为他的真诚付出不小的代价：被痛打两百大板，而且受刑部位是大腿而不是屁股，疼痛可想而知。但是史进是个硬气的好汉，面对老虎凳、辣椒水，楞是抵死不招，人品比白胜高尚不知多少倍。

史进比安道全深情的地方在于他的想法：安道全顾忌自己的身份，对于三陪女情妇李巧奴，只想占便宜，不想负责任；史进却不管这些，能够坦诚相待地对李瑞兰说："明日事完，一发带你一家上山快活。"他所承诺的是带李瑞兰"全家"去快活，而不仅仅针对李瑞兰一人而已！要说梁山百八好汉，真正用情至深的，史进能算一号！只可惜李瑞兰辜负了史进的一片心意，最终也只落得身首异处了事。

现代武侠小说中，有个人物能和史进相媲美，他就是金庸小说《书剑恩仇录》中的红花会二当家"追魂夺命剑"无尘道长。无尘道长也是个情圣，当年为了心爱的官家小姐一句话："你要爱我就斩一条手臂送给我。"无尘道长此时变成无脑道长，一言不发就砍下自己的左臂。可惜这只是个陷阱，官家小姐一声招呼，埋伏已久的捕快顿时将重伤的无尘绑了个结结实实。红花会救了无尘后，夺了官家小姐给无尘，大家都在想：要么杀了她，要么娶了她。但是无尘做了谁也意料不到的事：叹气后放了她——既然不爱，何必强求？

无尘是个现代武侠人物，与之相对比，史进没他那么伟大。当宋江破了东平府以后，史进毫不犹豫杀了李瑞兰全家——怨不得史进，他已经尽力了。

史进因他的举动，毫无疑问获得"梁山第一情圣"金腰带。

梁山好汉，并非个个是冷血动物，他们有感情，也懂感情，只是这种行为在强盗团体中看来，是比较不上台面的，所以多数人将自己的感情深埋在心底没有表现出来而已。在那个动荡不安的社会，生存是第一需求，春花秋月终究是有钱人的游戏，当大家为温饱工程终日劳碌的时候，即便有感情，也显得那么微不足道。其实《水浒传》完全可以写成一本铁血与柔情并重、战争与和平同生的巨著，只是考虑到施耐庵所处的那个年代，要实现这个愿望实在是遥不可及罢了。

战争与和平

　　《水浒传》是一本介于传统演义小说和旧派武侠小说之间的文学巨著，既然是演义类武侠小说，就难免有血与火交融的宏大场面，而且战争此起彼伏，交替出现。

　　从第一回史大郎率先出场到七十回百八英雄聚义，战斗贯穿全剧始终，男人天性就是喜欢和崇尚战争的，正如女人生来好装扮自己。生于和平年代的我们，既然无法满足金戈铁马的梦想，只能将爱好转移：男性多数喜欢看激烈的世界杯足球赛。这正是应证了一句话，"足球是和平年代的战争"！

　　《水浒传》中大大小小的战争、战斗乃至于仇杀斗殴，不计其数。本篇着重讲聚义前晁盖和宋江领导的大型战役。

　　先说晁盖，如我在《晁盖篇》所说，晁天王可以做我们的好朋友，但是绝对不是一个优秀的领导。晁天王年过不惑，由于一直单身，竟然依旧青春焕发，属于热血男儿一类。热血男儿给我们的印象，多数是冲动大于理性，而晁天王正是这么一种人。

　　七星劫了生辰纲，事发逃难于石碣村，济州观察何涛率领五百捕快兴师问罪，七雄倚靠天时地利和水军优势，打赢了开篇第一仗。但是此仗晁盖和吴用基本没有参与：三阮率领水军伏击；公孙胜利用天气预报迎风放火，晁盖只是大声吆喝，加油助威而已。

　　上了梁山后，爆发了著名的"逼宫战役"，然而此次战役，立头功的是林冲，其次是吴用，依旧没有晁盖什么事。

江州劫法场是晁盖领导的规模最大、参与人数最多、影响最深的战役。这一仗，晁盖尽遣精锐，大闹江州城，火烧无为军，从而将梁山知名度扩大到全国范围。然而晁盖差点为他的疏忽付出昂贵的学费——他没有安排断后的路径！一行人跟着莽夫李逵乱走直到江边，面对前有堵截，后有追兵的情况，一筹莫展，要不是张顺率领揭阳镇水军及时前来接应，梁山好汉难免全军覆没。可以说，这一仗虽然胜了，但是侥幸的成分很大。

　　晁盖这个人，对自己过于自信，我们看到，江州一战，吴用、公孙胜两名军师，他一个也没带。这种状况一直延续到攻打曾头市，晁盖带了二十个头领远征，但是依旧没有带吴用、公孙胜、朱武三名"参谋长"中的任何一名！而这次，晁天王的运气就不那么好了，中了"无间道"，惨死在史文恭箭下，成为聚义前唯一一名牺牲的高级将领兼领导人。

　　晁盖不是个优秀的战争指挥员，宋江也不是。宋江领导的战争，虽然最终都胜利了，但是过程相当曲折，运气占了很大比重：有些是先输后赢，譬如三打祝家庄、大破连环马；有些得贵人相助，譬如攻打高唐州、乔装破华州；有些是下属建功，譬如呼延灼诈降关胜、青面兽游说索超；有些是陷阱立威，譬如绊马索捉董平、护城河陷张清；有些是里应外合，譬如时迁火烧翠云楼、人质大闹曾头市等。

　　宋江比晁盖能笼络人心，运气也好得多，一直到百八英雄聚义，他都有惊无险地度过种种难关，不得不说厚黑专家的本事，岂是热血青年所能比拟的！

　　梁山大团圆后，由于实力已经隐隐和大宋政府分庭抗礼：将军一百零八人，士兵近十万。所以包括陆战两败童贯、水军三胜高俅，都没有什么值得炫耀的，因为宋末禁军本来就是一支豆腐军，不足为惧。征大辽完全是虚构，抛开不提。但是南征方腊可是真刀真枪的试金石，正所谓实践出真知，同样是以贫苦农民为主的起义军，双方实力就不相上下，宋江虽然最后也侥幸胜利了，但也付出了极大的代价：梁山好汉十去其八，伤亡惨重。

　　所有战役里面，我想详细表述的是攻打曾头市一战。因为这一仗是唯一一场晁宋两位指挥员都参与的战争，是聚义前唯一一场有梁山将领死亡的战争，是唯一一场枪口朝外的"对敌战争"，同时也是确立宋江——梁山新一代领导人身份的战争！意义可谓重大！

曾头市位于凌州西南，具体方位不详，但是离梁山路途遥远——宋江让神行太保戴宗刺探军情，戴宗去了四五日方回来，按照戴宗日行八百里的平均速度，曾头市大约离梁山直线距离一千里左右，可以说，在交通不便的古代，两地书信来往，快马需要两天。

梁山和曾头市之间的梁子，起源于一匹马：照夜玉狮子马。

段景住偷了大金国王子的宝马，要送给梁山，结果被曾头市截了。曾头市是个很奇特的地方，说它奇特，因为它不属于大宋政府管辖，它的主权在大金国——也就是照夜玉狮子马的籍贯地。

段景住盗的马，原本就是金国王子的，这宋朝人偷金国人的东西，作为金国子民，自然有责无旁贷的义务去洗刷耻辱。正所谓"师出有名"，曾头市在道义上，无疑占据了无可争辩的上风。

偷来的锣鼓敲不得，难道偷东西还有理了？但是宋江不管，他一定要这匹宝马。

梁山上跑得最快的首推戴宗，但是照夜玉狮子马比戴宗还要更胜一筹，日行千里，宋江不能不动心。况且这马还是遥远的金国王子的专用驾乘，属于独一无二的宝马。再兼之当年一丈青追杀宋江，宋江马驽，要不是林教头及时出现，宋江吉凶难卜。这三大原因让宋江食指大动，定下远征曾头市的计划。

话说回来，这段景住真的是诚心献马梁山吗？未必吧！还不是宝马被曾头市截了，不服这口气，这才跑到梁山上来求告？

段景住要出气，宋江要宝马，双方一拍即合，曾头市不得不面临战争的乌云。

曾头市不像祝家庄，祝家庄其实不想主动惹事，它只是个三村联防的地方武装力量。但是曾头市不是，同样作为地方武装，曾头市惟恐梁山大军不来，竟然教市上小儿们都唱道："摇动铁寰铃，神鬼尽皆惊。铁车并铁锁，上下有尖钉。扫荡梁山清水泊，剿除晁盖上东京！生擒及时雨，活捉智多星！曾家生五虎，天下尽闻名！"这首歌的艺术水准很高，简洁明了，老少皆宜，但是侮辱之意，充斥其中！

如此一来，宋江不想动手也要动手了，因为他也是"逼上梁山"，然而宋江还没有来得及调兵遣将，有一个人却按捺不住了，他就是晁盖！

晁盖能够力排众议去打曾头市，源于两点：其一，段景住为了进身，宝马献给宋江而不是他晁盖！竟然还说"江湖上只闻及时雨大名"！是可忍孰不可忍！其二，前番三打祝家庄，祝家庄没有叫小孩唱歌侮辱梁山，只是在庄门口挂了一副对联"填平水泊擒晁盖，踏破梁山捉宋江"而已，虽然也很无礼，但是比之歌谣，还是文明很多，况且提及的两人是梁山的一把手和二把手，倒也算了。可恨曾头市竟然将墙头草吴用也带了进来，形成三足鼎立之势，晁盖面临两大挑衅，能不义愤填膺么？！

晁盖钦点的二十个头领中，林冲、杜迁、宋万是梁山元老，刘唐、阮小二、阮小五、阮小七、白胜是参与黄泥冈战役的心腹，呼延灼、徐宁是新近上山的降将，杨雄、石秀、孙立三人是自己上山的，他们都不属于宋江一派。黄信、邓飞、欧鹏、杨林、张横、穆弘、燕顺七人中，和宋江发生过直接关系的，也只有欧鹏、张横、穆弘、燕顺四人。

晁盖统领了一帮"自己人"，不需要军师，只带了五千人马就出发了。这个阵容，和占据主场便宜的曾头市比起来，甚至还略逊一筹！

我们看看曾头市的情况：

曾头市似乎更像是一个租界，宋、辽、金政府管不着的三不管地带，所以能毫无顾忌地发展军事。市内人口众多，曾家五虎和史苏两位教头，都有万夫不当之勇。加之两地距离遥远，在家门口作战的曾头市无疑占有相当大的优势。

两军阵前相遇，曾头市果然是块难啃的硬骨头！晁盖如此神勇，也只是斗个平手而已。这时候，求胜心切的晁盖犯了个原则性错误：没有听林冲的忠告，误信人言，半夜去劫营！

林冲的实战经验是相当丰富的，作为前禁军教头，什么大风大浪没见识过？晁盖只不过是东溪村长，要问统兵打仗，自然不是强项。可以说，在没有军师的情况下，林冲是难得的文武双全人物！但是可惜得很，晁盖没有去珍惜！

晁盖为他的错误付出了血的代价，成为聚义前唯一一个牺牲的头领，梁山远征军也吃了个大败仗，折损将近一半。

晁盖死了，留下个"谁捉住杀死我的人，谁就是梁山新领导人"遗嘱。宋江内心很矛盾，既高兴又气愤，高兴的是自己终于有机会转正了，痛恨的是还要参加领导人资格考试。在装模作样痛哭一把后，宋江随即将"聚义厅"改成"忠义堂"，又将梁山人事进行了大变动，当做完这一些以后，他需要做出报仇雪恨的模样：

> 一日，宋江聚众商议，欲要与晁盖报仇，兴兵去打曾头市。军师吴用谏道："哥哥，庶民居丧，尚且不可轻动，哥哥兴师，且待百日之后，方可举兵。"宋江依吴学究之言，守住山寨，每日修设好事，只做功果，追荐晁盖。

很明显，宋江对曾头市是又爱又恨：它除去了自己最大的上司，但是也成为自己能否成为梁山新领导人不可逾越的天堑！吴用很了解宋江的心事：此时刚败未久，人心思变，对方士气高昂，实在不适再次远征！因此借口"居丧不可远行"，一来养精蓄锐，二来仔细打听曾头市底细。

从第六十回晁盖打曾头市到六十八回宋江打曾头市，中间相差了整整八回的篇幅。这么长的一段时间，宋江不停地做两手准备：一是继续立功，建立自己的政绩工程；二是明里暗里打听曾头市最新动态。

晁天王归天后，宋江做的大事有：智赚玉麒麟，降伏关胜及其羽翼，收纳安军医，犒赏三军搞阅兵。宋江不断扩大自己的影响力，既对将军大肆施恩，同时也对士兵略加小惠，梁山上下对他可谓交口称赞，如此而来，宋江在巩固自己地位的道路上，越走越平坦。

宋江为什么给自己搞个竞争对手卢俊义？表面上看，是多么公平合理！但是深究起来，一来卢俊义的资历，远远不能对宋江构成威胁，而事实也证明，卢俊义是多么"识相"！二来，晁天王最得意的战绩就是劫了北京梁中书的十万贯生辰纲，但是宋江不一样！他直接就破了北京一城！影响力比起来，相去不可道里计！

当宋江做完所有这些后，消灭曾头市已经到了议事日程上。曾头市统帅也不是聪明人，竟然让郁保四再次劫了宋江的军马，此时兵强马壮的梁山已经可以对曾头市完完全全说"不"了，战争时机已经成熟！

      段景住备说（再次）夺马一事，宋江听了，大怒道："前者夺我马匹，今又如此无礼。晁天王的冤仇未曾报得，旦夕不乐，若不去报此仇，惹人耻笑。"吴用道："即日春暖，正好厮杀。前者进兵，失其地利，如今必用智取。"宋江道："此仇深入骨髓，不报得，誓不还山。"吴用道："且教时迁，他会飞檐走壁，可去探听消息一遭，回来却作商量。"时迁听命去了，无三二日，只见杨林、石勇逃得回寨，备说曾头市史文恭口出大言，要与梁山泊势不两立。宋江见说，便要起兵，吴用道："再待时迁回报，却去未迟。"宋江怒气填胸，要报此仇，片时忍耐不住，又使戴宗飞去打听，立等回报。

宋江连派时迁、戴宗两名最出色的间谍，顺利窃取了第一手详细材料：曾头市扎下五个大寨，曾家五虎和史苏两位教师分别坐镇，静候厮杀。

宋江和吴用开始有针对性地分组活动了：

曾头市正南大寨（次子曾密把守），差马军头领霹雳火秦明、小李广花荣，副将马麟、邓飞，引军三千攻打；

曾头市正东大寨（四子曾魁把守），差步军头领花和尚鲁智深、行者武松，副将孔明、孔亮，引军三千攻打；

曾头市正北大寨（长子曾涂、副教师苏定把守），差马军头领青面兽杨志、九纹龙史进，副将杨春、陈达，引军三千攻打；

曾头市正西大寨（三子曾索把守），差步军头领美髯公朱仝、插翅虎雷横，副将邹渊、邹润，引军三千攻打；

曾头市正中总寨（幼子曾升、村长曾弄把守），都头领宋公明，军师吴用、公孙胜，随行副将吕方、郭盛、解珍、解宝、戴宗、时迁，领军

五千攻打;

合后步军头领黑旋风李逵、混世魔王樊瑞,副将项充、李衮,引马步军兵五千,面对曾头市前锋史文恭的溃兵;

卢俊义率领燕青,领兵五百,平川小路埋伏(吴用之意);

后援部队:关胜、徐宁、水火二将。

此次梁山比第一次远征,人数多了何止一倍!第一次远征,晁盖带了五千人马,连自己二十一个头领;二次远征,宋江带了两万两千五百人!大小头领三十五人,包括正副两名军师!这支部队,有马军勇将,有步兵精锐,有间谍系统骨干,有青年近卫军首脑,有野蛮军团,有断后人员,有强力增援,有卧底人质。怎么看也是一场有胜无败的毫无悬念的战争!想输都困难啊!

曾头市千不该万不该,不该将功臣郁保四当作人质送给对方,宋江利用攻心计,成功瓦解了郁保四的心理防线,和祝家庄之战一样,里应外合之下,顺利打破曾头市,而头号通缉犯史文恭,宝马虽好,却依旧逃不脱卢俊义的暗算。但是郁保四也没有获得好下场,名列倒数第四位,主要工作是扛大旗,人如其名,落到一个相当郁闷的地步。

宋江破了曾头市,卢俊义虽然立了首功,但是他知道,自己远远不能捍动宋江的地位,宋江理所当然地坐上老大的位置,卢俊义当了二把手,也是名义上的“大王”,既成就了晁天王的遗嘱,又合了广大头领的愿望。

曾头市一战后,梁山已经如日中天,从被动应战到主动出击,在收伏了董平、张清等人后,梁山终于宣告成熟,进入了全书的最高潮部分:排名次。

曾头市一战,确立了宋江领导人身份,为全书的基调埋下深深的伏笔。其实曾头市之战,和中国历史上著名的“汉武帝远征大宛国”很相似。

汉武帝刘彻是一个著名的好马人士,公元前104年,汉朝出使西域的使者回报:西域大宛国贰师城出产汗血宝马,乃是马中之王。汉武帝用千两黄金加同马身等大的金马来换,遭拒绝。刘彻旋即命令大将李广利劳师远征，第一次数万汉兵经过长途跋涉，十存一二，被占据天时地利人和的大宛国击败；刘彻大怒，再次征兵十万，牛马骆驼共十五万，大军浩浩荡荡一路西去，虽然经过饥饿、缺水、流沙、土匪和猛兽等天灾人祸，最后仅有三万汉兵兵临大宛城下，但弱小的大宛国还是无力反抗，城中贵族谋杀了大宛国王后献城，李广利顺利班师。此次战利品主要包括好马几十匹、中马三千匹，满足了汉武帝好大喜功的癖好。

曾头市和大宛国很相像，都是祸起宝马，都是对敌战争，都是敌师远征，而结果也出乎意料地相似：被强大的外来势力消灭了。宋江隐约就是梁山的土皇帝，一个好大喜功的封建皇权支持者。

曾头市被破后，全市自然遭受了报复，但是梁山大军班师后，一路经过的州县秋毫无犯。宋江破了东平、东昌两府，做了一件很有意思的事：打破东平后，除了程太守一家和妓女李瑞兰一家被杀外，其余百姓不许侵犯；破了东昌，不仅不杀任何居民，连太守都由于平日清廉，饶了不杀。

宋江已经知道，梁山社区成熟了，需要招安了，既然曾头市确定了自己老大不可动摇的位置，自然要给后续的招安工作埋下伏笔，所以在无数次的战争后，终于进入了难得的和平状态。这是形势的需要，也是历史的必然。

爱情和友谊

社会是由男人和女人有机融合而成的，人和人之间的交往，难免产生千丝万缕的联系，其中爱情和友谊是人类社会亘古不变的两个永恒话题。梁山虽然男多女少，打打杀杀占了日常主要工作，但是爱情和友谊，依旧在这片貌似干涸的土地上绽放出绚丽多彩的花朵。

梁山好汉婚姻状况如何，小说中语焉不详，明确结婚的计有花荣、徐宁、秦明、孙立、孙新、王英、张青等，绝对未婚的有吴用、公孙胜、鲁智深、武松、史进、李逵、石秀、李云等，丧偶离异的有林冲、卢俊义、安道全、杨雄等，其他人，要么简单说"取了家小上山"（家小未必就特指妻子），要么就干脆绝口不提。我猜测成家和单身的，大约对半分成。

《水浒传》是一本主要写给男人看的书，但是不代表完全是给男性阅读，书中对于爱情的描写，虽然不多见，但还是有迹可寻。

施耐庵估计年轻时有过一段刻骨铭心的失恋过程，心灵受到难以愈合的创伤，这次不成功的爱情经历，使他对大多数年轻女性抱有深深的成见。我们看到，在《水浒传》这本书中，女性多数是反面教材，硕果仅存的几个好人，也基本得不到好下场。粗略分类的话，大约有淫妇、悍妇、骗子、牺牲品四大类，唯一善终的只有林娘子的使女锦儿和张清的妻子琼英两人。

淫妇系列：这个系列是最广为传播的，包括潘金莲、潘巧云、阎婆惜、贾氏四人。

悍妇系列：这个系列主要包括顾大嫂、孙二娘、白秀英三人。

骗子系列：这个系列人物也只有三位，刘高妻、李瑞兰、迎儿。

牺牲品：这个系列主要包括扈三娘、林冲娘子、李师师、金翠莲、花荣小妹、程万里千金、玉兰、李巧奴、金芝公主等，阵容相当鼎盛。

先说淫妇系列。这个系列是施耐庵刻画最传神的，四大淫妇各有各的手腕，各有各的计谋。潘金莲药鸩亲夫、潘巧云背夫偷情、阎婆惜贪婪无度、贾氏女目光短浅。她们不约而同地背叛了自己的丈夫，有些是主动的，有些虽然是被动的，但是在错误的道路上越走越远，最终身陷泥潭，不可自拔。千古以来，有很多文人墨客为她们"翻案""平反"，诉说她们"追求爱情"的苦衷以及"悲惨"的命运，但是我一直认为：她们完全是咎由自取，不值得丝毫同情！

婚后出轨，难道不是道德污点么？

这四个人里面，潘金莲无疑最具有代表性（施耐庵和潘姓人有仇）。潘金莲是个有主见的女人，原先是清河县大户使女，因受不了男主人的性骚扰，向女主人举报，被怀恨在心的男主人报复性嫁给残疾青年武大郎为妻。潘金莲结婚后，虽然家庭条件一般，丈夫硬件设施不够完善，但是武大郎是个相当顾家的好男人，整日辛苦就为了老婆能吃好一点、穿好一点，所以生活应该比整天担惊受怕的丫环生涯要舒心得多。如果潘金莲能够老老实实本份做人，到她撒手西去那天，估计都能建块贞节牌坊，弘扬一下伟大的情操。

然而这一切都随着小叔子武松的出现而改变。面对高大挺拔、英姿勃勃的小叔子，潘金莲一潭死水的心泉泛起圈圈涟漪。如果潘金莲知道"适可而止"的道理，将这种爱慕转化成对武松的关心和爱护，"长嫂如母"，想必武松会永远感激在心，那么这一切都将成为一段千古佳话。

但是潘金莲算错了一件事：她幼稚地认为天下的男人都有一样的毛病，以为凭自己的出色外貌身材，完全可以吸引武松的注意力，进而两人私奔，效仿司马相如、卓文君，做一对快乐的情人终老。潘金莲为她的幻想付出不小的代价，她心动的只是一见钟情的感觉，而没有深入了解武松的性格，所以当她轻率地表达自己的感受的时候，遭受了人生最大的迎头痛击。

潘金莲挑了个好时节来表白：十一月初冬天气，彤云密布，大雪纷飞，时值中午，街道一片静寂，正是"雪夜闭门读禁书"，无人干涉！此时告白，不仅有情趣，而且极安全。潘金莲从约见武松开始，一直称呼他"叔叔"，语气相当恭敬，武松虽然浑身不自在，但是看在这声"叔叔"的面上，强行忍耐。潘金莲如果聪明三分，懂得见好就收，双方都能下台。然而当潘金莲连说了十二个"叔叔"后，突然改口挑逗道："你若有心，吃我这半盏儿残酒。"武松终于按捺不住了！此时此刻，既然潘金莲已经没有亲属观念，有违家庭伦理，他武松也没有必要再忍耐了，于是拍案而起，连声痛骂。正是这从"叔叔"到"你"的微小差别，导致了悲剧根源的产生。

潘金莲被骂晕了，埋下仇恨的种子，出于报复，不久便投入到大色狼西门庆的怀抱，进而在错误的道路上越滑越深，犯下故意杀人不可饶恕的罪恶。潘金莲属于崇尚爱情的人士，当她生命中出现白马王子的时候，命运和她开了个天大的玩笑：她不仅已经是有夫之妇，而且这白马王子是丈夫的亲弟弟！当这个理想的肥皂泡破灭后，她没有安贫乐道、宠辱不惊，反而变本加厉地报复他人，最终自己也得到应有的惩罚。当武松钢刀插进潘金莲胸膛的那一刻，西门庆毫无察觉，搂着歌妓狮子楼头喝花酒，潘金莲不仅没有看清武松，同时也没有看明白西门庆！所有为她"追求爱情"辩解的理由，那一刻显得那么苍白无力，潘金莲可谓罪有应得。

潘金莲的错误，不在于她向往美好爱情的权利，而是在她心中，"性"远远大于"情"，她和西门庆的苟且，一半是看在西门庆显赫的社会背景，更重要的一点，西门庆的外在魅力远远超过武家兄弟，武大郎自不必表，而凶霸霸的武松，潘金莲和他相处久了，也会不满足存在暴力倾向的家庭，所以退一万步假设，即便潘金莲能和武松走到一起，将来依旧会产生裂痕！潘金莲内心是相当有野心的，她需要的是有丰富性经验和高超性技巧的富贵官人，而不是正气满怀、刚毅果敢的打虎英雄！至于"三寸丁谷树皮"的武大郎，格外入不了她的法眼。潘金莲的悲剧源于她自身的贪婪欲望，当这种欲望令她利令智昏的时候，种下什么样的种子，也将收获什么样的果实，怨不得旁人。

悍妇系列的顾、孙二女如我在《孙二娘篇》和《顾大嫂篇》所述，她们都是不折不扣的野蛮女友，张青和孙新是梁山上为数不多的受气包、"妻管炎"，不必多表。倒是白秀英这个女人，颇有些看头！

白秀英的故事，在《雷横、朱仝篇》曾有所描述，她是山东郓城新任县令大人的相好，也为了"爱情"从首都东京来到山东郓城发展演艺事业。

白小姐在首都娱乐场所里，算不上什么大腕歌星，充其量也不过是半红不紫的三流小演员，但在郓城地界还是很有号召力的！

郓城白道大哥雷横前来听戏，白秀英没有选择忍气吞声甚至笑脸相迎，而是老虎头上拍苍蝇，竟然大肆讥讽，态度相当不端正。更有甚者，白小姐的父亲兼经纪人白玉乔，更是脾气大于白歌星，对雷都头出言不逊，直接侮辱了雷都头的人格。雷都头江湖人称"雷老虎"，在郓城地面上向来说一不二，跺跺脚都能地动山摇的厉害角色，能受你们这俩卖艺的戏弄？于是乎老拳一伸，大脚一扬，白老头顿时唇破齿落。

由此而来事情闹大了，白小姐咽不下这口气，告了枕头状，新县令将雷都头枷锁示众。

因为白秀英当着雷横的面殴打雷横寡母，触犯了雷横可以接受的不平等条约的最底线。雷老虎霎时间真气上涌，内力大增，一举打通任督二脉，挣断枷锁，一枷将白秀英打得脑浆迸裂，从而将自己也送上一条人生不归路。

白秀英空有聪明面孔，却完完全全属于"败絮其中"人物。她以为有县令做靠山，就可以为所欲为，随便藐视法律的尊严，任意践踏他人的人格。白小姐自以为是地认为她拥有特权，可以凌驾在大宋法律法规之上，成为特殊身份的人物。白秀英为她的想当然付出了生命的代价，一直到死都不明白。

白秀英是个不折不扣的大蠢蛋！孙、顾二女，虽然野蛮，但那也只是仅仅局限于家庭内部，在外面她们还是相当配合丈夫的"表演"的。而白秀英，不仅没有好好配合情人的行政工作，反而给他带来无限的麻烦，她想做一个成功的悍妇，只是她的所作所为，已经远远超出了悍妇的范围，跨入到"泼妇"的范围，所以当她再次大施淫威的时候，物极必反送了卿卿性命也就不足为奇了。

骗子系列的三个女人身份很有意思：刘高妻是朝廷命官的原配；迎儿是官太太的使女；李瑞兰是性职业者。三个人有身份高贵的，有平凡的，也有卑微的，涵盖了当时北宋社会的三个阶层。

这三个人，虽然身份不一，但是都从事了不光彩的经历：骗人。但路径也略有不同：刘高妻恩将仇报，等同骗人；迎儿是人在矮檐下，不得不配合潘巧云欺骗杨雄；李瑞兰却是心存良善，本想照顾情人史进，但是在生命受到威胁的情况下，加之老鸨的威逼，临危变节，成为可耻的叛徒。

这三个女人，作为贵妇人，却主动害人，而地位低下的婢女和妓女，却是被逼无奈下协同骗人，不得不承认施耐庵这么写确实是大有深意。而她们的结果也如出一辙，成为好汉们的刀下之鬼。

江湖好汉，挨得打，也挨得骂，但是万万不能被欺骗。不管这种欺骗是主动的，还是被动的，是故意的，还是无意的，他们都时刻铭记在心，当时机成熟的时候，他们就会加倍补偿。梁山好汉中，其实真正的英雄大侠并不多，在这个充斥小市民的团体，有很多人是心胸狭窄的，睚眦必报也不足为奇了。

牺牲品系列人数最多。属于战利品的有扈三娘、程万里千金，成为利用对象的有李师师、花荣小妹，完全是悲剧人物的有林娘子、玉兰、金芝公主，成为弱肉强食者的猎物有金翠莲，咎由自取者有李巧奴。

这个系列的女子都很漂亮，有些不仅内秀，而且外在美也很突出，譬如梁山"山花"扈三娘。但是她们全部没有好结局：要么郁郁一生，要么死于非命。

扈三娘嫁给五短身材的色狼王矮虎，想必是大大不愿意的；程小姐全家被丈夫杀死，自己是弱质女流，除了背后饮恨吞声，别无他法；李师师成全了梁山和大宋政府的一切恩怨，最终依旧要倚门卖笑为生；花小妹巧妇伴莽夫，幸福指数大打折扣；林娘子是为数不多的正面角色，最终夫妻分离，投缳自尽；玉兰无意间成为帮凶，最终丧命；金芝公主空为"金枝玉叶"，附马爷柴进却是个白眼狼，自己自缢身死；金翠莲被骗财骗色，要不是鲁智深和赵员外的出现，终生将以泪洗面；李巧奴缺乏职业道德，被张顺一斧砍翻，成全了"斧头帮"的战绩。

这个系列不管是正面赞扬的，还是反面批判的，全部都不尽如人意。她们大半有自己的婚姻，但是多数没有爱情的成分，即便有少数是夫妻恩爱的，最终也要将其狠狠拆散。牺牲品正如其名，不愧是爱情的牺牲品，施耐庵看不得美好的爱情，无论如何也要将其破坏殆尽方才心满意足。

纵观小说中出现的女性人物，竟然几乎没有一个有好下场，这恐怕就不是简单的一句"给男人看的书"所能解释的。施耐庵对女性的偏见导致了他的傲慢，将这种"男权思想"深入到作品内部，这点需要我们时刻注意。当然，小说中的女性角色也不是一无是处，林娘子的使女锦儿最终难得的获得好归宿，嫁作寻常妇，算是独一无二的好结局，大约也是对林冲悲剧英雄命运的一种变相补偿吧。而琼英，虽然自己寿终，但是丈夫张清战场牺牲，算起来，大约也算不得完美无缺。

再说男人和男人之间的友谊。

梁山好汉中，除了亲兄弟组合，结拜兄弟现象屡见不鲜，譬如各个结盟小团体，他们在上梁山之前，就已经是生死与共的好兄弟。再比如宋江，他最喜欢和人攀交情，而结拜成异姓兄弟也是其屡试不爽的好法宝，在柴进庄上，没有和柴大官人结拜，反而和潜力股武松拉上交情；江州看见戴宗和李逵，对于前者倒也罢了，对于后者简直是着意结纳得很，十两银子就收买了其一生的愚忠；至于对林冲、鲁智深、关胜等人的巴结，更是有目共睹。当然宋江需要的是强力外援，换作周通、时迁等人，宋江是不屑一顾的。宋江的这一点，很像大宋开国皇帝赵匡胤的作风，结"义社"兄弟收为己用。

但是这种"兄弟"的含金量也乏善可陈得很，宋江征方腊，面对兄弟们纷纷丧生的不妙境地，多数情况下是不以为然的，他需要的只是结果，而不是过程！只有在心腹张顺殉国的情况下，才悲从中来，到西湖边哭祭了一番；宋万、刘唐的死，宋江也装模作样地哭拜了，但那场戏更像是一场商业表演秀，做给幸存的兄弟们看而已。

所谓上行下效，其他人也未必好到哪里去。少华山的朱武，面对史进、陈达、杨春三名铁杆兄弟的同时牺牲，没有悲痛欲绝的样子；秦明战死，大舅哥花荣也没见什么表示；周通阵亡，同伴李忠是撒腿就逃；石秀送命，也没见杨雄大哭一场；征方腊结束后，幸存的燕青、李俊、童威、童猛，先后毫不犹豫离开大部队寻求发展。

梁山好汉，并不是铁板一块，还是存在严重的小团体现象。当然，重情重义的好汉也不是没有，譬如彭玘之与韩滔、张清之与董平，他们都是为给搭档报仇，无端送了自己的性命，虽然义气深重，有组织，但无纪律，死得相当可惜。

梁山好汉中，最看重友谊的有三个人：鲁智深、林冲、武松。

鲁智深是最深情的人，他对林冲的兄弟友谊甚至超过亲兄弟的范畴，两人英雄相惜，肝胆相照，鲁智深为了林冲，粗人竟然也变得精细起来，野猪林那一场戏，只有心细如发的人才能构思策划并付之行动。而鲁智深对史进的友谊，从渭州酒楼上，史进大方地取出十两银子的瞬间，就牢不可破地拴在了一起。鲁智深虽然是出家人，但是完全没有出家人该有的"避世"思想，他依旧是热情仗义的好打抱不平的大侠，一个友情至上的率真男儿！

林冲是个相当内敛的人，他将友谊深深埋藏在心里，外表冷峻，但内心灼热如火，也重情重义，他在梁山上唯一的知己，就是鲁智深。物以类聚，人以群分，能和鲁智深结成好友的人，人品如何，也可想而知。

武松和林冲又不一样，武松是个头脑相对简单的热血青年，别人对他一分好，他会十倍报答。宋江和他结拜，他为宋江的"登基"立下汗马功劳；张青、孙二娘的生意很为人所不齿，但是武松能毫不犹豫和他们结拜；施恩别有用心利用武松的力量，但是施恩落水溺亡的时候，武松也大哭了一场；林冲患病了，残疾的武松照顾他终老。可以说，武松之所以得到广大读者的厚爱，和他敢爱敢恨的性格有很大联系，假如武松不是那种"恩怨分明"的汉子，他也必将淹没在百八人群中，凸显不出自己的个性。

有趣的是，鲁智深、林冲、武松三人不约而同将六和塔当作最后的归宿地，他们全部看透彻了鸟尽弓藏的结局，只有在钱江怒潮之畔，才能体会金戈铁马的倥偬岁月。重情谊的他们，选择了同一地终老，信守了梁山兄弟的情份，避免了被黑暗的官府势力暗算的可能，算是个不错的光明结局。

当然，夫妻组合和兄弟组合，譬如孙二娘夫妻，张横、张顺兄弟，由于其特殊的关系，深情厚谊也就不难想象了。燕青和卢俊义、石秀和杨雄也是为人津津乐道的优秀组合，只不过在小说后期，一个撇下主人隐居，一个阵亡毫无表现，多少让人觉得有点遗憾。当然像李忠和周通，那标准的属于反面教材。

与其说梁山是一个起义军，不如说是一个成熟的社区，一百零八人互为股肱只不过是美丽的肥皂泡而已，他们之间有真挚的友谊，也有漠然的关系，更有无耻的利用。团结就是力量，力量来自自身，当这种团结只占据一小部分的时候，它的未来前途也可以预料得到，梁山即便不毁在高俅、蔡京等人的阴谋诡计下，日后也会毁在赵构、秦桧等人的手里，这是完全可以预知的事实，毋庸置疑。

小议梁山好汉的绰号和星号

　　梁山一百零八将，每人都有绰号和星号，有些人的绰号、星号琅琅上口，有些人却极其一般。考证、探究这些绰号、星号的来历，对比它们的优劣，无疑也是一种乐趣。

　　我根据五级法来尝试评定：即上等、中上、中等、中下、下等。

天罡星系列：

　　（1）天魁星呼保义（及时雨）宋江。魁者第一也，天魁星名列第一，实至名归。保义郎是北宋武官"军衔"，但品级很低，只是正九品，是52阶官阶中的第50阶，官卑职小，后来慢慢演变成小官吏的尊称。宋江上山之前是郓城县押司，平时有人尊称他为"保义郎"，一来二去，诞生了呼保义这个绰号。至于"及时雨"就不用解释了。宋江星号上等，绰号中上。

　　（2）天罡星玉麒麟卢俊义。天罡星是北斗七星的斗柄，卢俊义又实现了晁盖的遗愿，故而用了"天罡"这个大名号。麒麟是龙子，属于吉祥神兽，玉也是富贵美石，故而贴切人物大地主的身份。卢俊义星号中上，绰号上等。

　　（3）天机星智多星吴用。所谓"天机不可泄露"，作为梁山的军师，又有天机又有多智，星号、绰号都符合人物特征，均为上等。

　　（4）天闲星入云龙公孙胜。一清道人是闲云野鹤，扣一个"闲"字极好，公孙胜在梁山上也是一直游离于核心管理层，如同云中神龙，见首

217

不见尾。星号、绰号均为上等。

（5）天勇星大刀关胜。关胜之"勇"，颇为少见，用兵器作外号，过于寻常。星号中上，绰号中等。

（6）天雄星豹子头林冲。林冲气势雄壮，豹子头又符合人物形象（豹头环眼），一说林冲是"虎豹兵士之头儿"，即"豹子头"。星号、绰号均为上等。

（7）天猛星霹雳火秦明。霹雳火人如其名，勇猛无比，星号、绰号均为上等。

（8）天威星双鞭呼延灼。又是一个以兵器作外号的，呼延灼倒是贴切"威风凛凛"这个词。星号上等，绰号中等。

（9）天英星小李广花荣。英气勃勃，英武剽捷，天英星名不虚传。小李广贴合人物特征，琅琅上口。李广和花荣都是自杀而死，命运相似。星号、绰号均为上等。

（10）天贵星小旋风柴进。没落贵族可称"贵"字，金圣叹认为，旋风是"恶风"，盘旋而起，飞沙走石，小旋风配及时雨，树立梁山的格局。星号上等，绰号中等。

（11）天富星扑天雕李应。李应是地主，"富"字恰当，但扑天雕这个外号，应该形容轻功能力、擒拿能力出众的人物，李应善使钢枪、飞刀，却败在祝彪的手下，扑天雕外号有点名不副实。星号中上，绰号中等。

（12）天满星美髯公朱仝。"满"不知何解，既不圆满，也不满足，如果参照搭档雷横的"天退星"，似乎叫"天进星"更合适。美髯公是根据胡须特长而起，一般般。星号、绰号均为中等。

（13）天孤星花和尚鲁智深。既然是出家人，自然是孤独终老，尚算贴切。花和尚外号开门见山、过目不忘，好记、易懂。星号中上，绰号上等。

（14）天伤星行者武松。"伤"字不吉利，导致了最终武松断臂，很不好。武二郎英雄了得，难道不能换个好字？行者看似简单，因职业而外号，但有回味意境，还不错。星号下等，绰号中上。

（15）天立星双枪将董平。董平又号"董一撞"，立字神韵大减。双枪将人如其名，也不见奇特。星号、绰号均为中等。

（16）天捷星没羽箭张清。张清身材好，相貌英俊，暗器功夫了得，"捷"字用得很好！没羽箭也符合人物特征。星号上等，绰号中上。

（17）天暗星青面兽杨志。杨志脸上有块青色胎记，但这也不构成"暗"字理由。如果考虑刘唐脸上的朱砂胎记，两人倒可以凑成一对，刘唐是天异星，杨志可称"天奇星"——杨志的履历也十分奇特。青面兽也是贬义更多，对不起杨志的杨家将后裔身份。星号、绰号均为中下。

（18）天佑星金枪手徐宁。天罡星里只有天佑星，没有天佐星；地煞星里倒是有地佐星、地佑星，考虑到徐宁是金枪手，花荣又称银枪手，故而花荣可改"天佐星"，将"天英星"原号送给武松即可。金枪手的外号挺威风，不错。星号、绰号均为中上。

（19）天空星急先锋索超。天空云云，浑然不解，是想说明索超脑子空空，有勇无谋？急先锋倒是极为贴切。星号中下，绰号上等。

（20）天速星神行太保戴宗。速度、神行，非常贴切！星号、绰号均为上等。

（21）天异星赤发鬼刘唐。异字符合，赤发鬼也能起到先声夺人的效果。星号、绰号均为中上。

（22）天杀星黑旋风李逵。未见其人，先闻其声。星号、绰号均为上等。

（23）天微星九纹龙史进。史进天微星，王英地微星，一个侠肝义胆，一个猥琐无能，真正叫人无语。九纹龙颇具艺术美，凸显男儿雄风。星号中等，绰号上等。

（24）天究星没遮拦穆弘。究字似乎难解，如果参考其弟星号、绰号（地镇星、小遮拦），似乎改成"天镇星"更合适。没遮拦形容来势凶猛，倒也威武雄壮。星号中下，绰号中上。

（25）天退星插翅虎雷横。雷横不知退一步海阔天空，与歌妓置气，更显心胸狭窄。若参考朱全的星号，似乎改成"天缺星"更好——缺心眼的缺。插翅虎倒是好绰号，如虎添翼，精彩。星号中下，绰号上等。

（26）天寿星混江龙李俊。作为水军老大，隐居泰国得享天年，寿命应该不短。混江龙也是人如其名，虽然不出彩，但也不晦涩。星号中等，绰号中上。

（27）天剑星立地太岁阮小二。阮小二是水军头领，不用剑，星号不好。立地太岁倒还不错。星号下等，绰号中上。

（28）天平星船火儿张横。张横在扬子江做没本钱买卖，馄饨和板刀面请君任选，这是经商的"天平"吗？船火儿也不见得高明。星号、绰号均为中下。

（29）天罪星短命二郎阮小五。小五何罪之有？倒是够短命，征方腊时亡故。星号、绰号均不吉利，评为下等。

（30）天损星浪里白条张顺。张顺死后封神，是个影响力人物。不如改成天波星，似乎更完美。浪里白条琅琅上口，雅俗共赏。星号中等，绰号上等。

（31）天败星活阎罗阮小七。败字很不好，不如配合张顺改成"天浪星"。活阎罗恐怖有余，威风不足。星号、绰号均为中下。

（32）天牢星病关索杨雄。杨雄曾当过两院押狱官兼行刑刽子手，这个"牢"字倒贴切。梁山好汉外号中的"病"，不见得是"生病"，而是使动用法"使某某病（受伤）"，故而，病关索就是让关索（关羽的儿子）头疼的人物——想必比关索还厉害！星号、绰号均为中等。

（33）天慧星拼命三郎石秀。石秀当不起"慧"字，粗鲁有余，灵巧不足。拼命三郎倒是十足十的吻合人物。星号中下，绰号上等。

（34）天暴星两头蛇解珍。猎户解珍未必暴躁，不过勉强可用。两头蛇是传说中不祥之物，人见必死，昔年楚国孙叔敖曾有打蛇埋蛇之举，引为佳话。星号中等，绰号中上。

（35）天哭星双尾蝎谢宝。"哭"字莫名其妙，可能还是使动用法，"使某人哭"。双尾蝎对应两头蛇，工整、对仗。星号下等，绰号中上。

（36）天巧星浪子燕青。星号符合人物特点。"浪子"一词在宋代指的是风流潇洒、放浪形骸的公子哥，这个绰号的得名主要是来源于元杂剧中的燕青形象，而在《水浒传》中，燕青的风流韵事已经被尽数删去了，只有小乙哥潇洒倜傥的外形符合这个绰号。而"风流""骄傲"未必是贬义词。星号、绰号均为上等。

地煞星系列:

（37）地魁星神机军师朱武。有天魁就有地魁，作为地煞老大，副军师身份占了文人的光。只不过朱武篇幅不多，不见多少神机。星号上等，绰号中上。

（38）地煞星镇三山黄信。对应卢俊义的"天罡星"，中规中矩。镇三山是黄信自己取的，名不副实，胡吹大气。星号中上，绰号中下。

（39）地勇星病尉迟孙立。孙立有进天罡的实力，当得一个"勇"字。面色淡黄也符合"病"字，尉迟恭和孙立都使钢鞭。星号、绰号均为中上。

（40）地杰星丑郡马宣赞。因为箭法出众，堪称人中英杰，无奈长得太丑，竟然气死郡主。倒霉的郡马爷，倒霉的宣赞。星号上等，绰号中等。

（41）地雄星井木犴郝思文。郝思文真的"好斯文"，战绩差强人意，功劳不过尔尔，因为是关胜的结拜兄弟，获得好位置。星号上等，绰号中等。

（42）地威星百胜将韩滔。又是名不副实的一个头领，不见威风，不见百胜，征方腊早早阵亡，是第一个战死的降将。星号中上，绰号中下。

（43）地英星天目将彭玘。天目一说鬼金羊，是二十八宿中的凶星；一说二郎神，杨戬和彭玘都使用三尖两刃刀。彭玘为了救韩滔而死，够义气，看在这一点，星号、绰号均为上等。

（44）地奇星圣水将单廷圭。据说是擅长用水攻的将军，却没见他用过，名不正言不顺，星号、绰号均为中等。

（45）地猛星神火将魏定国。比搭档强，至少用神火烧过一次，杀得梁山好汉焦头烂额，够猛！星号、绰号均为中上。

（46）地文星圣手书生萧让。作为梁山上为数不多的文弱书生，因为是义人，得到了好位置。圣手书生外号，被《射雕英雄传》借用在朱聪头上，化为"妙手书生"，一字之变，新旧已分。星号、绰号均为中上。

（47）地正星铁面孔目裴宣。作为梁山的"审判长"，裴宣一身正气，当得起"正"字。上梁山前，他就是铁面无私的六案孔目。星号上等，绰号中上。

（48）地阔星摩云金翅欧鹏。摩云金翅就是大鹏金翅鸟，佛教"天龙八部"释义中的迦楼罗，《西游记》中的狮驼岭三魔王大鹏精，实力非常强大！据说岳飞也是大鹏金翅鸟转世，故而字"鹏举"。欧鹏原是军户出身，因为得罪上司而流落江湖，是个类似林冲的人物，征方腊被庞万春连珠箭射死，大概暗合"大鹏中箭亡"的宿命。星号、绰号均为中上。

（49）地阖星火眼狻猊邓飞。所谓"大开大阖"，欧鹏取阔（开），邓飞取阖。狻猊是龙子之一，又一说是狮子，是猛兽，又和欧鹏的猛禽外号对应。邓飞吃人肉，古人认为吃人肉会红眼，故而号称"火眼狻猊"。星号中等，绰号中上。

（50）地强星锦毛虎燕顺。燕顺实力未必多强，锦毛虎倒是叫得响亮。星号中等，绰号中上。

（51）地暗星锦豹子杨林。天暗星杨志，地暗星杨林，锦豹子外号极美，可惜表现一般。星号中等，绰号上等。

（52）地轴星轰天雷凌振。轰天雷极其响亮，符合人物职业特征，轴字难解，星号中下，绰号上等。

（53）地会星神算子蒋敬。作为数学人才，蒋敬不愧神算子，"会"字勉强可用。星号中等，绰号上等。

（54）地佐星小温侯吕方。如同三国第一猛将吕布，吕方也使方天画戟，故称"小温侯"。吕方武艺一般，作为宋江的禁卫军首领，辅佐主帅，当得"佐"字。星号、绰号均为中上。

（55）地佑星赛仁贵郭盛。作为吕方的搭档，自然毫无疑问，占了一个护佑的"佑"字。不过，既然吕布、吕方同姓，按照常理，赛仁贵应该也姓薛才是。只不过若是这样一来，《射雕英雄传》里的大侠郭靖，可要改成"薛靖"了——郭盛是郭靖的先祖。星号、绰号均为中上。

（56）地灵星神医安道全。作为唯一的神医，安道全不可或缺，如果安道全像张无忌一样精通武术和医术，甚至可以进入天罡星集团。灵字不错，神医二字平凡。星号中上，绰号中等。

（57）地兽星紫髯伯皇甫端。身家最清白的头领，没有之一，上山时间最短，梁山唯一的兽医，根据外形特征给绰号，只是"兽"字不够优美。星号中下，绰号中等。

（58）地微星矮脚虎王英。估计是梁山好汉中最矮的一个，人品卑劣，"微"字形象。矮脚二字不错，虎字大大不然，叫"矮脚猫"即可。星号、绰号均为中等。

（59）地慧星一丈青扈三娘。一丈青丝长，显然美娇娘。作为梁山最美的女性，果然秀外慧中。一丈青又说是一种青蛇。星号中上，绰号上等。

（60）地暴星丧门神鲍旭。性格暴烈，人称丧门神，鲍旭果然天生强人。星号、绰号均为中上。

（61）地然星混世魔王樊瑞。地然星又称地默星，和樊瑞的作风截然不同，混世魔王已成代号，深入人心。星号下等，绰号上等。

（62）地猖星毛头星孔明。与其弟孔亮合成"猖狂"二星，作为宋江的徒弟，武艺十分脓包，只会欺软怕硬，毛头小子，不值一提。星号中下，绰号中等。

（63）地狂星独火星孔亮。与其兄孔明合成"猖狂"二星。独火一点就着，形容脾气火爆。星号中下，绰号中等。

（64）地飞星八臂哪吒项充。作为奇门兵器的头领，比变身的哪吒三太子还多两只手臂，外号威武！星号、绰号均为中上。

（65）地走星飞天大圣李衮。作为项充的搭档，用孙大圣来配哪吒，贴切。只不过"走"字略显平淡，可改成"地翔星"。星号中下，绰号中上。

（66）地巧星玉臂匠金大坚。作为篆刻工匠，手艺巧夺天工，巧字合适。玉臂匠稍显拗口，不够响亮。星号中上，绰号中下。

（67）地明星铁笛仙马麟。能吹铁笛，善使滚刀，马麟是综合人才，可当"明星"！外号也是充满艺术氛围。星号、绰号均为中上。

（68）地进星出洞蛟童威。作为水军头领，外号十分贴合！哥哥进弟弟退，进退有度，配合默契。星号中上，绰号上等。

（69）地退星翻江蜃童猛。完全和哥哥对仗，星号中上，绰号上等。

（70）地满星玉幡竿孟康。因为是造船大师，皮肤又白，故名"玉幡竿"，略显深奥。星号、绰号均为中等。

（71）地遂星通臂猿侯健。和孟康相反，又黑又瘦的侯健是缝纫大师，遂和满一样，不易解释。星号、绰号均为中等。

（72）地周星跳涧虎陈达。小说楔子中的吊睛白额猛虎，陈达估计跳跃能力强，故得此号。一说此人影射明初大将徐达。星号中等，绰号上等。

（73）地隐星白花蛇杨春。小说楔子中的雪花大蛇，杨春估计身长体白，故得此号。一说此人影射明初大将常遇春。星号、绰号均为中等。

（74）地异星白面郎君郑天寿。苏州人士，故而白净，外号贴切，但也不见多"异"。星号中下，绰号中等。

（75）地理星九尾龟陶宗旺。土木工程专家，和"地理"能拉上关系。九尾龟是传说中的海中神龟，一尾对应一州。只不过陶宗旺征方腊早死，寿命不长。星号、绰号均为中等。

（76）地俊星铁扇子宋清。宋清可能"英俊"？铁扇子又有何用？星号、绰号均为中下。

（77）地乐星铁叫子乐和。梁山的歌唱家，声乐、取乐，都能扣一个"乐"字。铁叫子穿云裂石、高亢激昂，星号、绰号均为中上。

（78）地捷星花项虎龚旺。排名如此靠后，星号却如此好听，降将身份就是占便宜。星号中上，绰号中等。

（79）地速星中箭虎丁得孙。非常倒霉的一个人，身上全是箭伤，又被毒蛇咬死，真要跑得快也不会这么背运了。星号、绰号均为中下。

（80）地镇星小遮拦穆春。镇不住，也遮拦不住，名不副实。星号、绰号均为中下。

（81）地嵇星操刀鬼曹正。星号莫名其妙，外号倒是不错。作为林冲的徒弟，曹正是个正派人。星号下等，绰号中等。

（82）地魔星云里金刚宋万。和搭档杜迁一起合成"妖魔"，是梁山的元老，武艺寻常，征方腊最早阵亡头领之一，意义非凡。星号、绰号均为中上。

（83）地妖星摸着天杜迁。和搭档宋万一起合成"妖魔"，是梁山的元老，武艺寻常，征方腊最晚阵亡头领之一，意义非凡。星号、绰号均为中上。

（84）地幽星病大虫薛永。军官之后却流落江湖卖艺，时运不济。幽字难解，病大虫也难听。星号、绰号均为下等。可惜！可惜！

（85）地伏星金眼彪施恩。武艺低微的小恶霸，和穆春一路货色。伏字神似，金眼大概是说有黄疸。星号、绰号均为中等。

（86）地僻星打虎将李忠。武艺低微的小人物，凑数角色，名不副实。星号、绰号均为中下。

（87）地空星小霸王周通。和搭档李忠一样，可有可无小人物。星号中下，绰号中等。

（88）地孤星金钱豹子汤隆。长年单身汉，扣一个"孤"字，因为满身麻点，人称金钱豹子。星号、绰号均为中上。

（89）地全星鬼脸儿杜兴。长得难看，何"全"之有？星号、绰号均为中下。

（90）地短星出林龙邹渊。邹渊外号威风，星号奇怪。星号中下，绰号中上。

（91）地角星独角龙邹润。因为脑后生瘤，人称独角龙，星号也带了一个"角"字。不过，若是生了三只瘤子，岂不是叫"三角龙"？因为外貌而取外号，似乎不妥。星号、绰号均为中等。

（92）地囚星旱地忽律朱贵。忽律一说鳄鱼一说剧毒四脚蛇，不管哪种解释，有个相同之处："忽律"是一种善于伪装的可怕动物，这和朱贵的工作性质很相像，这个绰号，相当贴切人物身份！囚字不好，星号下等，绰号中上。

（93）地藏星笑面虎朱富。外号和哥哥一样精彩，藏字可解释为"隐藏"，星号、绰号均为中上。

（94）地平星铁臂膊蔡福。平字难解，蔡福为人并不公平。铁臂膊也略显拗口。星号、绰号均为中下。

（95）地损星一枝花蔡庆。蔡庆也不见多"损"，一枝花不代表长得漂亮。星号、绰号均为中下。

（96）地奴星催命判官李立。李立不是奴仆，奴字不妥。催命判官倒是贴切。星号中下，绰号中上。

（97）地察星青眼虎李云。施恩大概有黄疸，李云恐怕青光眼。堂堂都头改造成建筑大匠，哭笑不得。营造殿堂不可不察。星号中上，绰号中等。

（98）地恶星没面目焦挺。没面目一说丑陋，一说不给面子，总之是个挺恶的角色，但上山太晚，恶迹不多。星号、绰号均为中等。

（99）地丑星石将军石勇。外号中庸，星号贬义，石勇何辜？星号下等，绰号中等。

（100）地数星小尉迟孙新。外号随同大哥孙立，"数"字不偏不倚。星号、绰号均为中等。

（101）地阴星母大虫顾大嫂。如果地阴星贴切的话，孙新应该是"地阳星"。母大虫贬义。星号中等，绰号下等。

（102）地刑星菜园子张青。星号无法对应职业，外号完全对应职业，颇为奇怪！星号中下，绰号中等。

（103）地壮星母夜叉孙二娘。女壮男弱，壮字贴切！夜叉本为佛教"天龙八部"之一，女夜叉极美，孙二娘的外号被人误解。星号、绰号均为中上。

（104）地劣星活闪婆王定六。凑数之人，可有可无。活闪就是"闪电"，活闪婆就是电母，形容此人跑跳迅捷——可是怎么被方腊军的药箭射死？可见名不副实。星号中等，绰号中下。

（105）地健星险道神郁保四。险道神是出殡时的开路神，神鬼无忌。郁保四身长一丈、腰阔数围，当得起"健"字。星号、绰号均为中上。

（106）地耗星白日鼠白胜。耗、鼠，扣死了白胜的叛徒往事，可惜了这个表演天才。星号、绰号均为下等。

（107）地贼星鼓上蚤时迁。非常出色的人物，排倒数第二。"蚤"

一说跳蚤，一说尖细榫头，总之是个无孔不入的神探、神偷，家喻户晓的可爱角色，星号、绰号均为上等。

（108）地狗星金毛犬段景住。又是犬又是狗，段景住内心很不满。星号、绰号均为下等。

纵观108人的星号、绰号，大多数还是贴切、优美的，证明施耐庵确实用了心、费了心！因为人物绰号可能前朝有所流传，但星号都是施耐庵自己想的。

有趣的是，天罡星群体和地煞星群体，有星号中间一字完全一样的，如天勇星关胜、地勇星孙立，天雄星林冲、地雄星郝思文，这样的案例一共20对。关键字分别是：

勇猛佑雄威，平损暗巧退。

孤魁微暴异，英捷速满彗。

这20个关键字里，勇、猛、雄、魁、捷、速、巧、慧、威、英，都是美好的字眼，施耐庵喜欢，读者也喜欢。

正如这本伟大的名著，大家都喜欢。